文成县文化精品创作扶持项目

旧时光 很玉壶

胡晓亚 著

浙江工商大学出版社 杭州
ZHEJIANG GONGSHANG UNIVERSITY PRESS

图书在版编目（CIP）数据

旧时光　很玉壶/胡晓亚著. — 杭州：浙江工商
大学出版社，2022.9

ISBN 978-7-5178-5048-9

Ⅰ.①旧… Ⅱ.①胡… Ⅲ.①散文集－中国－当代
Ⅳ.①I267

中国版本图书馆 CIP 数据核字（2022）第 139453 号

旧时光　很玉壶
JIU SHIGUANG　HEN YUHU

胡晓亚　著

责任编辑	张　玲
责任校对	穆静雯
封面设计	潘　洋
封面图片	胡绍越
责任印制	包建辉
出版发行	浙江工商大学出版社
	（杭州市教工路 198 号　邮政编码 310012）
	（E-mail：zjgsupress@163.com）
	（网址：http://www.zjgsupress.com）
	电话：0571-88904980，88831806（传真）
排　　版	浙江时代出版服务有限公司
印　　刷	浙江海虹彩色印务有限公司
开　　本	880 mm × 1230 mm　1/32
印　　张	10
字　　数	241 千
版 印 次	2022 年 9 月第 1 版　　2022 年 9 月第 1 次印刷
书　　号	ISBN 978-7-5178-5048-9
定　　价	68.00 元

一片乡愁在玉壶

◎ 见 忘

　　文字细碎,铺了一地乡愁。日头下,野趣横生;月光里,霜白冰心。文成玉壶是著名的侨乡,有海外游子百年酝酿,自然也是乡愁最为浓郁的地方。晓亚则是另一种,她没有选择漂洋过海,却也从玉壶老家走出去,在县城大峃安了家,二十多千米的路程,亦足以把乡愁储在岁月中,待梦里梦外,靠枕倚栏,细细咀嚼了。

　　他人眼里,晓亚是一个贤惠女子,家里家外,都被她安排得妥妥当当。但只有少数人知道,晓亚"安排"起文字来,也是信手拈来的。当时光如流水淌过,乡关历经沧桑,晓亚用一支笔描绘了起来——心里生出的、手里握着的,洋洋洒洒,故乡便在笔墨世界里显现了出来。光阴回转中,离去的旧人,淹没的老物,不舍的念想,竞相纷呈,愁绪漫至,勾心扯肺。

　　"是从陈山开始的。"正如晓亚所说的,写作源于公众号"淡墨文成"的邀约,而后便陆续有了关于玉壶的系列文章。晓亚的老家在玉壶一个叫外楼的地方,陈山则在外楼的一处山谷里,亦如她文章里所说的,陈山那里居住的人与她同宗连枝,有着血脉里的自然亲近。那里有她的小学同桌,杨梅红透时节,青青绿草地上她们嬉闹的模样，即便过去三十多年，还能在脑海里清晰翻阅。也是从这里蔓延出来的，陈山的陈情陈事，家族的繁衍生息，过往种种，都被灌满了情深。

记得文章发表后，反响是一片热烈，特别是国外的华侨，更是通过转发评论，以及电话、微信等方式，把海外游子对故乡的念想瞬间传达了过来。其实，对于写作者而言，读者的积极回应，无疑是瞄准心灵的热烈撞击，我想彼时晓亚也是兴奋的，于是很快有了接下来不可遏制的叙述。

底村，是晓亚外婆家，她童年的大部分时间都是在那里度过。于是乎，那里供销社的诸多商品，盐糖米布，文具种种，以及对一双黑色飞机鞋的念念不忘，都在晓亚的记忆里发酵成不可磨灭的烙印。而门台口、佑善亭、上新屋、潘山桥、仰前山……足迹所到之处，点点滴滴，则是晓亚心中永不干涸的神迹。即便平凡，若有人念想，有人记录，也会光华绽放。

多少往事绕心头？在晓亚笔下，底村于逆流的时光中涓涓淌出，那闪烁着乡愁的波纹，晃荡在游子的眼眸里，漫入心中，自然又是一番共鸣。这些，推着晓亚手中的笔、胸腔的墨，继续挥洒下去。

自底村的叙述后，玉壶旧日里的上村、中村、外村，玉泉溪上的竹排、光影中的华侨影剧院、漈门坑水库的过往、玉壶老街的繁华、木器社的辉煌，以及狮岩寨上的悠悠岁月、天妃宫中的戏里戏外、玉壶栋的风风雨雨……往事钩沉，尽在晓亚蔓延出来的文字里，忽略了时光的隔阂，以一种过眼即可触摸的姿态，于读者心里传导出真实而又迷离的战栗。每个人都有自己独有的故乡，而这些独有的，却偏偏又是我们共鸣的。各花各眼，各人各名，褪去皮表各色，故乡的内里都是一腔热血沸腾，翻江倒海，又不露声色。

晓亚的文字，是丰满细腻的。对于故乡，她极有耐心，哪怕是在这愈加碎片化阅读的时代，打磨起乡关的旧日，都是凝神静气的。她仿若与时光商量好了的，语调舒缓，既是说给自己听，也是说给朋友听，更是说给被乡愁萦绕的知音听。那些山乡过往会在她的叙述中，于你心底苏醒过来，且以你最为熟悉的影像展现在眼前。

或许，这样的绵长，会对某些读者的耐心产生挑战，但若倚坐下来，心有静气，那挑战就成了一种挑逗。说白了，晓亚的文章，适合你安静时阅读，适合你渴望安静时读出安静来，但安静之中，又心动不已，久久不息。

作为晓亚的老同事，其实，我也是晓亚的忠实读者，是她的文字让我知道了玉壶内里的细腻与真实。那些不能视见、无法触摸，却又确实存在的东西，构成玉壶最为内核的那一部分。从此，见着玉壶的某些山某些水某些人某些事，就像是见着了自己老家的某山某水某人某事。他乡与故乡，乡愁的感觉都是一脉相承的。

如果硬让我挑刺的话，我会说，晓亚有部分文章，在对过往历史描述时，常有较长篇幅的文献引用，让人略感突兀。尽管干货满满，但在乡愁本身的柔软中，难免有生硬的感觉。于我而言，则更喜欢把这些干货不动声色地融入作品中。当然，这仅仅是一家之言，不足为据。

至于以玉壶乡土为题材出一本书，起先似乎是一些文友的建议，但随着文章篇目累加，这个念头开始慢慢生根发芽。是的，故乡，与一口井的下潜，都是深不可测的。而晓亚则试着以一本书的厚度，去丈量这个庞大的命题。无论如何，这都是一件美妙的事情，像是在冒险，却是以行吟姿态，探究了时光中最为柔软的部分。而当晓亚嘱我为这本书写点什么时，我的心情是忐忑的。不过，对美妙之文，美妙之事，能读之感之想之，也是一件美妙的事情。

是为读后感想。

目
录

老街

逝去了繁华
逝不去记忆

　　有一种吆喝声总在我心里流淌，那声音温暖、热烈，伴着四季的风和雨，伴着楼头店（玉壶方言，"店"在这里不发第四声，而是念第三声）屋檐上的阳光，伴着下园南货特殊的气味，伴着店桥头穿梭的人流，伴着店桥岭青石板上清脆的脚步声，伴着店桥街此起彼伏的说笑声，伴着店桥尾浓郁扑鼻的酒香，从底村到中村，稠稠地弥漫而来，那么遥远，那么悠长，又那么切近，那么短促……

"凉腐哎，凉腐哎。""颜笠（玉壶方言，斗笠）哎，颜笠，快来买颜笠……""虾皮，虾皮，新鲜的虾皮……"在我儿时的记忆里，店桥街是玉壶最热闹的地方，各种叫卖声此起彼伏。

翻开《瑞安县志》，得见如下记载：据1931年调查，玉壶街长八十丈，宽六尺，有店屋五十间，商业七十六户。玉壶街即玉壶老街，位于玉壶镇中村。玉壶老街从上至下可分为楼头店、下园、店桥头、店桥岭、店桥街和店桥尾。

有一种记忆在楼头店

底村村主任胡希勃和中村村支书胡兴虎告诉我：玉壶人自古以来口口相传，玉壶商业发展的起点在楼头店。

楼头店在底村店楼墩下首，位于新宅巷与直路交叉路口北侧上方。说起楼头店，这多少还与玉壶胡氏始祖胡秀成（字孟迁）有关：宋雍熙四年（987）十月，胡秀成家遭回禄（火灾），由万全胡阳迁至安固县（今属瑞安）嘉屿乡胡岙（今文成县周壤镇胡岙村）而居，至八世孙隆卅二由周壤胡岙分居玉壶象岗（也称象岗寮和外楼垟）。大岜至底村的古道途经胡岙至玉壶，从胡岙始，经半岭、五铺岭、潘山桥、拔稻窟、三官亭、梅园路口、店楼墩、楼头店，至此分为两条路：向东过玉泉街和塘下街交叉路口、店桥头（从店桥头向下可到店桥街、塘下街等地）、外楼樟树根墩、象岗；向南过新宅巷到象岗。楼头店就位于这两条老路的交叉点上。隆卅二所生活的年代，玉壶尚是沙滩和荆棘丛生的原始森林。其后代子孙逐渐向象岗周边的外楼、大祠堂、楼头店、店楼墩等地分居。渐渐地，有人在楼头店一带进行农产品交易。楼头店到底何时形成？不详。据玉壶人流传下来的说法：清乾隆、嘉庆时期至 20 世纪七八十年代，这里一直有店铺。

为什么会起名楼头店呢？因为这里的路面高于下方的壶山路和店桥头。一楼位于路面下方，二楼与路面平行，这里的住户就在二楼开店，因而起名楼头店。对于楼头店，我还有一点不明白：玉壶人念"店"字发的是第四声，为什么楼头店的"店"发第三声？这与胡秀成和隆卅二的原居住地有没有关系？答案你来说。

胡希勃告诉我：古时候，新宅巷和直路交叉路口西侧有一个道坦，道坦很大，平时是孩子们玩耍的好地方。转铜钿、打纸板、跳绳、追逐、嬉闹，孩子们在这里尽情地玩耍着。大人们有事没事也来这里站站、坐坐、聊聊天、吃吃"烟酒"（即烤烟）。楼头店最早的商品交易点就在道坦对面的草寮里。

关于楼头店的书面记载，目前能找到的只有吴步行"乾生"中药店的一点点资料。

据《徐村吴氏族谱》记载，生于清咸丰丁巳年（1857）的吴步行家住大岙镇徐村，因医术高明，会调制膏药，在大岙一带小有名气。玉壶镇垟头村有一位名叫胡国勋的地主得了一种病，遍访名医都无法治愈。得知吴步行医术好，胡国勋就派一位长工去大岙把吴步行请到玉壶垟头。经过一段时间的治疗，胡国勋的病好了。为了答谢吴步行，胡国勋给了吴步行一些银番钿（方言，银圆的意思）。有了钱，吴步行就买下了楼头店道坦上方的一块空地，盖了一间房子，开了一家店号为"乾生"的中药店，兼制膏药专治跌打损伤。由于吴步行医术高明、诚实守信，中药店生意兴隆。有了钱，有了房子，该安家了。不久，吴步行娶了林龙的胡义聪之女，生儿育女，安心待在玉壶。每天来吴步行店里看病的人很多，有时也会有人来请吴步行出诊，说是家中的病人走不动，只能请医生去一趟。于是，吴步行经常走路去林龙、金星、朱雅、周壤等地给人看病，有时也会坐竹排去瑞安东坑、上林等地给人看病。吴步行对所有病人一视同仁，有人没钱治病，他就把膏药送过去，且不收分文。由此，玉壶人普遍都很敬重他。古时候，人们一般尊称有学问有地位的人为"先生"，像冰心、杨绛和林徽因皆是女性中的"先生"。刚开始，人们也称其为吴步行先生，久而久之，就简称为"吴先"。据说当年的玉壶，一些有钱人一旦得了病，都会叫家人去请"吴先"。后来，隔壁一户人家开了一家小店，以卖香烟和烤烟为主，香烟的品牌有大前门、老刀牌、红金、飞马、强盗等。店主勤劳善良，生意很好。不久，对面下方有一户人家从大壤搬到这里，男主人姓名的最后一个字是"进"，做豆腐的手艺很好，人称"大壤进"。后来的后来，道坦一带也盖起新房子，这一带就成了如今的直路。

在我的记忆里，"大壤进"家的豆腐白白的、嫩嫩的，味道可好了。犹记得，清晨的外楼路上，我常遇见一名个子不高、身材结实的三十岁左右的男子（"大壤进"的儿子）头顶一块豆腐板，两手垂着。说也奇怪，那豆腐板竟稳稳地贴在他头上，不会侧翻。板上的豆腐热气腾腾，他一边走，一边吆喝："豆腐哎，豆腐哎……"于是人们围了上来。男子停住脚步，把豆腐板从头上取下来，靠在路边的石头墙上，掀开纱布，用豆腐刀切了两块豆腐，放到买者的碗中。豆腐五分钱两块。等人们都散去，该男子又把豆腐板放在头顶上，嘴里吆喝着："豆腐哎，豆腐……"叫卖声在路上久久回荡着。母亲隔三岔五买上几块，放在锅里煎一煎，加上水再烧，香气飘满屋，馋得我直流口水。等到开饭了，我急不可待地吃起来，经常被烫了舌头。

因家境贫寒，母亲时常叫我拿着五分钱去楼头店买豆腐渣（五分钱能买到一大碗豆腐渣），加入菜头缨（萝卜叶子）烧起来，每次我都能吃上两碗。那个年代，买豆腐渣的人很多，我和姐姐大多是晚上八九点去买。豆腐作坊在一楼。我们需要走下一条窄窄的鹅卵石台阶，然后到了豆腐作坊里，里面雾气弥漫，灶台里的柴爿正在燃烧。我把碗递过去，一名男子熟练地盛了一碗豆腐渣给我，拿了钱，转身又忙开了。

吴步行房子正对面也有一户人家是从大壤搬来的，儿子名叫青坑。母子俩都会做豆腐，他家的豆腐是摆在家门口卖的。那豆腐洁白细腻，清香扑鼻。上新屋、门台口和上金垒一带村民都喜欢买青坑家的豆腐。

据《壶山今古》记载，1984年农历十月十五日凌晨，直路失火，烧毁二十六间民房和一座宗庙。之后，这里又建起了新房子。如今北侧的楼头店，一楼仍在路面下方，二楼仍与路面一样高，但房子已经是钢筋水泥结构，路面也已经是水泥浇筑了。二楼已经不是店铺，一楼也不再做豆腐了。那几级与玉泉街连接的鹅卵石台阶没了，变成了平铺直下的水泥地。但那"豆腐哎，豆腐哎"的吆喝声却一直在我脑海里萦绕。

时光走呀走，岁月流呀流，一些老旧的东西渐渐走到了时间的深处，被时代的风轻轻一吹，升腾了，弥漫了，慢慢消失在人们的记忆中。如果有一天，有那么一天，当你老了，头发花白，双眼昏花，可还有一簸箩关于楼头店的故事来回想？可还会拿出一沓厚厚的纸，一笔一画写下楼头店的往事，然后慢慢地将那豆腐的味道回味？可还记得大前门香烟那特殊的气味？还记得那些在这里转铜钿和打纸板的身影？

有一种百货在下园

我们再来说说下园。古时候从楼头店往东，走过如今的玉泉街和塘下街交叉路口，从玉壶供销社门前的壶山路下方台阶下来，再前行约五十米，就到了下园。如今的下园还残留着一些原先的样子：最上方是两斗灰铺，其下有五间砖混结构的房子和两间木结构的老房子。旧时，吕溪、东头、谈阳等地村民来玉壶，要翻山越岭，靠脚力步行走过栋头矴步或栋头石板桥，至此分为两条路：一是经塘下街，过下园下方的塘下盖（也称塘下间儿，即塘下水沟）、店桥街、店桥岭，然后前往外村、中村、上林等地；二是经玉壶老医院，过洗埠头巷进入店桥街。由此可见，下园交通便利。

下园的兴盛是从胡从彬开始的。翻开《玉壶胡氏族谱》，可见如下记载：胡从彬生于清咸丰丙辰年（1856）。关于胡从彬是如何发家的，流传下来的说法有两种。一是说，胡从彬是读书人，为人厚道，科举落榜后就去做生意了。一次，胡从彬去瑞安进货。有人见他是个读书人，就想算计他。那人有一船烂鱼扣，说可以便宜一点卖给胡从彬，并说这一定能赚很多钱。不明就里的胡从彬用所有货款买了一船烂鱼扣，并雇了几只竹排运回，在家门口卖。鱼扣烂了，怎么卖得出去？卖不出去，又该怎么办？那就先晾晒。胡从彬一家人拿出所有的谷簟，一簟一簟晒了起来。烂鱼扣刚晒干，台风就来了。那个年代没有广播，没有天气预报，海鲜是要通过竹排运到玉壶的。一连几天都没有竹排运送海鲜到玉壶，大家都来买胡从彬的烂鱼扣。胡从彬因此赚了一笔钱。

另一种说法是这样的：胡从彬在瑞安进货，一个商人有一船闲草（古时候，鱼扣和一些干货都要用纸包好，外面再用一根细绳子捆扎起来，细绳子就是闲草）卖不出去，就算计胡从彬，哄他买了

下园老屋

下来。边上的群众纷纷议论：啊，买一船闲草，这人这么有钱，下次要与他做生意。胡从彬雇了几只竹排将闲草从瑞安运到玉壶，一路上又遇到了很多人。人们一见这气势：呀，好几只竹排，这户人家竟然能买这么多的闲草，真是家大业大呀。从那以后，大家都来找胡从彬合伙做生意。胡从彬就把下园几间房子的前门都改作店面，店号为"胡元盛"。一时间，下园开起了各种店铺——鞋店、粮食店、南货店、药店等，各种日用品应有尽有。人员不够就雇人。当年来下园打工的人很多，有长工，也有季节工。胡从彬的曾孙胡永衣告诉我：当年，家里吃饭时，咸菜汤里都有海鲜，所以很多人都想来下园当长工。后来，下园拆除老房子、兴建新房子时，撬起一楼的地板，底下是一把一把的铜钿。玉壶民间至今还流传着这样一句俗语：尽办尽办，不值下园闲饭。也就是说平常人家就算把家里所有好吃的东西都拿出来待客，还不如下园平常的一顿便饭。

胡从彬乐善好施，办事公正，在玉壶本地威望很高，邻里和亲戚间有争吵或纠纷之类的事情都会请他去调解。有时调解矛盾，一方需赔钱给另一方，但因为家里穷，拿不出钱，胡从彬就从口袋里掏出银番钿，放在桌子上，转身就走。有人感恩戴德会将这笔钱还上，也有人因为实在贫困还不了钱，胡从彬也不计较。民国期间的"周胡斗"一事发生后，就有人提议一定要请胡从彬去调解。当时胡从彬身体不舒服，走路很困难。来人就雇了四名汉子，让胡从彬坐上轿子，经垟头、五一、枫树龙，然后到达谈阳参与调解。"周胡斗"一事经多方努力，最后平息了。

胡从彬除了开店，还在房子的南侧（灰铺所在的位置）装了油杆打油。油杆是由一截巨大的木头做成的，木头横放在地上，长有五六米，高（木头的直径）约六十厘米。"油杆"一词，对于如今的孩子来说已经很陌生了。儿时的我曾见过油杆，那时候没有电灯，人们用来照明的一般是火篾和油灯。火篾的原料是毛竹，油灯的燃料是柴油和清油。柴油要从外地运过来，清油则可以本地生产。清油是由乌柏籽打出来的。玉壶本地有很多乌柏树，每到秋天乌柏籽成熟了，人们就去山上收过来，晒干，拿到有油杆的地方打油。晒干后的乌柏籽有三层：白色的外壳、黑色的硬壳和黄色的籽。打油前，先用踏碓把乌柏籽的白色外壳和黑色硬壳分开。把白色的外壳放在饭甑上蒸，蒸熟以后，倒在稻秆上包起来，从油杆的侧面塞进去。黑色部分要放在垄（垄是由黄泥和竹篾做成的）里垄过，把黑色的一层垄去，就剩下里面那层黄色的籽。这层黑色的硬壳一般用来烘火，很耐烧。打油时，油杆上方的"柴精"（柴精下方呈圆锥形）往下塞，两名汉子抡起铁锤，嘴里发出"嗨呀，嗨呀"的声音，你一锤，我一锤，轮番用力敲打"柴精"。油从油杆另一侧的槽里流出来。一块白色壳里的油都挤完了，就塞进去第二块、第三块、第四块……第一道程序打出来的是皮油，用于制作蜡烛和肥皂之类的日用品。最里面的那层黄籽要先炒熟，再放到油杆里打，打出来的就是清油。那时候几乎家家户户都有乌桕树，每年都要打一些清油用于点油灯。有人把乌桕籽送过来打油，胡从彬就收一点加工费。有时，他也去收购乌桕籽，将打出的皮油和清油通过竹排运送到外地去卖。后来，这支油杆也用于打山茶油。由此，他也赚了一些钱。

那时人们有了钱，都会想方设法买地，胡从彬也不例外。下园属于底村管辖，胡从彬就在三官亭至潘山桥一带买了许多田地。当年这一带的三分之一田地都是胡从彬的。时代在快速发展，人也被推着向前走。20世纪50年代初"土改"时期，胡家也到了胡从彬孙子这一代了，这些土地都被政府收走分给贫农了。

胡从彬育有四子：胡克纯、胡克森、胡克凤和胡克迪。随着年龄的增长，胡从彬逐渐放手让儿子接管店铺，其中胡克纯专管进货，胡克迪管理店内事务。到了民国期间，胡从彬之孙胡志班、胡志松子承父业，售卖各种日用品。兄弟俩童叟无欺、待人和气，因此生意也很好。另一孙子胡志坚则是管理药店，附近村民有疑难杂症都来找他。20世纪50年代中期，在医疗系统的体制改革中，胡志坚的药店并入店桥街北侧的玉壶诊所，胡志坚就去诊所上班了。

同时期，南货从瑞安经竹排运送至外楼枫树根墩，有人"担行贩"（玉壶方言，指挑着水产走村串户或停在小店门口卖）到店桥街和天妃宫一带售卖，这里商业兴起。店桥街与下园相比较，店桥街更接近外楼，于是有人在店桥街也开起了南货店。久而久之，下园店铺生意日渐萧条，而店桥街的生意越来越兴隆。20世纪50年代后期，下园店铺关闭了。

下园离我家约百米。在我的记忆里，这里跟别处不同的是：房子周围有鹅卵石垒砌的围墙，高约两米，前方有一扇门的位置是空着的，后方有一扇门通往菜园，其余都是封闭的。在当时，这围墙或是某种身份的象征吧？

时光撞击着岁月，留下了或深或浅的印点。下园在玉壶老街的形成中，起到了一定的作用，受地理位置的影响，最后退出了玉壶

下园老屋围墙

商业的中心。走访中，我见到一位正坐在下园对面塘下盖（如今的塘下盖上方已浇筑成混凝土路面）路上的一位妇人，问下园在哪里。妇人说，她十多年前就搬到这里，但不知道这里有个地方叫下园。

下园老屋老了，蹚过岁月的长河，停留在时间深处。站在下园老屋前，看着鹅卵石垒砌的残缺围墙，仰望屋檐上那碧绿的槲蕨，回过头来再盯着那鹅卵石上镶嵌着时光印记的青苔，我耳边似乎隐隐传来韩磊那深情浑厚的嗓音："昨天的身影在眼前，昨天的欢笑响耳边，无尽的岁月飘然去，心中的温情永不减……"

有一种思念在店桥头

楼头店和下园呈掎角之势：从楼头店向东过十多级台阶，就到了下方的壶山路、玉泉街和塘下街交叉路口，再沿壶山路前行，就是店桥头。从下园向东南方约走 50 米，也到了店桥头。两者合二为一。

根据玉壶人流传下来的说法：至清乾隆、嘉庆年间，玉泉溪筏运业兴起，埠头在外楼的岩坦碇。岩坦碇与天妃宫、店桥街一带距离近。渐渐地，店桥街、店桥岭和店桥头等地商业兴起。

店桥头分南北两侧，南侧原是大祠堂（也称新祠堂）围墙。20世纪 60 年代，底村将大祠堂边上的土地无偿转让给供销社、信用社、老邮电所和成衣社建房。到了 20 世纪 60 年代后期，供销社、信用社、老邮电所和成衣社相继投入使用。北侧是一间间店铺。

先来说南侧。对于信用社，我印象不深刻，因为那是物资比较匮乏的年代，谁家有钱存银行呀？平时我也很少来这里玩。到了 20世纪 90 年代，我偶尔看到有人来这里存钱。

信用社下首是老邮电所。翻开《文成交通志》，得到如下记载：

左侧一楼为成衣社，二楼为艺雕厂　胡小珍供图

1942 年，玉壶设置邮政代办所。翌年 10 月，玉壶邮政代办所由瑞安邮局划归大峃邮局管辖。1956 年秋，在玉壶街尾设立自办邮电所，原代办所撤销。1958 年 4 月，玉壶邮电所升为五等邮电支局。同年 11 月，因文成并入瑞安县，玉壶支局归瑞安县邮电局管辖。1970 年，玉壶邮电支局搬至玉壶店桥头区委院内办理业务。1980 年，在横山建造砖木结构三层楼房四百平方米。翌年初，楼房竣工，支局迁至新址营业。

　　20 世纪 80 年代初，父母都去了外地，每个月会寄给我二十元生活费。我就拿着汇款单，到外村生产队队长胡永列家里盖一个"外村生产队"的印戳，然后拿到这里领钱。我每个月还会来这里寄信，一封平信的寄费是八分钱。汇取款柜台的营业员是一名四十多岁的男子。因为每个月都来这里几次，营业员熟悉我了，每次见到我，就会笑着说：“你爸爸又给你寄钱了？”有时，我想父母了，也会来发电报。有一次，我一连几天感觉耳朵一直嗡嗡响，就去发电报给父母，得知每字要四角。我想了又想，只写了五个字“亚病了，速回”，花了两元钱。五天后，母亲赶回玉壶，带我去看医生。

老邮电所下方的成衣社是一个令人向往的地方。成衣社里有好几台缝纫机，师傅也有好几个。那时候，买布料要布票。一年到头只有到了换季，母亲才给我做一两件衣服，所以，我特别喜欢来这里看看。裁缝给人做衣服时，先用一把皮尺量了尺寸——衣长、肩宽、袖长、腰围、臀围等，用一块扁扁的粉笔记在布料上。然后，裁缝摊开布料，拿出一把竹尺，涂涂画画，布料上就有了直线和几何图形；接着，裁缝拿起一把黑色的大剪刀沿着画线“吱嘎吱嘎”地剪起布料，剪成大大小小的布片。最后，裁缝坐在缝纫机前缝起了衣服，随着缝纫机踏板“哒哒哒”响起，一件衣服成形了。缝纫好的衣服一件件挂在成衣社西侧的墙壁上，红红绿绿，煞是好看。每次一到这里，我的目光就被这些衣服吸引了。

成衣社楼上是艺雕厂。据《文成县志》记载，玉壶艺雕厂于1980年创办，县二轻企业，主要产品有彩石镶嵌屏风及山水鸟兽、古代仕女等艺雕，除在国内销售外，还销往荷兰、意大利、法国、美国、日本等国家。后因主要负责人胡义锐出国了，效益下降，玉壶艺雕厂于1989年停产。师傅们雕刻的石料主要有“涂书”（浙江省玉石雕刻师胡植柱告诉我，玉壶方言中的“涂书”就是叶腊石）、广东石和仙居石，有时也用玉壶本地的石料。“涂书”是从各地“进”过来的，能雕刻成花鸟虫鱼，山水画等。师傅会把雕刻下来的小“涂书”扔在地上，我们经常来这里走走，看到地上有小“涂书”，跟师傅打声招呼，捡起就跑。我们用小“涂书”在石头上写字、画画。“跳洋房”（也就是过间间游戏）前，拿它在地上一画，就会出现我们想要的图形。

店桥头　胡志华供图

　　成衣社下首是法庭和大祠堂。胡希勃告诉我，大祠堂原本有一个戏台，有时剧团会在这里演戏。戏台下方存放着一个祠堂鼓，每到喜庆的日子，两三个村民抬着祠堂鼓来到店桥头，将祠堂鼓放在岩墩上。岩墩在上一截店桥岭"y"字形口上，由鹅卵石砌成，高于路面约四十厘米，约有六平方米。1949 年 10 月 1 日中华人民共和国成立那天，有人站在岩墩南侧，用力敲打祠堂鼓，那声音可谓是震天响，很多玉壶人都赶过来看，许多人还边看边唱，开心极了。后来，每当国家或政府有喜庆之事，祠堂鼓就敲起来了。据《玉壶胡氏族谱》记载，1966 年，大祠堂前进门楼、戏台等建筑被拆。后来，店桥头的岩墩也被拆了，祠堂鼓也不知去向了。

　　再来说北侧。店桥头北侧有药店、绞面（玉壶方言，制作面条）店、成衣店、私章雕刻店等。成衣社前门正对面的房子一楼在店桥岭，二楼在店桥头。二楼是一个房间，与路面持平。店主是一位畲族妇人，六十多岁，带有瑞安口音，声音略带沙哑，剪着齐耳短发，身体壮实，会给小孩"挑风"。

从我记事起，妇人就一直在这里。那时候，如果谁家有孩子不肯吃饭，就会被带到这里来"挑风"。妇人每次看到我们在街上跑来跑去，都笑眯眯的，很和善的样子，但给孩子"挑风"时，下手却非常狠。有一次，我跟着外楼四面屋的一位阿婆来到这里，阿婆怀里抱着一个婴儿，说孩子不肯吃奶。妇人看了看孩子的舌头，叫阿婆紧紧抓住孩子的一只手。她拿出一枚针，抓住孩子的另一只手，摊开，用针刺孩子的指节，再挤压。挤了好几下，婴儿的指节果然出现了一小滴无色的液体，妇人拿药棉擦一下。这根手指挑完了，又挑另一根手指，妇人一边挤，一边说，这孩子"风"吃起来了，很重。婴儿撕心裂肺地哭着，我吓得转身就跑，站在门口远远地看着，害怕也被抓过去。挑完"风"，妇人拿了一点草药给阿婆，嘱咐要熬汤给孩子喝。阿婆告诉我那无色的液体是"风"，孩子身体里有"风"，所以才不吃饭。由此，我有点怕这个畲族妇人。

从那以后，我都不敢进那间房子。可有时我路过这里，还是能看到有孩子被带进去"挑风"。到了20世纪80年代中期，妇人不在这里了。大姑妈告诉我，妇人年纪大了，回上林老家了。我到现在也弄不懂，玉壶人所说的"风"到底是啥病。

供销社对面有一间药店，店主名叫清姆。清姆姓邓，姓名的最后一个字是"清"，玉壶人喜欢称男孩为"姆"，所以大家都叫他清姆医生。清姆医生四十多岁，中等个子，很和蔼。玉壶人都夸清姆医生医术好。有一次，一个孩子肚子疼被送到这里来。清姆医生摸摸孩子肚子疼的位置，说是有蛔虫，拿了两片蛔虫药给孩子吃了。不久，孩子的肚子就不疼了。我小时候经常嘴角溃烂，吃不下饭，到这里来买药。清姆医生给了我一瓶氯霉素药水，我涂抹一两遍，溃烂处就好了。我最喜欢这里的酵母片了，酵母片一分钱三粒，甜甜的，味道可好了，可只有在感冒后不想吃饭时，母亲才会给我买几粒。

清姆医生不仅医术好，心地也很善良。20世纪70年代中期，我奶奶得了肺结核，家里没钱买药。在瑞安城里工作的舅公（奶奶的弟弟）得知消息后，赶到玉壶要带我奶奶去上海治病。生性倔强的奶奶坚决不同意。舅公没办法，只好一次次买了治疗肺结核的西药，外加一"樽头"（玉壶方言，上大下小，模样像砂锅的一种汤碗）的猪脚送到玉壶给奶奶吃。有一次，我看到舅公临走时眼睛红红的，嘱咐我奶奶一定要记得吃药。过了一两天，奶奶叫我跟着她去卖药。我和她走到清姆医生店里。清姆医生说我奶奶已经来这里卖过两次药了，这次无论如何也不买，叫我奶奶把药吃了，不然会没命的。奶奶说家里没钱"买配"（玉壶方言，买菜），清姆医生说可以借钱给奶奶，但好强的奶奶不同意。最后，那一大包药卖了九块一角钱。奶奶拿着钱走出药店门口，清姆医生还在叫，以后别来卖药了，自己吃吧。年幼的我看到奶奶和清姆医生两人眼里都含着泪水，我从泪光中看到了清姆医生对我奶奶的关怀，也看到了奶奶的无奈。这是那个物资匮乏年代的个人悲剧，也是时代的悲剧。奶奶拿着钱，去店桥街买了肉和虾皮，分给我妈妈和婶婶。20世纪80年代初，奶奶就走了。

从我家（外楼四面屋）去店桥街要经过店桥头。店桥头给我留下最深的印象就是地上的"烟酒灰"。那个年代，抽香烟的人不多，农民一般都是种了一种名为烟草的植物，到了深秋，摘了烟草叶子，放到阳光照不到的地方阴干，再切成丝，这种烟丝就是晒烟，玉壶人则称之为"烟酒"。再去挖一根细小的竹子（要连根挖起，竹子的根部做烟筒头）做成一支烟筒，把"烟酒"放在烟筒头上，点燃就可以抽了。玉壶人管"抽烟酒"叫"吃烟酒"，吃完"烟酒"，就把"烟酒灰"磕到地上。

那时候，我和姐姐每个人都只有一双布鞋。有时，我们把鞋子洗了，就要赤脚了。儿时的我喜欢跟着姐姐，她跑到哪，我就跟到哪。姐姐和小伙伴跑过外楼路，向店桥头跑去，我就一路追过去，跑着跑着，到了店桥岭"y"字形口上的店桥头，经常一脚就踩到滚烫的"烟酒灰"上，烫得直跳脚，然后哇哇大哭起来，而姐姐早就跑得不知去向了。哭完了，我就一颠一颠地拐着脚走到镇政府（即大祠堂）的墙边，那里有一条从镇政府食堂伸出来的水管，水管里的水清清凉凉的，偶尔也很暖和。我把脚伸到水管底下，冲冲水，然后小心翼翼地走回家。有一次，我的右脚被店桥头的"烟酒灰"烫得起了一个大水泡，因为没有得到及时的治疗，溃烂了，好长时间连走路都很困难。

与岁月对望的店桥头，许多年前变了样：从外楼路至店桥头的鹅卵石路面都已经成了水泥路，成衣社、艺雕厂、信用社、老邮电所和供销社都已成了一片空地，其外侧砌起了围墙，供销社对面建起了高楼。

一切都与原来不同了。

深夜，随着歌曲《成都》那熟悉的旋律响起，赵雷的声音缓缓划过我的耳边："和我在成都的街头走，一直到所有的灯都熄灭了，也不停留……"莫名地，我也想起了玉壶店桥头，我也想到店桥头走一走，再看看大祠堂，问问它：是否还记得昔日的热闹？再看看这里的灯光，再踩踩这块土地，再听听这干脆利落的玉壶方言，再站在大祠堂的墙外，用玉壶镇政府食堂水管里流出来的水冲冲脚……

有一段往事在店桥岭

如果有人问你，你是玉壶本地人，你知道店桥岭有几步吗？你能回答吗？胡希勃告诉我，旧时店桥岭分两截：上一截从店桥头到三板桥，有二十一步。这一截店桥岭呈"y"字形，一段是从外楼方向过来，往西走；一段是从供销社门前下来，往东走。到了中间位置合二为一，直达三板桥。下一截是从三板桥到店桥街，有五步。店桥岭合计二十六步。如今的店桥岭只有一截，上方依然呈"y"字形，到中间位置合并。我沿西南侧走下来，共三十一步。

先来说店桥岭东南侧的两家店铺。上方是补鞋店和踏花店。这间房子的上首是补鞋店，下首是踏花店。补鞋店店主姓蒋，外楼人，既做布鞋也补鞋子。当地妇女纳好鞋底，剪来鞋面的布料，拿到这里请补鞋师傅做鞋子。我经常看到他戴着一副眼镜，把布鞋夹在两腿间，右手拿着针用力穿过去，左手把线拉过来。天气热时，他会拿起一块布擦擦手上的汗；天冷时，他会对着双手哈气。布鞋做好了，一双双整整齐齐摆放在后方的一张桌子上。

"踏花"的是一个年轻姑娘，我们都叫她爱芳姑姑。"踏花"就是用缝纫机刺绣，用的是五颜六色的"自由线"，还有一种闪光的线叫金丝（有白、黄两种），可漂亮了。图形画在布料上，把布料放在一个由竹子做成的绷子里，爱芳姑姑坐在缝纫机前端着绷子，随着缝纫机踏脚板"哒哒哒"响起，绷子一前一后地推动着，一幅精美的机绣就出现了。那些图案栩栩如生，有红牡丹，有百鸟朝凤，有金孔雀，有荷花等等。然后，这些布料就可以做成被子、枕头、衣服和拦腰了。爱芳姑姑是我家亲戚。我在店桥街玩耍时常往这里跑，站在缝纫机前盯着她，看她怎样"踏"出那些图案。

补鞋店和踏花店下方是杂货店。店主是山背人，因为名字的最后一个字是"德"，大家就叫他为"山背德"。"山背德"每天都戴着一副眼镜。我只要口袋里有五分钱，就会跑到这里来买葵花籽。山背德拿出一个小酒盏，盛了葵花籽倒在我的口袋里，有时也会把葵花籽倒在一张卷成圆锥形的纸上递给我。我转身就跑下台阶。他在后面大声叫着："慢点跑，慢点跑。"

店桥岭　余序整供图

　　店桥岭上下两截之间由三板桥连成。从塘下盖出来的水流经三板桥下方，前往天妃宫。三板桥由一块块长长的青石板铺成。有店、有桥、有岭，这就是店桥岭。店桥头、店桥街、店桥尾都带有一个"桥"字，都与三板桥扯上了关系。

　　再来说西北侧。三板桥的西北侧两间房子是连在一起的，上方的那一间原来是理发店，店里有好几个理发师，每位理发师都有一把椅子和一面镜子。人们称这里的理发师为剃头凤、剃头检、剃头村，大致是因为这个人叫胡某凤、胡某检、胡某村。玉壶人喊名字时都喜欢将第一个字用"阿"来代替，好叫好记又亲热。还有一位退伍军人，人很和蔼，我不记得他的姓名了。那时候男女理一次头发都是两毛钱。

　　理发店下首那间房子是早餐店，专卖面包、油条和大饼，面包六分钱一个，油条四分钱一根。大饼里面有葱，油油的，很香，一块圆形的大饼切成四块，每块两角五分。其实我一次能吃四块大饼，但因为没钱，每次只能吃一块。一个同学曾跟我说起这样一件事：他非常想吃面包，平时大人都舍不得买。有一年期末考，他跟父亲说，他要吃面包，吃得饱饱的，才能考得更好。父亲就带着他来这里买面包，同学放开肚子吃，一连吃了六个面包和一根油条，花了四毛钱。试想，一个小学生一下子吃这么多食物，怎么受得了？后来，同学在考场里肚子疼得不行，考试还没结束，就被老师带到店桥尾诊所看医生了。

　　三板桥和西北侧房子之间有一条走廊，走廊的南侧有几根粗大的木柱。走廊上摆放着各种"腥气"（玉壶方言，海鲜）和干菜，干海鲜有白淡扣、鱼鲞、七星扣、虾皮之类。店主名叫阿藏，其妻子中等个子，性格温和，语速不快。三板桥和走廊上经常聚集了很多人，挑东西的、买菜卖菜的都喜欢在这里停一停，聊一聊，议论起

"番丝六十算"（胡兴虎告诉我，"番丝六十算"一事发生在 1960 年。玉壶话的意思是番薯丝六十元一百斤），谁家没饭吃了，谁家的孩子饿哭了，谁走路挑货去樟山了，谁家的十斤番薯丝卖了六元钱。说到伤心处，又叹口气说，山上能吃的东西都找过来吃了，番薯叶子可真好吃呀。那时候，因为粮食紧张，亲戚朋友见面，不是招呼"你好"，而是问："你吃罢未哦（玉壶方言，你吃过了吗）？"或是问："你天光吃廿事哦（玉壶方言，你早上吃什么呀）？"

三板桥和下一截店桥岭的南侧有一条水沟，源头在栋头桥那里的芝溪，流经外山头、塘下盖、店桥岭、天妃宫，最后汇入芝溪。水流清澈，每天早上村民在这里洗衣洗菜，而我们在街上蹦蹦跳跳，玩累了就下到水里，洗洗手洗洗脚，很是开心。

夜晚的店桥岭又是另一番景象。一个夏天的夜晚，月亮闪着清幽的光。我和姐姐躺在道坦的门板上乘凉。姐姐说，今晚这么亮，一起去"一二一"。于是，我和姐姐轻轻地走出道坦，沿着外楼路向店桥头、店桥岭走去。

一路上，姐姐要我昂首挺胸，像解放军叔叔那样，我们俩一边走一边喊着："一二一，一二一，一二，立定。一二一……"到了店桥岭，只见大把大把的清辉从天空中倾泻下来，老街褪去了白天的喧嚣，显得非常宁静。风吹来，柔柔的、轻轻的，拂在身上，甚觉惬意。三板桥和塘下盖的台阶上铺着一块块门板，孩子们三三两两躺在上面。前方的店桥街路面上也是一张张竹床和一块块门板，大人、小孩都在睡觉。月光，门板，孩子，这是那个时代独有的景色。姐姐担心我们喊"一二一"的声音惊扰了这些正在睡觉的孩子，连忙叫我转身悄悄往回走。

许多年后，我再回忆当年在月夜下见到的那一幕，仍觉得很温馨。

总有些人走着走着就不见了，总有些景悄无声息地消失在岁月

孩子所在的位置为三板桥　胡晓文摄

里，总有些故事随风烟消云散。匆忙间，在店桥岭岁月的信笺上，留下这一段往事，有你，有我，有故事；有喜，有悲，有感慨。作家简嫃曾说过这么一句话："像每一滴酒回不了最初的葡萄，我回不了年少。"是呀，时光飞逝，仿佛才一转身，岁月就已过去四十多年了，我们也终于抵不过岁月悠然，从一个无知的儿童走入了中年。只是我们再也回不去了，回不到曾经的青春年少，再也不会在月夜下去店桥岭"一二一"，再也不会对店桥岭的大饼垂涎欲滴，再也不会蹦蹦跳跳去店桥岭买五分钱的瓜子。

　　曾经的三板桥，每一块青石板都能记住玉壶人家长里短的声音，也能听到远方游子回家的足音。如今，那些青石板应该还躺在地底下吧。真想问问青石板：有没有与下方的水沟聊聊天？还有没有听到远行归来的孩子喊"妈妈"的声音？

有一种生意在店桥街

店桥岭下方就是店桥街。店桥街的路面是由鹅卵石铺成的，一个个花纹有规则地连接着，有花形的，有圆形的，有菱形的，鹅卵石大小不一，既古朴又美观。那时候在玉壶本地，正月初一那一天，店桥街的地面都被红色的鞭炮纸覆盖着。为什么？这里是商业街，生意人图吉利，放鞭炮象征着红红火火。

店桥街店铺分为南北两排，中间的十字路口把店铺分为上下两部分。我们先来说说店桥街南侧的店铺。这一排店铺很多，染布坊、零售店、肉铺、盐店、五金店、南货店和书店都有。

作练炒粉店在十字路口上首。那时候，作练大约四十岁，看上去很干练。20世纪80年代，一些年轻人看完电影，喜欢跑到这里吃上一碗炒粉。我和姐姐在电影院门口玩，时常听到一些年轻人聊起作练炒粉店的炒粉，说怎么怎么好吃。可我们只能听听，偶尔路过那里，闻闻那炒粉飘出来的香味，却从来没有吃过。

作练炒粉店下首有一间卖鞋子和纽扣之类的店铺，店主名叫阿检，家住外楼四面屋，我叫他阿检公。阿检公说话声音很柔和，每次看到我，就会喊我"囡"，由此我特别喜欢来这里看看。那时候，有一种系鞋带的白色胶鞋很流行，有钱人家的孩子都有一双，我们称之为白鞋。有一次，我发现这里就有这种白鞋，价格是一元二角一双，就缠着母亲一定要买一双。那年冬天，我与姐姐终于如愿以偿，来这里每人买了一双白鞋，平时在家不舍得穿，要去学校才穿上。这里的纽扣色彩缤纷，很漂亮。我们在街上玩着玩着，偶尔会跑过来看看纽扣，饱饱眼福。阿检公总是笑眯眯地看着我们。

继续往下走，到了店桥街十字路口，其上方是肉铺，店主名叫银藏（谐音）。20世纪70年代中期，每到农闲时节，一些村民就三三两两地聚集到这里，手上拿着一支烟筒，议论起番薯丝多少钱一斤，柴火多少钱一斤，谁劳动一天得了多少工分，谁家养了一头猪有几斤重，谁在山上种了几株番薯被生产队队员知道了，后来都被拔掉了等等。那个年代，猪肉和牛肉同价，都是六毛五分一斤。买肉要肉票，所以猪肉和牛肉对于我来说是奢侈品，只有过年才能吃上几口。

店桥街　胡志林摄

有人告诉我，阿检公店铺和银藏的肉铺都是店号为"余东昌"家族的房子。"余东昌"为玉壶余家始祖余玉钦后人，生性乐善好施，曾出资修筑外野栋。"余东昌"是做什么生意的？其家族还有什么故事呢？我多方打听，但无人知晓。

店桥街十字路口向北通往外山头，向南通往天妃宫。这里的西南侧也有一条水沟，源头也在栋头桥那里的芝溪，流经大田、洗埠头巷、店桥街十字路口、天河巷，最后与从塘下盖、店桥岭水沟流出的水汇合，注入芝溪。周边的妇女在这里洗衣洗菜。继续往前就到了天妃宫，天妃宫有一个戏台，有钱人家里有喜事，会请剧团来此演大戏。

店桥街东南侧十字路口下首是一家五金店，五金店西侧有一级条石台阶，台阶上坐着一个个"担行贩"的人，每个人都有两个行贩箩。我认识两个"担行贩"的人都是住在外楼的：义建公和岩婆。义建公住在我家房子后方，每天他都挑着行贩担子走过我家后门，前往店桥街。岩婆的老公名叫阿岩，因为辈分大，大家都管阿岩叫岩公，其老婆自然就叫岩婆。岩婆住在外楼四面屋的西南侧，我家在西北侧。岩婆每天挑着一担行贩箩，经过我家（外楼四面屋属于四廊走马，东南西北四个方向都可以通过，我家楼下也属于走廊）楼下，走过后门台去店桥街。

我父亲是"文革"期间的下放干部。那时"文革"刚结束，父亲离开玉壶去外地复工，家里就靠着母亲种地来维持生活，可谓一贫如洗。岩婆路过我家经常会停下来，掀开行贩箩（行贩箩有三层的，也有四层的，每一层放一种干水产）的老盖（竹子做成的，呈弧形，类似于竹做的小菜盖），用右手的拇指、食指和中指轻轻撮住几片虾皮（玉壶方言，虾米），放到我家的吃饭桌上，然后挑起担子离开。我、姐姐和弟弟立即把这几片虾皮平均分成三份，每次我都能分到两三片。这是童年时岩婆留给我最深的记忆。平时有空，我就去店桥街看岩婆卖水产。岩婆的行贩担子有时停在前往天妃宫十字路口的台阶上，有时停在五金店下一间房子门口，有时又停在新华书店前方一户人家的门口。有人来买水产，她称好斤两，随手抽过一根稻秆，把水产捆扎一下，递给买主。如果对方买的是七星扣和白淡扣，她就会把这些干水产倒在一张纸上包好，用稻秆捆扎一下，再递给买主。

五金店外侧板壁（朝向水沟）有一块"大批判专栏"，底下张贴着几张写满黑字的白纸。有一次，我和姐姐路过那里，姐姐指着上面的几个大字，嘴里念着："打倒投机倒把分子。"至于还有些什么内容，我已经没印象了。五金店门口横放着一块门板，门板上摆放着各色染粉，妇女们会来此买染粉，给鸡鸭鹅的翅膀或头顶涂上颜色，用来区分自家与别人家的。五金店柜台前进卖的是锁、老虎钳、铁钉之类的物品，后进住着一个名叫杨步顶的草药医生。有一次，我的手化脓了，肿得像一个馒头，夜里疼得无法睡觉。母亲带着我来这里找杨步顶医生。医生看了看我的手，说是有两种方法：一是用小刀刺穿，挤出里面的脓；二是用芙蓉花加煮熟的糯米饭包扎，等伤口破了，脓就流出来了。我一听说要刺穿我的手，就放声大哭，说什么也不同意。母亲只好同意用第二种方法，去岭头垟采了芙蓉花，加上糯米饭给我包扎，第三天红肿处就破了。过了十多天，我的手就好了。母亲很开心，带着我，拿了几个鸡蛋送给杨步顶医生，医生说什么也不肯收。

岩婆行贩担子下方有一间文具店。店主名叫余式铈。据《壶山今古》记载，余式铈，1957年毕业于北京大学中文系，"文革"期间，因历史问题回到玉壶，1979年平反后在玉壶中学执教。他是我爷爷的好朋友。式铈文具店的文具很多，铅笔、橡皮、铅笔盒、卷笔刀等都有。我最喜欢这里的蜡纸，有蓝色的，也有红色的，一盒蜡纸

店桥街　刘日年摄

有二十张，每张两分钱。我看到语文老师曾用蜡纸刻写试卷，一张蜡纸刻写四五次后，再继续使用，字迹就不清晰了。我非常渴望能得到一张蜡纸。有一次，爷爷拉着我离开时，我的眼睛盯着橱柜里的蜡纸，嘴里叫着："蜡纸，爷爷，蜡纸。"式钏公赶忙拿出一张蜡纸递给我。我迫不及待地接过来，满心欢喜。真的，直到现在，那张蜡纸和这间文具店一直在我心里藏着，永远不老。爷爷当年也是教师，也是因为历史问题退出了教师队伍。这对好朋友可谓是"同是天涯沦落人"，爷爷有空就带我来这里坐坐。我在外楼能听到"三打白骨精""半夜鸡叫"和"林冲雪夜上梁山"之类的通俗故事。而在这里，爷爷和式钏公聊武则天，聊无字碑，聊成吉思汗，聊朱元璋，聊《清史稿》，聊《明史》等。这些知识是我从没听说过的，我就很认真地在一旁听着，有时来店里买东西的人见此也会停下来，跟着聊几句。每次我爷爷一来，式钏公就很开心，店里也就很热闹：有人过来买东西，有人过来聊天，我会在店里店外穿梭。一时间，店里充满了快活的气氛。后来的我喜欢看书，也得益于爷爷和式钏公，是他们激发了我的好奇心。

文具店前方有一家书店，店主是一名三十多岁的男子，平阳人，个子不高，语速很快。我喜欢看书，只能每月从生活费中节省出一点点来买一本连环画或杂志。每次我一进店，店主就会从后面的柜台上拿出书来，告诉我这本书好看，那本书是刚到的。记得我买的最多的是《儿童时代》，每本一角二分，连环画有八分一本的，也有两角一本的。有一本《1981年优秀中篇小说选》是二元一角，厚厚的，我很想买，天天来看，可没钱买。于是，我每个周末都上山砍柴，把买柴的钱省下来买了这本书。后来不知怎么了，这里的书店关门了，玉壶中学下方的一户人家开起了一家书店，我就去那里买书了。

我们再来说说店桥街北侧的店铺。"泰宁店"在店桥街北侧十字路口上方。据《玉壶余氏族谱》记载，其始祖为余玉钦，于清乾隆辛丑年（1781）由平阳榆垟迁居玉壶，一生行医为业，诚实守信，医德高尚。其后人仍然行医，玉壶老百姓凡有头痛脑热、伤风感冒之类的疾病，都会来此就医。余玉钦在店桥街亲手建造木构建筑的四间三进房屋——"泰宁店"。房子雕梁画栋，红门黑柱，工艺精巧。柱头加圆雕，梁下托花盘。间铺条石，坚如磐石。院井卵石图案，院前高壁白石灰勾塑天庭与浮云，日月双星分塑两边，上书"恒升"二字。右书"凤阁文章五色新"，左书"龙门墨浪三春暖"，字体刚劲有力。浮云下水波粼粼，一条鲤鱼喷水跃波而出。壁下筑水缸，壁内装机械，抽水入鱼肚，变死水为活水。高山凡有挑柴到玉壶出售者，远望而兴叹曰：苟能将柴出售"余泰宁"，目睹此壮观，平生愿足矣。中村村民胡先生告诉我，在店桥街有这样一个传说：古时候，

"泰宁店"地基很值钱。余玉钦买地基时，银子摊到哪里，就买到哪里，故称"摊银店"。因为谐音，又是药店，久而久之就被称为"泰宁店"。由此可见，当年的余家可谓是家大业大，后该房屋被拆毁。

店桥街十字路口往外山头方向西侧有一间呈三角形的店面，是卖零食的，玉壶人称之为三角店。店主六十多岁，是一位很和善的妇人，头上挽着一个发髻，穿着对襟衣服，看上去很整洁。无论谁过来买东西，她总是笑眯眯的。妇人卖的是香烟、糖果、蚕豆（玉壶人称为豌豆）、板栗等。蚕豆摆成一堆一堆，一分钱七颗，板栗和糖果都是一分一粒。她家的香烟可以整包买，也可以一支一支买，经常有人过来赊香烟，妇人就拿出一本小本子记下来。犹记得儿时，我最喜欢这里的糖果，每次来到店桥街，总要在三角店门口站一站，一双眼睛粘在花花绿绿的糖果上不肯挪开。

那时候，父亲每年都回一趟玉壶，每次回来，总会先到三角店买来五角或一元糖果，给外楼四面屋的家家户户都分几粒糖果。那糖果可真甜，我的心都有被甜化了的感觉。父亲去分糖，我就在后面跟着。有人吃了糖，把糖果纸扔了，我就赶快跑过去捡起来，拿回家洗一下，晾起来，夹在书本里。为了能得到更多的糖果纸，我时常到三角店的门前站站。有一次，一位阿姨买了糖，一边走，一边剥了糖果纸，把糖果放在嘴里。我一路跟着，可她最后把糖果纸揣在口袋里了。当时，我心里别提有多失落了。

三角店下方是各种小店，我最喜欢"学钦摆摊"（"摊"在这里念第四声。玉壶人念"摊"字都是第一声，这里的"摊"为什么是第四声？我一直找不到答案）的物品了。那时候，学钦大约三十岁，很和善，爱聊天，人们有事没事总喜欢在他的摊位前站站、聊聊。这里卖的都是零碎的东西，香烟呀、瓜子呀、九层糕呀、凉腐呀都有。大姑妈告诉我，这里的九层糕是学钦妈妈做的。别人做九层糕都是将稻秆烧成灰，浇上水去渣后做成灰汤。学钦妈妈却是用三落槿和槐花做灰汤，然后在灰上浇水，再将水淋到米粉上浸泡，灶台里烧着火，将搅和均匀的米粉一层层浇上去，这样做出的九层糕又香又糯。逢年过节，大姑妈会带着我到这里买几块九层糕。九层糕是菱形的，小块的五分钱，大块的要一角。到了东溪家里，我和表姐弟拿出九层糕，右手轻轻地一层层撕过来，用三根手指撮住，高高举起，嘴巴凑过去，轻轻地咬住，在嘴里抿了好长时间，才慢慢吞下去。

比起九层糕，我更喜欢这里的凉腐，一小碗两分钱，一大碗五分钱。炎热的夏天，学钦妈妈会在凉腐里加上一两滴薄荷油，那丝丝的凉意直透心底。为了能吃到凉腐，我常常去门前溪外野拔香附子，晒干了卖给玉壶收购站，然后到这里买上一碗凉腐，慢慢地品味。那滋味实在无法用语言来表达。

"学钦摆摊"前方有一家商店，店主名为"守丰"（谐音）。有人告诉我，这里是玉壶供销社分店。有一次，外楼四面屋上间额枋的广播里播出一则通知：有一批战略物资——库存的带鱼运到玉壶出售，比平时的价格低一些，地点就在店桥街玉壶供销社分店。一时间，外楼老屋很是热闹，家家户户都有人拿着茶箩头往外走。我和姐姐也拿着一个茶箩头到这里来买带鱼（那时我才六七岁）。商店前方的地面上有一条长长的绳子，有一个人把我们的茶箩头拿过去，一个个按先后的顺序串起来。商店里的人拿起一个茶箩头，放上几条带鱼，称好斤两，递给买主。等了很久很久，我和姐姐终于买到了带鱼，手牵着手回家了。

商店前方住着一个名叫胡庆侯的裁缝。20世纪三四十年代，他挑着缝纫机到各地帮人做衣服，那时候没有公路，他就走路去上林、李林、东溪、金星、朱雅等地。玉壶本地的生意做完了，他还挑着缝纫机前往景宁、龙泉等地，风餐露宿的，那份辛苦不是如今的我

店桥街　刘日年摄

们所能想象得到的。帮他人做衣服就住在农户家中，做完拿了工钱再去下一家，年年月月，月月年年，他就这样在路上奔走着。到了20世纪70年代，他就把缝纫机摆在自家前门。胡庆侯做的衣服穿起来很合身，人们剪了布料都喜欢拿到这里来做。他家前门的板壁上挂着一件件中山装和衬衫，店里人来人往的，生意很好。

庆侯房子前方有一间店号为"胡成大"的南货店。店主是一个五十多岁的男子，姓胡名式汤，祖籍在半岭，时人称其为"半岭汤"，高高瘦瘦的，很斯文，看外表不像一个生意人，倒像一个读书人。据其后人说，"半岭汤"年轻时学习成绩很好，抗战时期曾去青田阜山中学念书。他家的南货种类很多：海儿肉、墨鱼、海带、紫菜、白淡扣等。白淡扣、七星扣、虾皮等干海鲜装在番薯箄或篓子里，上方垒成一个小山包形状，一条细长的竹签插在"小山包"上，竹签上用墨笔或红笔标写着商品价格，如"白淡扣八角一斤"等。到了20世纪90年代，"半岭汤"改卖百货了，碗、颜笠、地拖、水管、菜刀、柴刀、畚斗、扫帚都有。有时候，我看到"半岭汤"拿着一把鸡毛刷（用公鸡毛做成的，也叫鸡毛掸），轻轻掸去碗和颜笠等物品上的灰尘。

店桥街西北侧最下方是玉壶诊所，门口有台阶。那时候玉壶本地柴火少，人们都到东背乡下东溪村外坑一带去砍柴，刚砍下来的柴火重（玉壶人称砍柴为割柴），挑到这里，会把棒拄竖在台阶上，顶住冲担，人站在台阶下方歇息一会儿。走上台阶，迎面是一排药柜，东侧是西药柜，北侧是中药柜。东北两侧各有两个医生在抓药。如果去找医生看病就要绕过药店前门，来到东侧的后门。

小时候我很会哭，哭着哭着就被风呛着了，然后会咳嗽一段时

左侧建筑为店桥街诊所　朱跃摄

间，母亲就带着我来这里看医生。医生姓余，下新屋人，是我家亲戚，母亲叫他"超表伯"，要我叫他阿公。阿公性情温和，有时还会摸摸我的脑袋，让我感觉很亲切。

有一次，我一连咳嗽了三个月，母亲跟医生说着说着，显得有点生气，厉声呵斥我："以后再哭个不停……"说罢，作势要打我。阿公拉过我的手悄声细语地说："以后不哭了，不哭就不咳嗽了。"阿公说先给我吃点药，如果还是咳个不停，建议我母亲带我去上村老医院拍 X 光片。阿公开好药方，叫我母亲去前门等。然后，他用一个夹子夹住药方，把夹子挂在头顶上方的一条铁丝上，用手一划，夹子就带着药方"刷"的一声滑向药店的前门。等我们走到前门，另一个医生已经取下药方，然后配好了药递给我母亲。

脚踩着店桥街的地面，我的思念也轻抚着岁月的长河，所有原本在心灵深处关于这里的记忆都鲜活了。这里是我儿时的快乐之源，那记忆的闸门一经拉起，许多往事，包括那些远去的或至今仍激荡在我心坎上的快乐、心酸都如潮水一般，涌向我感情的沙滩：店桥街的糖果纸、行贩担子、三角店、"大批判专栏"、炒粉店……我熟悉的那些人已经走远了，我熟悉的那些街景已经没了，我熟悉的那些吆喝声已经消失了……

忽然之间，我想起诗人王统照《小诗》中的一句话："多年的秋灯之前，一夕的温软之语，如今随着飞尘散去。不知那时的余音，又落在谁的心里？"是呀，当年玉壶诊所那位阿公的悄声细语如今不知还停留在谁的心上，谁还能记得他的温软之语……

有一种酒香飘在店桥尾

店桥尾位于店桥街下方，市场路、玉壶街在这里交汇。

玉壶诊所侧对面的店桥尾有一间是理发店。东背乡下东溪村村民胡克木是木匠，会做家具，20世纪20年代和几位朋友一起前往新加坡，靠手艺活赚钱。他省吃俭用，1947年带着钱回到国内。1948年，其妻周丹弟在店桥街诊所对面的店桥尾买了地，并建起新房，将家搬到这里。1949年，周丹弟在店桥尾开了一间布店，转卖洋布（那时候人们管布料叫洋布）。因为她生性善良，性格又好，所以她家的生意特别兴隆。1956年，国家对私营工商业进行社会主义改造，布料要由供销社统一出售，周丹弟的布店并入了玉壶供销社，她也由此成为玉壶供销社的营业员。到了20世纪60年代，周丹弟之子胡志荣、胡志光、胡志榜等相继出国，房子出租给他人，成了理发店。

在我的记忆里，店桥尾的理发店有好几家。平时我们要剪头发就来这里。外楼四面屋有一户人家是从木湾搬过来的，男主人叫陈加亨，我喊他加亨伯伯，是理发师，每天早上挑着一担"剃头担"走出前坦，前往店桥尾的理发店。那时候为了省钱，都是母亲先给我和姐姐剪头发，剪完了，再把我们带到店桥尾理发店，加亨伯伯用一个手动的理发推子剔去我额前的细毛。那把理发推子很古老，常常夹住头发，弄得头皮生疼。加亨伯伯会停下来，清理一下头发屑，点上一两滴机油，继续理。每次，加亨伯伯只收我们姐妹俩五分钱。

平时，也有农民会将一些农产品拿到店桥尾卖。一次，一位老伯伯提着一泥箕的西瓜在店桥尾理发店门前卖，泥箕里有四个西瓜。一大群人围在那里，我们一群孩子也赶过去看热闹。那是我第一次看到西瓜，碧绿的外皮上布满了墨绿色的花纹。老伯伯说自己是瑞安东坑人，撑着竹排来玉壶的，他眉飞色舞地告诉我们西瓜如何如何好吃。他说，西瓜切开以后里面是红色的瓤，吃的就是这瓤，可甜了，籽是黑色的。可大家都没钱。一个在林场工作的男人（是吃公粮的，有粮票）提出能不能用番薯丝兑换，经过讨价还价，最后确定五斤番薯丝兑换一个西瓜。我久久地盯着那个男人手中的西瓜，真希望自己是他的女儿，那样，我就能够尝尝西瓜的味道了。在旁人羡慕的目光中，那个男人捧着一个西瓜离开了店桥尾。翌日，小伙伴告诉我，那个男人的儿子说，那西瓜不仅瓤好吃，皮也很好吃。

　　理发店的东南侧是店桥尾水井坦，那里有一口水井。

　　20 世纪 30 年代初，东背乡枫树坪村村民胡克球为了生计前往上海当船工，后又前往荷兰。赚了一些钱后，胡克球回到了玉壶，在如今的水井坦南侧买了一块地，建了三间两层半的房子，外面的柱子是由薄薄的砖块砌成，里面的房子是木构建筑，玉壶人称该房子

右为店桥尾老屋　胡志林摄

为洋房。那时候的玉壶，如果说起"克球洋房"，可谓无人不知，无人不晓。胡克球之子胡西弟告诉我，1944年，玉壶中美合作所第八训练班（即中美合作所第八期特种技术训练班）曾有多名官兵住在这里。1945年下半年，训练班官兵离开玉壶后，胡克球之妻吴翠丁就在家里办起了染布坊，在房子后方的道坦上染布，染好的布料摆放在一楼前门，由村民来取走。胡克球则做"放树行"生意，玉壶周边山上的村民砍伐树木背到这里，统一收购以后，再背到外楼门前溪经水路运送到平阳坑，由专人收走。1959年，因为生活困难，胡克球又前往荷兰。不久，其家人也先后去了国外，因为勤劳肯干，生意越来越兴隆。其家人就将水井坦的房子出租给他人当店铺。20世纪60年代初，胡克球回国看望家人，得知水井坦一带村民吃水困难，于是出资在空地上挖了一口水井。这就是店桥尾水井，此地也被称为水井坦。

店桥尾水井里的水清澈甘甜，附近村民都到这里挑水，水井边上还有洗衣槽，妇女会在这里洗衣洗菜。我们在边上跑跑跳跳，这里玩腻了，然后跑到天妃宫戏台上去玩，口渴了，又跑到水井坦，看到有人在挑水，就向对方要水喝。村民都很善良，会从水桶里舀起一瓢水递过来，我们咕噜咕噜地喝够了，又跑去玩了。到了20世纪80年代初，不知怎么了，这里的井水慢慢变黄了，于是人们不来这里挑水，去挑粮管所水井里的水了。平时这里的水只用于洗衣洗菜了。

20世纪四五十年代，东背乡炭场村民胡克永在胡克球房子边上买了一块地，盖了两间木构建筑的房子。胡克永的家酿红酒香气扑鼻，可好喝了。胡克永还会晒大原酱（玉壶方言，黄豆酱或豌豆酱），那大原酱香甜可口。一时间，水井坦一带很热闹：有人来染布，有人来背树木，有人前来买酒，有人来买大原酱，说笑声不绝于耳。

前为店桥街，后为店桥尾　陈润慧供图

　　儿时的我还曾在店桥尾捡过香烟头。外楼一位阿公长年累月躺在床上，一次，阿公听说电影院门口和店桥尾有香烟头，就叫其孙女去捡。其孙女每次去捡香烟头都会叫上我。我们每天一起床都会先去电影院门前，因为晚上看电影的人多，扔下的香烟头也多，捡到的香烟头就放到口袋里，然后再沿着天妃宫往下走，一路走一路捡，到了店桥尾水井坦一带，每天都能捡到十个左右香烟头。我记得大前门香烟是没有过滤嘴的，被扔掉的香烟头约有三厘米长。我们把捡回来的香烟头剥开，把里面的"烟丝"倒在一张作业本的纸上，卷起来，递给阿公。阿公每次都会夸我们能干。后来阿公去世了，我们也就不捡香烟头了。

　　这几天为了写这篇文章，我又来到了店桥尾。水井坦还在，水井没了，洗衣槽没了。水井坦边上的老屋还有两处，其余的地方都已建起了高楼。

岁月催人老，任谁也熬不过岁月。其实，你我也与玉壶老街一样，熬不过岁月。2003 年 12 月 22 日（这天刚好是冬至），店桥街失火，火势凶猛，向街头街尾蔓延，百年商业老街毁于一旦，令人唏嘘。那从骨髓里渗透出来的沧桑之美，随着老街的消失，也跟着走了。如今这里新建的房子都是钢筋混凝土结构的，菜场已搬往别处，热闹已不如往昔。

一位老家在店桥街如今旅居法国的朋友，读了我的文章《玉壶：有情遥寄五十都》后，给我发来信息："能不能再建一条与店桥街一模一样的老街，叫所有原先住在这里的人们都回来，安安稳稳地过日子吧，别再四处奔波了……"隐隐地，我能感受到他对店桥街那份浓浓的思念之情。

唐代诗人李贺在《嘲少年》中说："少年安得长少年，海波尚变为桑田。"是的，少年无法长少年，老街无法长老街。时光如水匆匆流去，过往的岁月褪成了发黄的书页，记忆却凝成了永恒的温存。随着年华的逝去，玉壶老街的繁华也消逝在历史的长河中。

岁月带走玉壶老街的容貌，却带不走我们对她的一片深情。玉壶老街是一部历经几百年的沧桑剧，你在这个舞台上唱过，我在这个舞台上唱过，他在这个舞台上唱过。我们既是看客，也是剧中人。

陈山

陈事陈情惹人醉

　　从前的日色变得慢，车、马、邮件都慢，一生只想待在一个地方，没有漂泊，没有流离；从前的日子过得也快，年华似水，匆匆流走，转身已是天涯……想起陈山，我心里就有这两种感觉，而且都很真实，也很强烈。

阔别多年的故地

　　从玉壶镇子母宫始，上米笠岭，过塔平，林木疏朗，瑟瑟撩人眉睫，隔了一片片金黄的稻田望去，那山林染了今秋最好的阳光。转过一条林间小路，一脚衰草，一脚落叶，便到了陈山的怀里。

　　站在陈山的半山腰向下望去，在秋阳的映照下，稻子被一阵微风拂过，漾起波纹，一浪赶着一浪，一层赶着一层，颇为好看。微风中，时不时传来一阵阵稻香，混合着泥土的芬芳。这时所有的烦躁，所有的心事都没了，心竟然显得无比沉静，仿佛回到了童年时代，可以无忧无虑、无拘无束地尽情玩耍。向上望去，则见一大片一大片的树林，杉树、松树、杨梅树等应有尽有。这些高大的身姿只适合仰望，风从林间穿梭而过，让人感受到村子的鲜活和灵气。收回

远望陈山

视线，近处，门前搭着一个丝瓜架，鲜嫩的丝瓜垂挂下来，勾起我们强烈的食欲。

据《文成地名志》记载，陈山村在玉壶镇外楼东江山谷，住户皆为胡姓。因陈姓人在此始居，故名。关于陈山，我是熟悉的，从小到大，每次有陈山人路过我家门前，父亲总会说，我们是外楼人，陈山人是我们的叔伯底（玉壶方言，叔伯兄弟姐妹）。而对方也总会喊我父母亲为"哥哥嫂嫂"，有时也会到我家里坐坐，聊聊今年清明时节派谁给祖上扫墓。既然是亲戚，说起话来也随意，渴了进屋喝口茶，热了就地歇歇脚，家长里短地聊几句。

我小学时的同桌是陈山人，儿时的我曾多次跟随她来陈山摘杨梅、拔草。而后，同桌去了国外。算起来，我已经三十多年没来过这里了。或许是时日久了，眼前的一切便有了变化：同桌家门口的那株杨梅树不见了，门台下的稻田也变成了一片鱼塘。恍恍惚惚，时空感迷离了。走进一户人家，说明来意，主人盯着我使劲地看，末了，说一声："怪不得这么熟悉，你的眉眼跟你爸爸真像。"于是，我们喝着茶水，主人热心地介绍着这里的一切。

繁衍生息的福地

现年七十一岁的胡志茂指着边上的一块空地说，祖先刚搬到陈山时，把房子搭建在这里，后来，家族里的人多了，于是在边上盖了多间房子。"你看，沿着山势，现在遗留下来的房子还有很多间呢。"

据《玉壶胡氏族谱》记载，清嘉庆丙子年（1816）十一月廿七日出生的胡圣恩是国学生（国学生相当于现在的博士），家住玉壶镇外楼四面屋，生有三子。长子胡希善，次子胡希璋，三子胡希日。

兄弟三人时常去陈山砍柴放羊，发现山林前面有一垅良田沃土，便于耕种，好谋生。因人口众多，住房紧张，玉壶本地良田较少，胡希璋和胡希日便迁居陈山。于是，陈山人便称自己为二房和三房，而留在玉壶本地胡希善的后辈便成了大房。

"这里原来是一片山林，山林前是一片良田。祖先从热闹的玉壶本地搬迁到这里，也着实为生活所迫呀。"从村民的话语中，我们似乎能看见当年两兄弟拖家带口搬迁的样子。刚到这里时，他们住在茅草房里，是怎样听着外面一阵阵的风声伴随一阵阵的雨声和一阵阵山鸟的叫声入睡的？那是如今的我们无法想象的。

总之，后来的后来，茅草房里传出一阵阵婴儿的啼哭声，炊烟在这里袅袅上升，鸡鸭鹅在这里欢快地成长。他们在这里扎根，在这里繁衍生息。胡希璋生有五子，胡希日生有三子。

烧砖烧瓦的宝地

从此，胡希璋、胡希日就把"外楼"深深地埋在心里，埋在内心深处最柔软的那个地方。"陈山"便成了抬头不见低头见的地方，成了感情依附，他们在这里开始创造新的人生，创造新的生活。

白手起家有多难？只有亲身经历过的人才能真正说清楚。家门口的良田是最好的谋生方式。兄弟俩带着孩子们在这片土地上开荒、种地，起早贪黑地忙着也只能勉强地过日子。于是有人想到了打草鞋、织草席和篾席，然后拿到山外去卖。毕竟打草鞋、织草席的材料山里有的是：麻绳、稻草可以打草鞋，竹子可以编篾席，麦秸草可以织草席。将这些做好了拿到山外去卖，也能稍稍改善一家人的生活。

与此同时，也有人去撑竹排。陈山脚下是岭头垟，岭头垟下面是头渡水，弯弯的芝溪流经门前溪，流经头渡水，到达上林林坑口，然后一直往前，汇入飞云江。撑竹排就是用竹排把货物从瑞安、温州等地运回玉壶，或从玉壶运到温州等地。玉壶本地流传着这样一句话："外楼人撑排，金山人卖柴。"撑竹排也不是好营生，如果遇上狂风暴雨，竹排翻了，货物被水冲走是常有的事，有时甚至连性命都难以保全。外楼就有一个名叫胡西凤的人，撑竹排遇上暴雨，回家后着凉生病了，吃了一只老母鸡，结果上吐下泻，无论如何都止不住，第三天上午就去世了。撑竹排能赚到一点点钱，但那是有生命危险的。

到了20世纪50年代末60年代初，一位名叫胡克访的村民不知从哪里学到了烧砖烧瓦的技艺，回到陈山，在门台外建起了玉壶镇

陈山砖瓦窑遗址

第一座砖瓦窑。陈山有三垅山丘蕴藏着可以制造瓦、砖的优质黄泥（黄泥黏性较强）。胡克访带着长子胡志枞开始挖黄泥做砖、做瓦，养牛踏黄泥。烧砖烧瓦需要大量的柴火，陈山本地的柴火远远不够供应，他们就去木湾、金山等地购买，可以说当时影响了玉壶镇的"柴市"。瓦、砖和柴火均为玉壶价格的风向标，引来了玉壶各地的农民来陈山做砖、做瓦，带领一大批人脱贫致富。胡克访父子俩忠厚善良，毫无保留地将精湛的技艺传授给前来拜师学艺的人。后来，玉壶孙山、塔平、岭头垟等地均建起了砖瓦窑。可以说，玉壶人建造砖瓦房的第一片瓦、第一块砖及第一个瓦制的"火笼"均出自胡克访父子之手。

"做砖做瓦很辛苦。一百担黄泥二十担水，你看，溪坑在这边，砖瓦窑在那边，单单是挑水，就花费了很多功夫。黄泥和水准备好了，就把牛拉过来，让牛把黄泥和水踩均匀了，然后再做。一只瓦筒可以做出四张瓦，一千张瓦可以卖二十五元。做好的砖瓦平整地堆放在砖瓦窑里，要连着烧三天三夜，我们都是轮流着烧的。熬夜烧火，眼睛都熬红了。就这样，我们的日子慢慢地好起来了。那时候，陈山可热闹了，有三百多人，来买砖、买瓦的人也多。那时候，我才十几岁呢。那些日子虽辛苦，但很快乐。"胡志茂指着远方的溪坑，和我们边走边聊，沉浸在对往事的回忆中。

创业启航的灵地

是船总要远行，但也渴望有收留的岸。当时光飞逝，人也会跟着往前，乘一叶顺流而下的扁舟，在某个港岸做短暂的停留，也许沿途的风景能深入骨髓，但也只是将它装入行囊。作为土生土长的陈山人，可以为某个城市、某座大山动情，却不愿交付一生的时光。

陈山老门台

无论灵魂寄宿在哪个驿站，无论天涯，无论海角，心也总会回归陈山。

20世纪60年代，福建、江西一带的伐木场、林场需要伐木工人。通过亲戚朋友的介绍，一部分陈山人便到那里当上了工人，后来全家搬迁到福建、江西一带，但他们还是经常会回到陈山，看看这里的叔伯兄弟。

20世纪80年代，第三代陈山人的两个女儿分别嫁给了家住凉水坑和溪源的华侨后代，随后跟着夫君去了荷兰。去国离乡的女儿想念自己的家乡，于是纷纷帮亲带戚，把兄弟姐妹带到国外。自那以后，移居国外的村民越来越多，他们致富不忘家乡，当乡亲有困难时都会出手相助，并积极支持家乡的建设。

改革开放以后，一些陈山人也陆续前往温州、瑞安等地打工、开店、创办企业，赚到钱以后，便把兄弟姐妹也带过去，还把家安在了那些地方。昔日热闹的陈山沉静了下来，如今住在这里的只有两户人家四个人，年龄均已超过七十岁。

七十一岁的胡志友老人说："儿子们都在温州买了房子，可我还是习惯住在这里，这里山清水秀，空气好，故土难离呀。不过，等我们这一辈人走了，这里就再也没人了。年轻人都在外面创业了。你看，又有车子上来了，他们都是上来种菜的。"

说话间，只见一辆车子停在门前的道坦上。我过去一问，对方说，自己已经在玉壶镇上买了房子，但平常还是喜欢来这里种菜和粮食。

"这里的土地都是老祖宗留下的，在玉壶就要租别人的地来种，不如走几步路在自己的土地上种，吃得放心又环保。"来者一边说，一边走到一堆山灰前，点起火，烧土泥灰（种菜的一种肥料）。烟火味十足，家乡味也十足呀。

不知道为什么，站在陈山这片土地上，我总想起徐志摩《再别康桥》里的两句话："轻轻地我走了，正如我轻轻地来。我轻轻地招手，作别西天的云彩。"

当年，胡希璋和胡希日兄弟俩毅然决然从玉壶来到这片土地上娶妻生子，繁衍生息。如今，他们的下一代又陆续搬回玉壶，搬到温州各地，迁居外省，甚至国外。这是兄弟俩没有想到的。

这里的山，这里的树，这里的水，是终年给在外的游子准备着的。

漂泊在外的陈山人，你们一定能记起这里的晨曦，这里的清风，这里的梦里落叶飞……

陈山，愿你等的人都能回，愿你爱的人都永在，愿你在意的人都永远安好。

外村

那寺那屋那树那古道
走遍天涯海角忘不了

　　久居大岙，我说的还是玉壶方言。曾有人好奇地问我，咋不学大岙话呢？我说："我骨子里就是个玉壶人。"

　　无数次在梦中，一首名为《蛙蟆讨亲》的歌谣总在我耳边响起："灯啊灯，蛙蟆讨亲，蚱蜢抬轿，萤火光光（萤火虫）背出灯，黄头奖（玉壶方言，指头上有一撮黄色羽毛的燕子）叫客，飞丝拉梦（蜘蛛）挂布帐，鸭夹柴，鸡烧火，猴玐（猴子）吹箫打铜鼓，旁山有头老鼠牯，还想讨新妇（儿媳妇）……"醒来以后，我会愣怔很久很久：我这是在大岇，不是在玉壶外村，这种腔调只有玉壶人才唱得出来。

《蛙蟆讨亲》这首歌谣，勾起了我心底那片最柔软的温情和记忆。即将半百了，还有多少时间能蹉跎？还有多少事情值得等待？在这"千花百卉争明媚"的春天里，去玉壶外村看看吧，回忆那些曾经的风景，回忆那些失落在清浅岁月里的旧时光，以及旧时光里的人和事。

据《文成乡土志》记载，外村位于玉壶中村的东南方，由外楼、陈山、西江和玐垄等自然村组成。

玉泉寺：难忘那一股清泉

从玉壶车站出发，过壶山路，到了塘下街街口拐向玉泉街，直达玉壶镇小边上，你会发现：东边是玉壶镇小，西边就是玉泉寺。

玉泉寺所处的地段为外楼垟，原名象岗寮。据《瑞安县志》记载，玉泉寺，旧称崇福寺，初建于明永乐甲申年（1404），清道光丙戌年（1826）增建钟鼓楼，清同治丙寅年（1866）前进朽坏，重建后，改称玉泉寺。民国十三年（1924）增建房舍20间，1987年重建西方殿和大雄殿。中华人民共和国成立后，玉泉寺前进曾作玉壶区小用房。1987年，当地侨胞胡志光等出资5.1万元支持区小另建用房。1988年春，区小从寺院迁出。

在我童年的记忆里，玉泉寺的前进是教室和老师的办公楼。前进前面两个房间是教室，每天书声琅琅，学生在空地上玩耍、嬉闹。前后进连接处有南北两个池塘，中央甬道是用鹅卵石铺成的拼花图

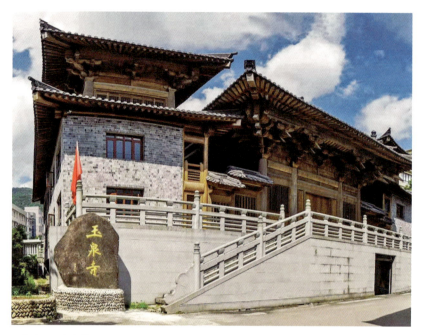

玉泉寺　玉泉寺供图

案。雨和阳光落进池塘和道坦，像南音和戏曲的调子，雕琢出一份安静的时光。这是年少时，这里给我留下的印象。道坦后面是一个戏台，平时玉壶镇小师生开会和演出都在这里。后进是二僧（佛教中对出家女性的称呼）的住房，住房后方是菜园，种有佛手瓜（当年我和小伙伴曾趁二僧不注意，去偷过两个佛手瓜，直接生吃了）和蔬菜。一位年老的二僧经常坐在一张靠背椅上，手里握着一串佛珠，眼睛微闭着，嘴里念念有词，神情安然。戏台下方有一口水井，水源出自地下，源头远，无污染，一年四季都不会枯竭，水质清冽甘甜。那时，外楼只有两口水井，一口在玉壶镇小门口的西北侧，一口就在这里。于是，就出现了这样一个温馨的场面：学生在道坦和空地上玩耍，村民来戏台下挑水，二僧坐在门台前念经，各做各的，互不干扰。

玉泉寺的西侧是蛙蟆坑。寺院门前有一条石阶通往蛙蟆坑，坑水清澈见底，水底的鹅卵石圆滑光润（其中有种像粉笔一样可以在地上写字的石头），偶尔还能抓到几条小鱼。这里是我们的乐园。

蛙蟆坑的南面是一大片稻田，秋天来了，金黄的稻穗在秋风的吹拂下，层层追赶，煞是好看。后来呀，稻田上建起了一座座楼房，蛙蟆坑上方也被水泥钢筋覆盖了。如今你在玉泉寺边上走着，再也听不到坑水的欢笑声，再也看不到在坑边玩耍的孩子了。

有空，你再来外楼垟走走，再来听听玉壶中学和玉壶镇小学生的琅琅书声，再来感受玉泉寺定时响起的晨钟暮鼓。你还能在历经沧桑的脸庞上找到曾经的豪情万丈吗？你还想去蛙蟆坑戏水吗？你还记得玉泉寺后门的佛手瓜吗？

老屋：留恋那满屋笑声

20世纪七八十年代，外村人住的都是老屋，有外楼四面屋、外楼路老屋、水井下老屋、樟树上老屋、樟树下老屋、西江老屋、岭头垟老屋等，这些老屋年代久远，充满厚重的历史沧桑感。

外楼四面屋位于外楼路24号。据《胡氏族谱》记载，生于清康熙壬午年（1702）的胡尚雍家住玉壶外楼，做生意赚了钱，于是在外楼大樟树西北侧约50米处盖了一座四面屋，分上下两层，这就是外楼四面屋。现年八十五岁的胡信淡家住外楼四面屋，他说，外楼四面屋建筑属于四廊走马，也就是说，房子是四面屋，每个角都能出入。前辈有人当过官，有一块题为"夏绮高风"的牌匾是从温州送上来，挂在上间的横梁上。门窗都是雕花的，20世纪70年代，外

外楼老屋一角

楼四面屋一共住了17户人家，100多人。

　　我小时候就住在外楼四面屋里，从正门进来，依次是前坦、道坦和上间。道坦周围有一圈长条石，左右两边的房子是对称的。我家在西北角上，一楼有两扇木窗户，一扇在灶台上方，一扇在柴仓上方。每天早上，母亲都会先打开这两扇窗户，透透空气，晚上八九点再关上。每家都有一个灶台，后面有一个柴仓。柴仓前面有一张矮长凳，可以坐在那里烧火，再往前就是一个火塘，烧好的火灰被扒到这里，冬天可以烤火。家境好一点的人家灶台上有烟囱，这样烧火做饭，家里就不会烟雾弥漫。我家没有烟囱。有时好几天淫雨霏霏，柴火被淋湿了点不着，满屋子冒着浓烟，我和姐姐被呛得只能往外跑。饭很长时间也煮不熟，肚子又饿，那种惆怅和无奈至今也难忘，我是多么渴望我家有一根烟囱呀。

白天，大人们在老屋里做饭、烧菜，锅瓢碗筷的声音此起彼伏，邻居们从这间房子来到那间房子，来看看你家吃什么，或者借点酱醋油等。老屋里有很多年龄相仿的孩子，吃过饭，大家就跑到道坦和上间去玩耍，捉迷藏、跳绳、跑步，孩子们的嬉笑打闹声此起彼伏。夏天，每当太阳下山，家家户户便早早地抬出竹床占位置。我家没有竹床，我和姐姐就拿来两条长凳，把门板卸下来放在长凳上，组成一张床。夜色深沉，寒星与冷月相伴的时候，我们就静静地躺在道坦上，听志茂公讲故事，有孙悟空"三打白骨精"和"大闹天宫"，有鲁智深在野猪林里救林冲，有水鬼把游泳的孩子往水下拖……一说到鬼，我们就拿被子遮住眼睛，然后叫起来"怕怕怕"，有人就此逃到屋里去。偶尔会飞来几只萤火虫，在道坦和上间之间飞来飞去，这更增加了我们的恐惧感。后来，大家就要求不再讲鬼故事了。

外楼四面屋地面是泥土铺就的，天气转阴时，地面就很潮湿，会起疙瘩。母亲就拿着一把锄头把起疙瘩的地面刮一刮，地面又稍稍干了一点。每间房子前面都有门台，门台上放置几张凳子，老人就坐在凳子上晒太阳聊天，日子安静又闲适。

1996 年 10 月，外楼四面屋主体部分被拆，建了新房子，保留下来的只有一小部分。外楼樟树上和樟树下老屋也拆了大部分。

外楼四面屋是我童年的摇篮，即使穿过二十六年的岁月，我的记忆依然会流向这片土地和这片土地上的所有人。在岁月的流转中，我们渐渐走出老屋，走向远方，去寻找美好的生活，只是记忆中那袅袅上升的烟火，那欢乐的笑声，那温暖的阳光，那梁上的飞燕，那秋日里一捆捆挂在屋檐底下的番薯藤，都已装进我们的行囊。走遍天涯海角，这行囊的分量没有减轻，反而越来越重。正如李清照在《菩萨蛮（风柔日薄春犹早）》中所写："故乡何处是？忘了除非醉。"

老树：最忆那一片荫凉

老屋给外村人留下至深的回忆，在记忆里一起成长的还有那一株株老树。在外村，你只要问外楼大樟树或大枫树在哪里，人们准会告诉你怎么走。大樟树和大枫树是外村的地标。

外楼大樟树

大樟树身上挂着一块牌子，上面写着：树龄 565 年，平均冠幅 23.5 米。树高 23 米，中空。落款时间为 2018 年。因年代久远，风雨侵蚀，樟树身上布满了伤痕。据说，樟树原来没有洞，不知道哪一年，一群蜜蜂在这里做了窝，每天飞进飞出的，村民就想办法把蜜蜂赶走了，结果就留下了一个洞。也不知道怎么了，这个洞后来越来越大，有人便用水泥把它封住了。

樟树老干虬枝，枝繁叶茂。在我的印象中，樟树边上围有一圈大石头，村民喜欢在这里聊天乘凉。东家长西家短的事情大多是从这里传出来。象岗寮有两口水井，外楼人去挑水大多经过樟树底下。于是就有这样一个场景：夏天的中午，村民挑着两桶水晃晃悠悠地走出玉泉寺，到了大樟树下，就会有人叫起来："喝口水，喝口水。"于是挑水的人就会停下来，从桶里拿出瓢，舀了一瓢递过去，对方接过水，"咕噜咕噜"地喝了起来。接着第二个人、第三个人都会过来，喝完了，不忘说一声："这井水真甜，真好喝。"

记得小时候，我们到处疯玩，大人们看不到我们，就会到樟树下或枫树下找。我时常看到阿张的母亲急急地来这里找儿子，只见她把左手搭在前额上，用玉壶方言大声喊起来："阿张，走来吃饭呀。"这时阿张不知道从哪儿蹿了出来，一溜烟往家里跑。小伙伴们也就一哄而散了。

除了大樟树，在门前溪埠头上方还有一棵枫树，也是饱经沧桑，留下一片荫凉。外楼的樟树和枫树，它们站立在这里，不知经历过多少风霜雨雪，阅历过多少沧桑往事，陪伴过多少代外村人。

怀念樟树和枫树下的那一片荫凉，怀念在樟树下喝凉水的那股清凉劲儿，还想再听听阿张的母亲喊儿子回家吃饭的声音。悠悠岁月，有许多真情藏在我心中，从不愿说出去，有甜蜜，有温热。如果，如果在这个春风送暖的季节，我在大樟树下或大枫树边上遇到了你，就会把我的一切都告诉你。你只要静静地在风中听着，听着……

古道：想念那岭上风景

从玉壶镇外楼子母宫始，上米笠岭，过新亭、岭头垟就到了叶七岭。岭上有个亭子，称为叶七岭亭，亭子里有石凳，可供行人休憩。

过了亭子继续往下走，只见岭两边枫树众多。每至深秋，经霜的枫叶灿如霞，红得热烈，红得深邃……到了后山岭脚上方，路边长满密集的竹子。每到春天，竹子茁壮成长。树长，花开，山便一天天朗润起来，也一天天丰满起来了。

我查过很多资料，但都没有关于这条古道的记载。在我的记忆里，这条古道从外楼始，县境内应该是止于林坑口。从后山岭脚再往前走就是木湾，经过上店培、上店，就到了林坑口，山路继续往前，就是瑞安的东岩了。

20世纪七八十年代之前，玉壶至上林还没有公路，最主要的交通工具就是竹排。撑竹排有一个条件，就是必须有水，且需要会撑竹排的人。于是，人们一般都会选择走路。这条古道是玉壶、陈山、岭头垟、头渡水、后山岭脚、后山、木湾、上店培、上店、林坑口、林坑等地来往的必经之路。那时候，上林、木湾、雷打岩等地都办了小学，却没有办高中，这一带的学生都要来玉壶上高中。每周上课五天半（周一至周六上午），到了周六中午，学生放学回家，这条路上便很热闹。学生提着衣服，背着书包，三五成群或独自一人走着。渴了，看到路边有凉水井（外村锅灶泥洞和岭头垟边上的新亭各有一个，凉水是从岩层里流出来，用石头围成一圈，便成了凉水井）就停下来，趴在地上，嘴对着凉水就喝，根本就没想到卫生不卫生，有水喝就行了。凉水井里有时有蝌蚪和一些小虫，但我们也喝，喝够了继续走。周日下午，带上母亲炒的菜，约上几个同学，又沿着这条路来玉壶中学。家住这条路上的村民大多是早上来玉壶买鱼、肉和衣服之类的东西或走亲访友，然后再原路返回。因此这条路上来来往往的人很多，在叶七岭一带，上来和下去的人不得不侧一侧身子才能走过去。

这几天，我又沿着这条古道走一回，子母宫至米笠岭、塔平至

叶七岭

岭头垟这两段路都已是水泥浇筑了。米笠岭至塔平下方仍是老路，叶七岭的老路还在。到了后山岭脚，因为前往陈山的公路截断了这条老路，这一段老路已无人问津了，路上长满杂草，我只能沿马路走往后山岭脚。

这条用天然鹅卵石铺就的古道，这条横卧在我记忆中的老路，就像我生命深处的根系，时日越久，记忆越深。这里的每一株枫树，每一朵野花，每一棵小草，每一块鹅卵石，每一片镶嵌着时光印记的青苔都能安放那颗不安的心。

白岩松曾说：故乡，就是你年少的时候天天想离开；但是岁数大了，天天想要回去的地方。

是呀，为了生活，我们不停地走，走出外楼，走出外村，走出玉壶。但走遍天涯海角，你忘得了门前溪吗？你忘得了玉泉寺吗？你忘得了外楼大樟树和大枫树吗？你忘得了外楼四面屋吗？你忘得了叶七岭吗？你忘得了这里一切的一切吗？在这个莺飞草长，门前溪水欢唱的春季，愿你和你想念的人能在外村相见。愿你在起风时，能和你最想念的人一起到外村走走，摸摸玉泉寺那扇古朴的木门，看看外楼大樟树新长的嫩叶，听听叶七岭清脆的鸟鸣声，然后到外楼四面屋，怀念那曾经满屋子的笑声，再打个电话给远方的兄弟姐妹，听听他们那熟悉的声音……

底村

多少往事绕心头

愿有岁月可回首

　　无数个寂静的夜里，潘山桥的风伴随蛙蟆坑汩汩的水声，奔袭而来，在我耳畔绵延不绝地回响着，似乎在呼唤，似乎在歌唱，又似乎在缓缓地诉说着什么⋯⋯

　　我知道，这声音是从底村传来的，潜入我的梦中，酝酿、发酵，最后酿成一缸浓郁的老酒，尝一口微醺，饮一口即醉啁。

我年幼时，父母带着姐姐和弟弟去了外地。于是，我童年的大部分时间都是在外婆家和大姑妈家度过的。外婆家在底村门台口。

据《文成乡土志》记载，底村，位于中村底个村（因位于玉壶镇底段，故名），住户胡姓，后迁入蒋、高、陈、邓、赵等姓氏。那里有我很多的童年记忆。

底村地标

供销社：所有的商品都想买

玉壶供销社在外楼老屋北侧约一百米的壶山路上，位于直路、塘下街和玉泉街街口交汇处的东南侧。从我记事起，供销社的南侧是玉壶镇政府，下首分别是信用社、老邮电所和成衣社。

底村村长胡希勃告诉我，20世纪60年代，底村将大祠堂（也称新祠堂）边上的土地无偿转让给供销社、信用社、老邮电所和成衣社建房。玉壶供销社于20世纪60年代后期投入使用。那时候在供销社上班，算是吃公粮的。父母退休了，子女可以顶职。这对于农家子女来说，别提有多羡慕了。

玉壶供销社属于东西走向，房子高于路面，因此门前有多级由条石铺成的台阶。门是一扇扇安上去的。每天上午，这里的门依次被卸下，人们进来买东西；夕阳西下时，随着"咣咣咣"的声音，门陆续被安上。

玉壶供销社　陈建国供图

　　供销社最西边的位置是卖盐、白糖、红糖和水产的。那时候，供销社卖的都是粗盐，1斤盐的价格是0.13元，人们一般都是三五斤地买。售货员将盐从麻袋里用铲子盛出来，倒在特制的"茶箩头"里（我家的茶箩头只有上方有一个口子，这里的茶箩头却是侧面也有一个豁口）。茶箩头上方的横梁上垂下来一条长长的绳子，绳子上绑着一杆长秤。售货员称好斤两后，将盐从豁口里倒在买主的茶箩头里。这里的水产有时也会打折。有一次，外婆带我到这里来买"烂带鱼"，平时，带鱼每斤0.4元。打折时的带鱼都是不新鲜的，每斤只要0.15元。外婆说，平时买1斤，现在可以买2斤多了。

　　卖盐的下首是小百货柜台，柜台前面的玻璃是透明的，透过玻璃，能清楚地看到里面的乒乓球、羽毛球、排球、篮球、铅笔、圆珠笔、铅笔盒、墨水和白孔油（蛤蜊油）等物品。一支铅笔和一块橡皮都是两分钱，有一种笔管用竹子制成的圆珠笔是 0.13 元，一瓶墨水 0.21 元。白孔油 2 分钱一小盒，其外壳像一只白色的蚌。冬天到了，我的手脚裂开了，外婆会拿白孔油给我擦一擦。

继续往前则是卖鞋子、衣服之类的柜子。我们班有一个女生穿了一双黑色的飞机鞋，鞋面上有两条横竖交叉的带子，样子很漂亮。有一次，我看见柜台里有这样一双鞋子。我多么渴望能拥有这样一双飞机鞋呀，于是每天都跑到柜台前眼巴巴地盯着这双鞋子。飞机鞋如果被人买走了一双，售货员又会从后面柜子里拿出一双，于是，柜台里老是有一双黑色的飞机鞋。有好几次，我都看到家长带着女儿来买这种鞋。看到那个女孩穿上鞋子高兴的样子，我也笑意盈盈。将近一年多的时间过去了，我知道，不可能得到那双飞机鞋了，才强迫自己不去那个柜台。

那时候，买米要粮票，买布要布票，而一家人分到的布票是有限的。当年母亲在家时，纺了棉花，织成布，拿到中村的染布坊染上颜色，再手工缝成衣服和裤子给我穿。这种布料叫粗布，穿在身上硬邦邦的，于是我就盼望能穿上从供销社买回的布料做成的衣服。供销社卖布料的位置在最东侧，柜台上摆放着一匹匹红黄蓝绿等各种颜色的布料，后面的墙上也靠着许多布料，宽度是二尺六和三尺三的布料里面各有一块板心，四尺六宽的布料没有板心，直接折叠后堆放着。小百货柜台的售货员是一个名叫"阿芳"的姑娘，经常穿着一件黄泥红的确良衬衫。她有时对我甜甜一笑，让我心里简直比吃了蜜还甜。我看到卖布料柜台上方就有黄泥红的确良的布料，于是无数次想象着自己美美地穿上这种布料做成的衬衫。有一次，隔壁李梅阿婆告诉我，给人当童养媳时，对方会送来一件新衣服和一双新鞋子。于是，我就一直盼望着有人来找我，叫我去当童养媳，那样我就能穿上飞机鞋，也会得到一件黄泥红的确良衬衫。可一直到小学毕业了，也没有人找我去当童养媳，我也没得到这两样东西，甚是遗憾。

如今，玉壶供销社的房子被拆了，唯有一片空地。

四十年过去了，那双黑色的飞机鞋和那件黄泥红的确良衬衫把我的记忆烤得温暖而又馨香。只要一想起玉壶供销社，记忆深处的那个茶箩头，那杆高高悬挂着的长秤，那一匹匹布料，那个名叫"阿芳"姑娘的笑容就会不断浮现。岁月流逝，她们还在，他们还在，它们还在……

那时候，供销社柜台里的所有商品我都想买，可口袋里没钱，总想着：快快长大吧，长大后，口袋里就会有布票和钱，就能买到我心爱的铅笔盒，也能穿上我喜欢的鞋子和衬衫了。如今想想，那时候的快乐真便宜：只要给我五分钱，就能乐得合不上嘴。而如今，口袋里有了钱，能买自己想要的物品，却买不到那份简单的快乐了。

建筑：所有的记忆都还在

佑善亭位于底村店楼墩，在佑善路上。据《文成乡土志》记载，佑善亭，亭为单间两廊，设座椅，亭顶为重檐歇山，雀替浮雕，彩绘。虽经修缮，仍保持清代建筑特色。亭内有清同治戊辰年（1868）匾额一块，系县文保单位。

为什么起名店楼墩呢？一位胡姓村民告诉我：古时候，这里有一棵大樟树，要七八个人才能合抱过来。樟树边上有一个墩，是用大石块砌成的。夏季，白天村民喜欢到这里乘凉、聊天，夜晚还有人在这里睡觉。樟树墩周围是用沙子、泥土和石块浇筑的三合土。樟树的对面有一家弹棉花店，玉壶人弹棉被都送到这里来。有店，有楼，有墩，这个地段就被称为"店楼墩"。1946 年，樟树失火，火势很大。樟树被烧毁了，只留下了樟树墩，佑善亭在樟树墩边上。到了20世纪90年代，修筑佑善路时，樟树墩被挖了，佑善亭怎么办？于是，人们就在佑善亭上方加建了一座路桥，把佑善亭升到了路桥上，就成了如今这个样子。

　　底村的古建筑除了佑善亭，还有两处老屋也保存得比较完整：一是上金垄胡宅，一是上新屋四合院。据《古韵寻踪》记载，上金垄胡宅为清中期三进四合院式木构建筑，门台与前屋之间为天井，中央甬路用鹅卵石铺成拼花图案，两侧为鹅卵石整齐铺设。前屋为两层五开间带两耳房悬山顶建筑。第二进厢房对称各三开间，前檐柱为断面抹角方柱。正屋面阔五开间带两耳房，檐口置勾头滴水，

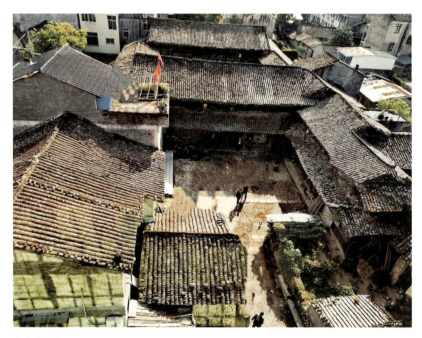

上金垄胡宅

上金垄胡宅后门

底层设廊，直棂窗，门窗上镂雕缠枝花纹。在我童年的记忆里，上金垄胡宅的门台外有一口水井，每天在这里洗衣洗菜的人很多。我们则在边上的空地上玩耍、嬉闹。

　　家住上新屋四合院的胡先生告诉我，上新屋四合院原为三进合院式木构建筑，1944—1945年，玉壶中美合作所第八期训练班曾以此建筑为学员宿舍。训练班授课内容有侦探、爆破、擒拿、射击、战斗、电讯、秘密通信等，由美国教官担任教练。走进此屋，我发现道坦都是用鹅卵石铺成的拼花图案。中堂上间额枋上有一块匾额，上书"操媲冰霜"。坐在门台前的一位妇人说，这匾额是从温州送来嘉奖太婆高氏的，高氏十九岁守寡，品行高洁。正屋上间额枋上也有一块匾额，上书"庭槐蔚秀"。

除了上金垄胡宅和上新屋四合院，底村老屋还有底村高宅，也是清代建筑，只是部分房子已经倾圮。

外婆家在门台口，与上新屋四合院仅隔一条窄窄的石子路（现在已经加宽了），与上金垄胡宅也只相距五十米左右，因此，我和表哥表妹经常在这些老屋里看看屋檐底下悬挂着的番薯藤和黄豆荚，玩玩捉迷藏，跳跳橡皮筋，互相追逐嬉闹。而今，当年的小伙伴都四处寻找生活，足迹遍布海内外。站在上金垄胡宅和上新屋四合院的土地上，真想问一问：天井里的水葫芦，翻飞的梁上燕，飘落的五月雨，还记得我年少时的笑声吗？还记得我跳橡皮筋的身影吗？还记得我盯着燕窝时那双好奇的眼睛吗？

古道：所有的景物都熟悉

底村至大岙的老路从玉壶中村店桥街街头始，过直路、梅园路口、三官亭、潘山桥、五铺岭、半岭、胡岙桥、岭头宫、项山，再沿着大壤岭、西山岩头、大岙岭往前走，就到了大岙。玉壶至大岙的公路于1973年通车，在此之前，这条老路是玉壶、五铺岭、半岭、大壤等地的交通要道。

从直路往前走，过下爿垟、上爿垟就到了三官亭。三官亭下方有一口四方井，当地人称之为三官亭水井。井水来自地底下，冬暖夏凉，上新屋、门台口、店楼墩、直路、后畈山一带的村民都来这里挑水，路上挑水的村民来来往往，络绎不绝。记得那时我刚满十二岁，父母去了外地以后，我就经常去外婆家里帮忙挑水。那时候没有塑料桶，水桶是由杉树或松树板做成的，很重。外婆家和三官亭水井的距离仅百米，但对于年幼的我来说，挑水却是很吃力的，每次我最多只能挑半桶水，常常花上两三个小时才挑满一水缸。挑水的路上，经常能遇上匆匆赶路的行人。水井的西南方有一棵枫树，荫护着井水。老路上方的山坎上也有一棵枫树，也是枝繁叶茂。许多年过去了，三官亭井水的甘甜一直留在我心里，挥之不去。这几天，我又去了一趟三官亭，那两棵高大的枫树都还在，三官亭被拆了，边上装着一排自来水龙头。村民告诉我：路面升高了，水井沉到地底下，但井水还能被压上来，从自来水龙头里出来，直供村民使用。

从三官亭往前走，一路经过上古路田、下个坦、上个坦、拔稻窟，就到了潘山桥。潘山桥上方有一个水塘，称为潘山桥水塘，常年不涸，我时常能看到牛在这里洗澡。每到旱季，村民就利用水塘里的水灌溉沿路的水稻，因此这一带的水稻长势很好。秋天到了，沿途的稻子熟了，日光满溢田野，为那一抹金黄更增加一片亮色。这条古道就裹挟着泥土、花草和稻谷的清香。收割完稻子，家家户户都会做一桌好菜，煮上一大锅白米饭，叫亲戚朋友过来吃，谓之"尝新"。舅舅家的"尝新饭"都有我的一份。

再往上走，就到了潘山桥水塘背岭，岭的东南侧长着几株高大的枫树，每到春季，枫树就抽芽、长叶，肆意地绿成一片。夏季到了，枝叶繁茂成了一片绿荫，过路人可以在树下乘凉、歇息。

现年七十岁的胡老伯说，没通车之前，玉壶的盐、山茶油和海鲜是由竹排从瑞安、温州运送过来的，布匹、糖、烟、文具等则是雇人从大峃挑回玉壶的。那时候，玉壶有很多挑夫，每天凌晨4点带饭上路，穿着自做的草鞋，借着微弱的月光，沿着这条老路，一

潘山桥水塘背岭

路走呀走，到了大峃去挑货物。很多家庭都是兄弟或父子一起去的，100斤货物挑到玉壶能赚到1.3元钱。

那时候，我经常跟着表哥表妹来到潘山桥和仰前山拔草、捡"嘎嘎卵"（玉壶方言，松果）、扒树毛（玉壶方言，松树叶子），那时候，树林是由村民承包的，不许我们用树毛耙扒树毛，于是我们就偷偷地去。扁担的一头是一簸箕的草，另一头则是一簸箕的树毛和"嘎嘎卵"，伴着傍晚的微风和残阳如血的霞光，我们一路开心地唱着："老林蜕壳，飞过大峃。大峃抬娘娘，抬过红瓜场。红瓜场打铁，打把交剪（玉壶方言，剪刀）裁衣裳。衣裳裁起姆姆（玉壶方言，孩子）穿，姆姆穿起拜亲娘（玉壶方言，干妈）。好的亲娘三双卵，毛的（玉壶方言，坏的）亲娘三火滚（玉壶方言，竹做的一种吹火的器具）。火滚两头通，表妹嫁表兄。表兄流鼻涕，表妹不中意。表兄戴手表，表妹中意险。表兄去打赌，表妹喝盐卤……"行走在田间小路上，任歌声和蛙声交融在一起。走着走着，看到潘山桥下方清清的蛙蟆坑水，我们就放下担子，跑到水里去玩耍，看看天色将黑，才慢悠悠地回家。

过了潘山桥水塘背岭，前面有一片竹林。竹子青青的，一竿竿修长挺拔，节节叠叠向上延伸，脆柔的枝条缀着绿叶在风中摇曳着。"多少柔条摇落后，平安报与故人知。"不知怎么的，我突然想起了陈寅恪写给妻子唐筼的这句诗。疫情肆虐的非常时期，没有什么比得上"平安"二字，表哥表妹都远在意大利米兰，不知米兰可有这样修长的竹子？可有这样满目青翠的枫叶？

底村，这个名词就像一根轻柔的丝线，悠悠地牵动着我心灵的一角，使我在不知不觉间翻遍心灵的每个角落，寻找有关她的每个温暖的记忆。岁月让我们的年龄得以增长，给我们经历，但随手也将沧桑和回忆赠予我们。在回忆里，有贫穷，有困苦，有泪水，但更多的是幸福、温馨和快乐。那些记忆镀了时间，刻了年轮，模糊了，依稀了，残了，破了，喑哑了，也就深情安稳了。

　　有空，你再陪我去底村，在店楼墩，在门台口，在上新屋，在上金垄胡宅，在蛙蟆坑，在仰前山，在潘山桥，在三官亭，我们一起用玉壶方言唱儿歌："姆阿姆，你灰响（玉壶方言，别吵），大哥生卵鼻头痒。手机包，花咯咯，带你温州吃糖霜。糖霜人家好，碰着表嫂。表嫂荒姑（玉壶方言，哮喘），碰着姨夫。姨夫麻脸，碰着加脸（一个乞丐的姓名，经常来底村要饭，有时就住在底村）。加脸讨饭，碰着依廿（玉壶方言，二十）……"

中村

粮管所染布坊古井

都停留在时光深处

　　如果时光能倒流，我想拿着一张浙江省粮票，走过玉壶电影院，走过天妃宫，走过玉壶诊所边上，来到玉壶粮管所门市部，买来一袋大米；如果时光能倒流，我想拿上一匹母亲织就的粗布，慢悠悠地走过店桥头，走下店桥岭，走过店桥街，转过洗埠头巷来到中村

染布坊，看染工把布料扔进地陶
（玉壶方言，"陶"在这里念第四声，
指大锅）并上色，再看着他们抬上
布料到门前溪去清洗；如果时光能
倒流，我还想去三房井、洗埠头水
井、粮管所水井、店桥尾水井打上
一桶水，细细品味那井水的味道，
不知是否还有当初那股清凉劲儿。

中村地标

　　粮管所、染布坊、三房井、洗
埠头水井、粮管所水井、店桥尾水
井都在中村。据《文成县地名志》
记载，中村因位于玉壶镇中段而得
名，是玉壶镇之繁华区，有 10 个村民小组，住户胡姓，后迁入余姓
59 户，蒋姓 40 户，罗姓 5 户，程、杨、张、徐、王、施、刘、周、朱、
陈姓各 3 户，洪、吴姓各 1 户。1949 年称玉壶镇中村，后历称玉壶
公社中村大队、中村行政村。

粮管所：一个时代的记忆

　　如今年轻人的童年记忆里，很少有贫穷和落后的情景。可我们
小时候家里缺钱、缺粮食，那种苍凉是深入到那个时代每个人的内
心深处，直达骨子里的。粮管所是管粮食的，这是一个多么有诱惑
力的地方呀！

　　侨胞洪才虎告诉我：玉壶粮管所木质结构的老房子原属于一余
姓人家所有，周边的土地（包括后来所有的粮仓）都是一口田，这

口田很大，故此地又称为"大田"，为中村集体土地。20 世纪 50 年代体制改革时，这里归属玉壶粮管所。

20 世纪 50 年代，玉壶粮管所引进砻糠蒸汽机，因为当时玉壶本地没有人会操作，一位名叫余年生的师傅（时人称之为工程师）带着家眷从瑞安随着砻糠蒸汽机来到玉壶。余年生一家人租住在下大田四面屋，生活了十多年。砻糠蒸汽机安装在粮管所西南侧（原余氏祠堂处，相当于如今"胡绍光窗帘、床上用品店铺"的位置），砻糠蒸汽机体积大，有两个飞轮，直径有一米五到两米，以砻糠为燃料，产生热量，蒸汽机带动碾米机可以碾米，带动发电机可以发电。1958 年，玉壶亮起了第一盏电灯，是由砻糠蒸汽机发电的，地点就在玉壶粮管所。当时玉壶人都很好奇，男女老少都赶去看看，并啧啧称奇。砻糠燃烧以后成为黑色的糠灰，散落在地上。后来这里浇筑了水泥地，如今此处的地底下还有大量的砻糠粉和砻糠灰。

那个年代是按公社、大队、生产队来划分地域的。一个生产队收成的粮食要先交"农业税"（也就是农民应该上交的税收）和卖"余粮"（政府根据生产队的粮食产量多少来决定"余粮"的数额，生产队社员把粮食挑到粮管所，按国家规定的价格卖给政府）——也就是先供应给国家，然后才按劳动工分和口粮分（人口的多少）分给社员。卖"余粮"以稻谷和番薯丝为主。到了秋天收成的时候，社员们成群结队从四面八方挑着稻谷和番薯丝来到玉壶粮管所，有的交农业税，有的卖"余粮"，一时间，这里颇为热闹。那时候，家家户户人口多，仅靠几分薄田维持生活，能吃上饭已经很不容易了。

在我童年的记忆里，外村分成几个生产队，我们家隶属第四生产队，白天社员们统一上山劳动，傍晚收工回家，劳动一天记 7—10 工分。粮食有了收成，就按劳动工分和口粮分来分粮食。我爸爸在外地，母亲一个人参加劳动，挣的工分比男人少，年底分粮食时自然也比其他家庭少。我们家四个人，粮食根本就不够吃。当时母亲听说养一头猪，允许种六百株番薯，非常开心，就去买了一头猪崽，养在后门的灰铺里。番薯还没长大，叶子就被摘过来吃了。但我们还是很饿，弟弟比我小两岁，饿极了就会坐在门槛上叫着："番薯丝团呀，番薯丝团……"因此，我对粮食有一种强烈的渴望。粮管所的谷子和番薯丝是一麻袋一麻袋运过来的，于是我就经常跑过去看那些人卸粮食。粮食被搬到仓库里，再由人工背到粮管所的门市部由村民来买。天气晴好的日子，我还看到粮管所的工作人员将仓库里的谷子和番薯丝一袋袋搬出来，摊放在空地上晾晒。

那时候能按月定量发粮票的有四种人，一般是每人每月三十斤左右：一是国家行政干部，二是国有企业（如邮局和粮管所）职工，三是地方国营企业（如县农械厂、电机厂、棉织厂等）职工，四是大集体企业（如铁器社、成衣社、木器社、竹器社、服装社和运输社等）职工。不同的体制，待遇也各不相同。一般来说农民是没有粮票的，所以粮票对于我们来说，很有诱惑力。

"文革"结束后，父亲又有了正式工作，重新吃上公粮，有了粮票。父亲给我们写信，我们就把家中的窘况告诉他。父亲就将福建省粮票换成全国粮票，放在信封里寄给我们。那时候，用浙江省粮票去粮管所买米，1斤粮票再加0.136元就能买到1斤早米（也即早稻米）。全国粮票要经粮管所所长签字才能买。想想那时候我也是"聪明"过了头：我想着每次买米都要找所长签字，太麻烦了，自己照着所长的签字在全国粮票上写字，再去买，不是方便多了？有一次，我就照着这个方法去买米。售米处站着一个小伙子，他盯着我看了一会儿，说："今天所长在大当，你这几个字是什么时候签的？"我一听吓了一跳，抢过粮票转身就跑，之后，好长一段时间都不敢去买米。

　　关于粮票，我还闹过一次笑话：那时候可以用粮票去玉壶招待所买饭和稀饭。1984年秋天的一个早晨，我和同桌拿着两个碗去玉壶招待所买稀饭。我们根本不知道一斤粮票有多少碗稀饭。我付了钱，工作人员从窗口递出来一碗又一碗稀饭，一共有八碗。怎么办呢？我们只带了两个碗，于是，我端着一碗稀饭先回家，同桌在窗口前守着，一趟又一趟，我跑了七趟，才把稀饭送回家里。就这样，我和同桌吃了一天的稀饭。

　　那时候，玉壶本地只有粮管所的空地是水泥铺就的，其余的都是石子路，由鹅卵石铺成的。20世纪80年代，自行车刚刚流行，我很想学骑自行车，可没钱买，只能去借来练练。白天，拥有自行车的人不愿借给我们，那就晚上吧。有月亮的夜晚，我和堂妹去一个亲戚家里借了一辆自行车，到玉壶粮管所的空地上学骑自行车。月亮从树梢上悄悄爬升，柔和的月光斑斑驳驳地浸过来，地上铺了一层碎银般的月光。堂妹拽着自行车后座，我骑上去，从南至北来来回回一趟又一趟，一次次摔倒，一次次爬起来，扶起自行车再来一次，手脚磕破了也不叫疼。一周后，我和堂妹都学会了骑自行车，我们俩高兴得又唱又跳……

　　这几天，我又来到玉壶粮管所，时过了，境没迁，可一些建筑已经改变了用途：北侧那一排东西走向的房子成了超市，西侧的一间房子成了电器店，有几间房子成了服装店，最东侧几间房子的走廊堆着杂物，门上贴着一张纸条，上面写着：文成县玉壶粮食管理所，二〇一七年二月十三日封。该文字显示这里已成了危房。

　　我总以为，玉壶粮管所会被时光好好照料着，稳稳妥妥地被收藏着，却不知道等待在前方的，是不能回头的沧桑。此一时，彼一时呀，在那个缺衣少吃的年代，这里是我们无限向往的地方。随着改革开放的不断深入，商品越来越丰富了，吃与穿不再是难题了，玉壶粮管所也就失去了其原有的作用。

记得一位作家曾说过这么一句话：时光不语蹂躏记忆，岁月无言隔断向往。也许，在时光这本书上，所有的人和物以及故事，终有一天会泛黄，会迷失，会湮灭……

染布坊：一段尘封的历史

20世纪50年代初，市场商品供应不足，为保证群众基本生活的需要，国家决定实行计划经济，于是发放各种商品票证来分配商品，比如肉票、煤油票、布票、粮票等。买布要布票，一般是按人口来分的：一家几口人分几尺几寸布票。当时也有人卖布票，但我们家买不起。记得当时最好的布料是卡其、士林蓝和的确良，是机器织成的，平滑且没有疙瘩，我很是喜欢。

母亲没去外地之前，在自家地里种了棉花，秋天到了，收了棉花，搓成细长的棉条，然后从上间楼顶把纺车搬下来。母亲坐在一张小板凳上，身旁放着一筐棉条，她左手拿起一根棉条，右手摇动纺车柄，纺车上的锭子便迅速转动着，纺车就"咿呀吱，咿呀吱"地唱起来，那条长长的棉线就均匀地缠绕在纺针上。一根棉条抽完了，丝线再搭桥似的接上新棉条，接着纺。当锭子上的纱穗子增大到两头尖尖、中间鼓鼓的时候，母亲就将其取下。再纺第二个线穗子。这样的线穗子一般有20多个，母亲就把它们放在一个菜篮子里。接着，母亲借来一台织布机，放在上间的额枋下方，那些线穗子就一根根被拉到织布机上，一把梭子在织布机上穿来穿去，织成了一匹匹布料，纯白色的，我们称这些布料为粗布。从玉壶供销社剪来的布料，我们称之为洋布。母亲将粗布拿到中村染布坊染上靛青色或黑色，做成上衣和裤子给我们穿。

　　中村染布坊在下大田四面屋下首。玉壶染布历史悠久，清中期就有人在中村染布，当时是以靛青为染料来染布料或麻料。当时，李山人雇用长工、季节工在当地开垦荒地，大面积种植靛青，以靛青为染料，在大染缸里染布料和麻料。后来出于各种原因，染布坊停办了一段时间。到了20世纪40年代，有人在店桥街十字路上首的南侧店铺染布。1945年下半年，家住店桥尾的吴翠丁也在自家院子里办起了染布坊，在道坦染布，染好的布料摆放在一楼前门，由村民取走。20世纪50年代后期，在社会体制改革中，本镇的染布坊统一合办，成为集体企业，由胡文德、胡永连、胡仲仁等八人合资，在中村租了房子，办起了染布坊，这就是中村染布坊。1960年，外村村民胡志昂退伍回玉壶来到这里当上了染工。当年，每斤布料染费是0.48元。到了1966年，染费增加到0.65元/斤。1974年，胡仲仁退休，其孙子胡立梭顶职当上了染工。染色的主要原料有硫化矾、清粉和硫化蓝等。村民拿过来染色的有拦腰、夹被、布袋、挎巾（玉壶方言，用来把孩子捆绑在大人背上的一种绑带，有一丈多长）、蚊帐和布料（可以用来做衣服）等。其中布袋和蚊帐的原料是麻。秋天，麻成熟了，母亲割了麻放在上间，摘下叶子，剥下麻的外皮，撕成一条条丝线，织成麻布，染上红、黑或蓝的颜色，再裁剪做成布袋和蚊帐。

　　给夹被上色是一道复杂的程序：夹被有四幅。染夹被的地陶直径是二尺六，把水烧好，调好温度，放入染粉，先把布料放在特制的夹板中压紧，三个人抬起夹板站在锅灶上，把夹板放入地陶中，浸泡的时间约为半小时；然后抬起夹板，等染水不再往下滴时，就抬到门前溪，舀起一瓢一瓢的水浇到夹板上，慢慢地，夹板里流出来的水变清了，三人再抬起夹板站在溪水中，把夹板抬起、放下，再抬起，再放下……如此重复许多次，夹板里流出来的水就完全清澈了；最后拆掉夹板，拿出夹被清洗、晾干，夹被的染色程序就完成了。小时候，我也盖过夹被，是蓝黑白相间的花纹，有人物画，也有荷花形状的花纹，很是漂亮。布料则染成红蓝相间或纯黑的颜色，裁剪后做成衣服、裤子。那时候，我不喜欢穿这种布料做成的衣服和裤子，硬硬的，有点戳刺皮肤的感觉。

20世纪40年代以后，染工就以硫化矶、清粉和硫化蓝为染料进行染布，是放在地陶里漂染。有经验的染工都知道染布要掌握三点技巧：一是染料和水的比例，染料过少，染成的布料颜色偏淡；染料过多，染成的布料色泽过浓，成本也会增加。二是水温和浸泡时间，水温过低，容易褪色，水温过高，布料容易煮坏。三是要快速搅拌，

下新屋菜园墙（染好的纱线晾晒在这里）

才能着色均匀。染色之后,有的布料可以摊放在门前溪的溪滩上晾晒,一些短布料则挑回中村店铺,挂在屋檐底下或在空地上支起竹竿进行晾晒,纱线则系在一根根小棍子上,插到下新屋菜园墙的石头缝里晾晒。

20世纪70年代前,夹被、布袋、拦腰是女孩子婚嫁的必备用品,深受农家喜爱,生养女儿的家庭都会早早置办好这些必需品。后来,随着改革开放的不断深入,商品越来越丰富,卡其、士林蓝和的确良等布料陆续进入市场,这些布料色彩多样、轻盈、透气性好,深受人们的喜爱。到了20世纪80年代后期,粗布衣服、麻布蚊帐等渐渐失去了作用,逐步退出了市场。染工也没有了用武之地,胡永连、蒋美西、胡文德、罗启绍、程学兵、罗加杰等人都自谋出路了。中村染布坊也完成了历史使命,退出了历史舞台。

前几天,我再次来到染布坊,下新屋菜园的石头墙还在,其余的一切均已不复存在:染布坊店铺的旧址上建造了新房子,那个大染缸没了,地陶没了,那一排排用来晾晒布料的竹竿没了。只是在我们心中,还有那么一点点的眷恋,眷恋那一匹匹染好的布料在风中飘荡的样子,眷恋那一口口有半人高的大染缸,眷恋那"新三年,旧三年,缝缝补补又三年"的粗布衣服。

在悠悠的历史长河中,染布坊慢慢地成了时光深处的记忆,成了一段尘封的历史。别了,染布坊。

古井:一道模糊的背影

中村地处玉壶的繁华地段,人口众多,水井也有好几口:洗埠头巷水井、三房井水井、粮管所水井和店桥尾水井。

我们先来说说洗埠头巷水井。村民告诉我,洗埠头原先是指下大田四面屋门前至下新屋门前一带：下大田门前的照壁（也就是风水墙，至今还在）上方有一个岩墩，村民蹲在岩墩上洗衣洗菜，由此而得名，后来这条路也称为洗埠头巷。20 世纪 50 年代前，洗埠头一带没有水井，人们饮用和洗漱用水均来自门前的水沟（玉壶人喜欢称水沟为水浃）：下大田四面屋门前至店桥街十字路口东侧有一条水沟，水从栋头桥下首引出，流经上村横塘栋边上，经上垟水碓、玉壶酒厂东边、玉壶粮管所北侧、下大田四面屋门前、中村染布坊门前、下新屋门前，横穿店桥街地下，经天妃宫，最后与中村的另一条水沟（也是从栋头桥下首引水，流经上村菜园，过蒋宅、塘下街、下园、塘下盖，到达天妃宫）汇合，注入门前溪。那时候没有自来水，

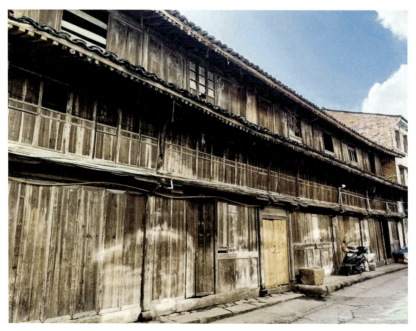

洗埠头巷老屋

塑料制品很少，也就没有"污染"一说。村民之间有一条不成文的规定：上午可以去水沟里挑水，但不得去洗衣服，下午至晚上可以洗衣服和洗澡。每年有一至两次自发组织清理水沟里的杂物、淤泥和石头之类的活动，家家户户都会派一个人参加。因此，水沟里的水清澈、纯净。

20世纪五六十年代，由中村大队出资，村民自发组织在如今的洗埠头巷——下大田四面屋东侧下方挖了一口水井，井口由卵石铺砌，井水清澈甘甜，于是附近的村民都来这里挑水。那时候家家户户都有一只水缸和一担水桶，水桶是木板制成的。对于大人们来说，挑水是一件轻松而愉快的事情。我常常看到姑娘们结伴而来，有说有笑的，嘴里哼着动人的歌谣，有人还把双手揣在裤袋里，也不扶肩上的扁担，但桶里的水却一滴也不会洒出来。仔细一瞧，发现了一个秘诀：水桶里有两个瓜瓢，怪不得呢。妇女们则蹲在井边洗衣洗菜，拉拉家常。由此，这里很热闹，打水声、说笑声、泼水声此起彼伏。

我的父母去了外地以后，大姑妈每逢节假日就会来玉壶带我去她家里——东背乡下东溪村。大姑妈的好朋友——翠丁阿姨住在下大田四面屋，大姑妈有时带我去洗埠头介积草药店抓药，顺路去看看翠丁阿姨。大人们聊天，我觉得很无聊，就会跑出来在水沟边逛逛。早晨，也有村民来挑水沟里的水。中午过后，村民在这里洗菜洗衣，我则在水沟里来来往往地走，洗洗脚、洗洗手，直到大姑妈大声呼唤我，我才急忙跑回翠丁阿姨家里，然后跟着大姑妈回下东溪。

到了20世纪90年代，由于周边居民增多，这里的井水渐渐被污染，不再清澈了。后来家家户户装上了自来水，这里的水井就废弃了。不知什么时候，水井也被填埋了。前几天，我路过这里，发现水井的旧址上搭着一个铁架子，上方有一个变压器。

　　中村最古老的水井是三房井。三房井位于智十五祠堂前面，井旁有两棵大枫树。为什么起名三房井呢？翻开《玉壶胡氏宗谱》，得到如下记载：明二公之子仁四育有六子，分别是智三、智五、智十五（生于明景泰辛未年，即1452年）、智廿一、智秋和智毛锥。智十五排行第三，由此被称为三房。三房井为智十五这一房出资出力所挖，因而得名。20世纪70年代前，三房井四周都是田，外围是菜园，后面就是后畔山。夏季，枫树枝繁叶茂，遮天蔽日，附近的村民都喜欢来这里乘凉、聊天。三房井有南北两口井，南边的井水冬天热气腾腾，夏天清凉甘甜，永不干涸。如今，水井周边的村民仍喜欢用此井水烧饭做菜，而不用自来水。究其原因，一村民说了这样一句话："这井水味道纯，我们喝惯了。外楼、上村等地的村民想要酿酒，都会骑着三轮车或电瓶车来这里取水。"北边水井里的水是从南边渗

北侧三房井边上的洗衣池和洗菜槽

过去的，平时井水也是清澈的，可一旦下起暴雨，此井水就会浑浊，由此，村民就用此井水洗衣洗菜。我在北侧水井边上看到洗衣池和洗菜槽，而南边的水井边上则是空空如也。

中村还有店桥尾水井和粮管所水井。20世纪60年代初，侨居荷兰的胡克球回国看望家人，得知店桥尾水井坦一带村民吃水困难，于是出资请人挖了这口井。如今此井已被填埋。粮管所水井则是由当时的粮管所职工自行挖掘。20世纪80年代中期，店桥尾水井的井水浑浊了，附近一带的村民就到粮管所来挑水了。如今，粮管所水井还在，只是再无人饮用了。

玉壶中村的古井，仍在沿用的只有三房井了。比起20世纪的热闹场景，如今也是渐趋冷落，再也没有昔日熙熙攘攘的繁华，岁月的风沙尘土慢慢地湮没了这些老井。每口古井都是一本厚重的书，都有许许多多酸甜苦辣的故事，在现代化和城镇化的浪潮中，它们渐渐失去了价值，也渐渐地消失不见了。记忆虽已泛黄，但仍然厚重。

我们怀念古井，是舍不去对它的那份记忆和情感。无论何时，无论身处何地，只要我们想起那口养育我们的古井，就会心安，就像回到了故乡，回到了童年。可是，不管我们是否愿意，时光总是一往无前。也许，总有那么一天，井水"质本洁来还洁去"，归于地底下，归于天地间，归于它们最初的来处。

粮管所、染布坊和古井，它们历经时光的磨洗，散发着很旧很凉的气息，似一杯浓郁的老茶，似一坛经年的老酒，淡淡然，给我们留下一道茕茕孑立的身影，陈旧而又孤独，让人读出寒凉，读出萧疏，读出"西风凋碧树"的感觉。

执念满肩，留不住曾经。曾经热闹繁华的粮管所、染布坊、古井在岁月的隧道里走着走着，慢慢地被时光消耗着，有了残破，有了缺损，究其原因，或许不过是四个字：时代使然。但也唯其如此，我们才如此怀念她们的曾经，怀念那一段段老去的光阴，怀念那随着光阴而溜走的物和事……

也想再拿着一张浙江省粮票，走过玉壶电影院，走过天妃宫，走过玉壶诊所边上，来到玉壶粮管所门市部，买来一袋大米扛回家里；也想着再拿上一匹母亲织就的粗布，走过店桥头，走下店桥岭，走过店桥街，转过洗埠头巷来到中村染布坊，看染工是如何将布料放进地陶里并上色；还想着再去洗埠头水井、三房井、粮管所水井、店桥尾水井打上一桶水，细细品味那井水的味道……

上村

古道酒厂老医院 纵有执念留不住

　　四月，已是暮春。草色青青梨花白，岁月匆匆即将与春别了。在芝溪畔散步，脑海里突然冒出"上村"这个地名，心中猛然涌起一股暖流，指尖也似乎划过一丝余温：儿时的我曾去上村酒厂偷吃过大原酱，曾在栋头石板桥上跑来跑去，曾去玉壶老医院照过X光……

时光有正反两面：一面是薄凉难当，一面却是温情可亲。去看看上村的古迹，温习那些已经消逝的往事吧。

据 1984 年 11 月出版的《文成县地名志》记载，上村行政村因位于玉壶镇上段，故名，1949 年称玉壶镇上村，合作化时称上村社，公社化时称上村大队。1984 年改为行政村，分 10 个村民小组，住户胡姓，后迁入蒋姓 52 户，魏姓、周姓、林姓、颜姓等数户。耕地430 亩，以种植水稻、番薯为主，兼营商业。

古道：我有一段路，足音叩往事

玉壶西北方和北方有谈阳、谈阳岭头、项埠垟、五一、枫树龙、吴山、潘庄、茗垟、垟头、吕溪、金星、东头等地。古时候，这些地方的村民要经过古道才能进入玉壶，一条是从西北方的谈阳下来，过岭头、茶垟坑、马桥坑、枫树龙、后畔山路、栋头栋、栋头棋盘和如今的玉北路柏树下老屋，至此又分成两条路，从柏树下老屋后门可达塘下街、店桥岭和店桥头等地；从柏树下老屋前门过大田、洗埠头，可达店桥街和天妃宫等地。另一条是从东头、金星，经吕溪、岱头、潘庄、垟头、旁山路、栋头石板桥或栋头矴步，到栋头栋附近与谈阳下来的古道合并至栋头棋盘。

到了栋头棋盘，分成东南两条路，一条是如上所述进入玉壶本地的古道。另一条是东侧的古道：绕过玉壶老医院后方，到达玉壶老医院前方，至此又分为东南两条古道，一条是向南过门前垟，拐向大田、洗埠头，直达店桥街；另一条向东，过玉壶酒厂后门，沿门前垟向东前行，到达山背（即龙背）和下沙栋等地。

玉壶的母亲河——芝溪横亘在栋头旁山和外山头（村民告诉我，

栋头旁山古道（即旁山路）

外山头因位于底村横山上头，故称横山头，后因谐音被称为外山头）之间，垟头、金星、东头等地村民要来玉壶必须要过芝溪。原先，栋头旁山和外山头之间的水域有矴步，矴步有多长，筑于什么时候，我查不到资料。我在《文成乡土志》查到了关于栋头石板桥的记载：顺福桥，在玉壶北，清光绪二十五年（1899）建，长 124 米，宽和高均为 1.62 米，为 28 孔石板桥，当地人称之为栋头桥。

翻开《玉壶胡氏族谱》，有一篇胡从廪（李山人）写于1918年的《栋头桥记略》也记载了栋头石板桥概况：玉壶有栋头者，横对狮岩之下，芝水经焉，流急而涧阔，每春夏水涨，人不得渡，唯两涯相望而已。族兄嘉典，于清光绪年间商议父老建筑桥议。时与席者咸阳许之……时而工食莫支，则质己产以济之，甚至持钵捐金，不辞辛苦。岁余工竣，计间数二十有五，丈四十，阔五板，费金一千有奇。

胡嘉典家住哪里？现年九十岁的上村村民胡克征说，胡嘉典是九了人，时人称之为"九了典"。不知怎么的，望着芝溪平静的水面，我眼前总出现一位身穿长衫的男子，双眼盯着芝溪水，愁眉不展地望着南来北往不得渡水的村民。许久，他慢慢转身，回家典卖家产，然后又挨家挨户持钵捐金。是的，他叫胡嘉典，一位为了造桥变卖家产的人，一位一心造福村民的人。栋头桥不只有这段相关的历史，应该有好几段。比如栋头矴步，它是多少人的汗水和辛劳凝结而成的，我们无法得知。

如今的栋头桥是钢筋混凝土结构的。据《文成县交通志》记载，栋头桥是文青公路和玉东公路的重要桥梁，桥长103米，宽8.5米，高7米，系7孔（每孔净跨13米）钢筋混凝土空心板梁桥，1984年2月7日正式施工，1984年12月竣工。玉壶至东头公路，经垟头、吕溪至东头乡，全长11.2千米，1981年3月2日动工。1986年11月13日，玉壶至吕溪段通车。1987年6月25日，吕溪至东头段通车。至此，玉壶至东头段全线通车。

我们从如今的栋头桥北侧向东行走，约20米，右侧出现一条鹅卵石古道。古道两边种着马铃薯、豌豆之类的蔬菜：每一片叶子都侧耳倾听着芝溪的歌声，努力向着太阳微笑。春风轻轻柔柔的，像婉约的宋词，我的心也莫名地柔软了。村民告诉我，这一截还是当初的老路，约有80米，其前方是亲水平台的水泥地；左侧是通往狮岩寨的小路，长 80 多米，其前方被文青公路截断了。

我们站在栋头桥下方的亲水平台上，只见清澈的芝溪水永不停息地奔流着、蜿蜒着，一路向东。村民指着一处水面告诉我，当年的栋头石板桥旧址在这里，栋头矴步的位置在石板桥下方。到了对岸，其上方是水竹澎（玉壶方言，"澎"在这里念第四声）。竹子根根挺拔，茂密的水竹丛中时常停歇着各种鸟儿。微风吹来，竹叶沙沙作响，既凉快又令人心生惬意。从水竹澎向下走约 50 米，就进入栋头棋盘。从后畔山路下来有十多级台阶，其下就是栋头栋，如今栋头栋还在，块块鹅卵石堆砌着，经风历雨，一如当年。栋头栋的尽头也是栋头棋盘。两条古道在此合并。

在我童年的记忆中，栋头矴步和栋头石板桥是同时存在的。来往行人可以走石板桥，也可以走矴步。那时候，玉壶至大峃还没有通车，货物的流通是靠筏运和肩挑背负，筏运必须有水，且要有会撑竹筏的人，于是，村民一般都会选择肩挑背负。从金星、东头（朱雅方向的村民前来玉壶可走漈门坑古道）等地前来玉壶的村民肩挑背扛的大多是木炭、柴火、毛竹、番薯丝、谷子等物品。反之，则是把水产、盐、布匹、鞋子、火柴、香烛纸、糖、酒之类的物品挑往山里。20 世纪 60 年代初，100 斤货物挑到金星等地可得 1.4 元。

我们从栋头栋下来，进入栋头棋盘，然后沿玉北路往南走，抬头一看，只见前方有一棵大榕树，树上挂着一块铝制的牌子，上书：笔管榕为桑科榕树，树龄 185 年，平均冠幅 14 米，胸径 292 厘米，树高 14 米。落款时间为 2018 年。一块石碑靠在树根边上，碑文字迹漫漶，我只能隐约看出所刻的是"胡"和"元"等字，其余的字迹难以辨认。家住附近的胡先生告诉我，这是栋头石板桥的纪念碑。四月的阳光落在大榕树的枝叶上，落在青石的碑文上，那一束束金色的光线折射着 100 多年前历史的沉香，也呈现出岁月走过的痕迹。

栋头矴步、栋头石板桥和栋头桥　施昌秀摄

昔时人已没，今日芝水寒。

　　我们从大榕树身旁绕过，继续向南。犹记得，当年的玉北路没有路名，路面是由鹅卵石铺就的。长长的小路上有一个一个的小水洼，儿时的我喜欢撑着伞，踩着积水跑跑跳跳。路两旁都是古老的旧房子，微微的阳光洒下来，增添了几分温暖。如今再一次走在这条路上，路面拓宽了，沿途还有数间木构建筑的老房子错落分布着。年代久远的木门上那把古旧的老锁和鹅卵石垒砌的墙壁，不经意间透露出深深的古韵。继续住在这里的人们，日子过得很淡，很长，很悠闲。到了柏树下老屋北侧，道路从前后门分为两条，前门的道路已是浇筑了水泥，后门的道路还是原样，鹅卵石铺设。村民告诉我：柏树下老屋年代久远，院子里原有一棵高大的柏树，根深叶茂，故有此名。后来，这里的居民有的出国了，有的外出工作或做生意了，他们纷纷在别处买了房子，搬了出去。不久，柏树也枯了，消失了。我们继续往下走，塘下街和下园都已是水泥路了。

从西北和北方的山区通往玉壶的这几条古道，曾经被无数的足音深情地叩击过，又被许多温情的故事轻轻地浸染着。柔和的春风中，不知有多少新娘子身着艳丽的新衣服，走过鹅卵石路，开启新的生活；炎炎的日头下，不知有多少农民挑着一担担稻谷和番薯，走过矴步，走向美好的明天；夕阳西下的余晖里，不知有多少牛儿羊儿踩着一地的霞光，走过栋头石板桥，回归上村……

我们就这样穿行在四月的烟雨中，在曾经的古道上寻觅着过往遗留的淡淡痕迹，听着岁月消逝的清音，一切恍如昨天。"我们能去的地方很多，可是能回去的地方却很少"，因为"时过境会迁"，有些东西注定会被历史淘汰，有些东西注定会湮没在历史的风云中。能留存下来的都是最好的，最美的，是我最喜欢的，就如栋头旁山的那一段古道，就如栋头棋盘西侧的那一截栋头栋，就如柏树下老屋后门的那一条鹅卵石路……

酒厂：你有一壶酒，足以慰平生

据《壶山今古》记载，玉壶酿造厂（玉壶人习惯称之为酒厂）创办于 1958 年 9 月，负责人为胡义川，职工 7 人，生产红酒、白酒、酱油；1962 年建厂房 14 间，占地 450 平方米，大酒瓮 230 只，酱缸40 只，柴油机 2 台。1963 年，职工增加到 13 人，加产植物酒（薏仁米酒、金刚刺酒），年产 103 吨，产值 9 万元。1987 年实行承包制，职工 4 人，定额推销产品 75 吨，产值 5 万元。

酒厂位于玉壶老医院东南侧。从栋头桥下方引出的水沟绕过横塘栋，到达酒厂北侧。至此水沟分成两条，一条往东流向如今的玉壶邮电局门前，到达门前溪；另一条转向东南侧，继续向前到达粮管所北侧。酒厂东侧是一大片的稻田，每到秋天，秋风送爽，岁月的金色就印满了门前垟的额头：稻子成熟了，金黄金黄的，风一吹便弯了弯腰，颇为漂亮。水沟蜿蜒，水浅浅的、清清的，周边的村民在这里洗衣洗菜。我们有时候也来这里走走，偶尔能捉到几个蚌壳，外壳薄薄的，个头小小的，拿回家给外婆烧汤，味道很是鲜美，可好喝了。

玉壶酒厂原职工胡沛真告诉我，其父胡允先因为有"生缸"（玉壶方言，就是用铁砂补缸）手艺，于1958年进入玉壶酒厂，月工资20元，1969年退休。同年，胡沛真顶职成为酒厂职工，月工资26元，月补贴3.5元，每月有37斤粮票，1斤粮票加0.09元可以买到1斤大米；1987年，月工资调整为29.5元，月补贴不变。1970年，玉壶酒厂所酿的红酒为0.14元/斤；1980年，红酒0.3元/斤，大原酱0.2元/斤。玉壶酒厂当时有6名职工，年产红酒103吨。缸面清是一缸酒最上方的那部分，既醇又清；酒浊则是缸底的那部分，含有一点点的酒糟。大姑妈会用酒浊蒸带鱼，味道很好。

玉壶酒厂原职工胡绍展说，他家住在中南村。1970年，他退伍回乡经招工成为大峃酒厂职工，在修理车间工作，平时也帮忙蒸饭酿酒。当年大峃酒厂酿造的酒有金刚刺酒（也就是菝葜酒）、苦槠酒、麦酒和红酒等。做金刚刺酒，要先把金刚刺的块茎碾成粉末，加入酒曲发酵，然后酿制而成；苦槠酒和麦酒则分别以苦槠和麦子为原料，红酒则以糯米为原料。那是一个凭票购买商品的年代，煤油、火柴、肥皂、布匹都要凭票供应，酒厂职工可以凭票去玉壶粮管所领取酿酒的原料。1972年春，胡绍展调入玉壶酒厂，酿制红酒、大原酱，其中大原酱因为暴晒时间长了，上层会出现酱油，再用"酒抽"（玉壶方言，内侧有一个活塞，抽酒、酱油和柴油的铁制工具）将酱油

玉壶酒厂俯瞰图

"抽"出来，这就是原味的酱油。红酒、白酒、大原酱、酱油做好以后，玉壶供销社就派人来运走，再凭票供应给下属的朱雅供销社、东头供销社、金星供销社、李林供销社、上林供销社、东背供销社、大壤供销社、周南供销社和吕溪供销社等。每个供销社派人来玉壶供销社仓库挑走货物。

　　在我童年的记忆里，酒厂有两扇朝向南方的木门，房子呈"口"字形围成一圈，中间是一个大院子。院子里摆放着一只只宽口的大原酱缸，上面有一个老盖（竹篾做成的，里面有一片片箬叶，呈弧形，形状像菜盖，但比菜盖小）。晴天的早晨，酒厂职工掀开老盖，太阳就晒到大原酱缸里；傍晚或下雨天，就要盖上老盖。每年四五月份，豌豆成熟了，这里就开始晒豌豆大原酱了。到了七八月份，黄豆成熟了，就要晒黄豆大原酱了。

　　那年我八九岁吧，一个同学告诉我，酒厂的大原酱味道特别好，比家里的好吃多了，一起去偷吃一点儿。我们知道平时职工都在厂里，正午的时候，他们会休息。于是，我们从外楼出发，走过中村，来到上村酒厂。酒厂的两扇木门虚掩着，我们轻轻地推开门，走进院子里，只见一只只大原酱缸正在太阳底下晒着，那金黄金黄的豆酱散发出诱人的香气。我们迫不及待地跳过去，伸出手指刮了一团塞进嘴里，咽下去，再刮一团……我们一连吃了好几团。这时有同学催着我们快走，说是如果酒厂里的人发现了我们，可就麻烦了。大家放轻脚步，一溜烟地出了院门，长出一口气，来到位于酒厂下方的门前垟水井边上。门前垟水井位于菜园之中，井口呈四方形，井壁由鹅卵石铺砌，井水清澈见底，附近村民的饮用水均来自这里。看到有村民在挑水，我们就要来一瓢水，"咕噜咕噜"地喝个够，再跑到别处去玩了。后来，我们又去酒厂偷吃了好几次大原酱。有一次，一个小伙伴吃了大原酱后肚子疼，说是正午的大原酱有"日头气"，中暑了。从那以后，我们再也不敢来这里偷吃大原酱了。

家住珊溪镇的林碎花告诉我：其爱人周汝明原为珊溪酒厂职工，1968年调入玉壶酒厂。那时她有四个孩子，平时要种地，且两个孩子在珊溪上学，只能选择假期去玉壶看望爱人。两个大一些的孩子可以自己走路，两个小一些的孩子放在一个箱子里挑着，从珊溪出发，走路到峃口，然后从渔局那里的一座山上翻过去，经过上林、木湾、后山、岭头垟、外楼，然后到达上村。平时，孩子们在地上玩，她帮忙爱人酿酒、晒大原酱。

在我的记忆中，那时候的大原酱特别好吃，酱油是0.25元/斤。每次，我都是拿着一个玻璃瓶来到玉壶酒厂，打酱油的时候，对方用一个老式的长柄小吊勺作为量器，一吊勺是半斤，盛满之后，通过漏斗倒进我的玻璃瓶里。每次打酱油，我都目不转睛地盯着那个小吊勺，生怕售货员手一抖，酱油会倒出来一点点，自己会吃亏。

到了20世纪80年代，随着社会的进步，商品越来越丰富，吃穿再也不是问题了，家家户户也能做红酒和大原酱了，凭票购买商品的时代终于过去了。玉壶酒厂也就失去了原有的作用，最后连那两扇始终敞开的大门也关上了。

又一次站在门前垟地块上，又见到了门前垟水井，只见井口被一块铁皮封盖着。四周的菜园不见了，取而代之的是一间间的落地房，水井就这么"立"在道路中间。我上前移开铁皮：井水依然清澈，井壁上那一块块鹅卵石依然整齐地垒着。村民告诉我，这井水从没干涸过，如今偶尔还有人来这里洗衣洗菜。

想起酒厂，我就想起那一缸缸装满红酒的酒缸，仿佛闻到了一阵阵馥郁扑鼻的酒香味，就会沉溺其中，甚至会有满颊生香的感觉。又一次站在酒厂门前，只见一把锁挂在门上。村民说，这扇门已经很长时间没有打开了，也没有人来打理这个院落。我按顺时针方向沿着院墙绕了一圈，只见墙头上立着一个个酒缸，这是当年酒厂的

玉壶酒厂围墙

旧酒缸吧？它们以站立的姿势朝迎旭日升，暮送夕阳下，赏云卷云舒，品雨滴的甘醇，是不是很惬意？只是这本应盛放红酒的身子，如今盛的却是来自大自然的雨水，酒烈而水淡。它们会不会有隐隐的失落感？

我又来到东边一户人家的阳台上，俯视酒厂，拍了几张照片。忽地，镜头里出现了一只鸟，栖息在酒厂楼顶的屋檐上，以一种悠闲的姿态安静地眺望着远方，是旧时玉壶酒厂的堂前燕吗？它是来寻找故人吗？

老医院：他有一段情，足忆当年事

如今，玉壶人称玉壶卫生所为老医院，其旧址在上村外山头。据《文成县卫生志》记载，1952年9月，原在温州白累德医院工作的潘明炘医师（乐清人）来玉壶始设西医门诊，地址在玉壶街尾侨胞胡克球原水泥楼房，医务人员3人。1953年1月1日，成立文成县玉壶卫生所；1955年，迁到玉壶镇上村外新屋胡氏宗祠。1956年7月14日，文成县玉壶卫生所改名为文成县玉壶区卫生所，受区公所直接领导，业务受县人民医院、防治站、妇幼保健站指导。1958年，两名医务人员被划为"右派分子"下放劳动，还有一人去学习。1962年，在祠堂横轩兴建砖木结构5间2层楼房，约250平方米。1965年，医务人员增至7人。1966年，在卫生所门外征地兴建5间2层约250平方米作为外科手术室（原医生用房，楼上做职工宿舍）及门诊用房。

《文成县卫生志》一书还有这样一段文字记载，"文革"期间，由于贯彻了"把医疗卫生的重点工作放到农村去"的"六二六"指示，一批高年资医师充实到镇卫生院，学校刚毕业的本科毕业生分配到基层卫生院。20世纪60年代，上海第二医学院儿科系毕业的朱绿绮分配到玉壶卫生院后，一干就是12年，直至研究生毕业，才调到江西省立儿童医院。我在网上百度"朱绿绮"，得知朱绿绮为主任医师，1981年毕业于浙江温州医学院，获医学硕士学位，江西医学院医学硕士研究生导师，任全国小儿急诊学会委员，江西急诊学会常委，《临床儿科杂志》常务编委，《小儿急救医学》编委，《中国当代儿科杂志》编委。朱绿绮对玉壶的感情很深，曾多次前来玉壶看望老同事和老朋友。当年玉壶卫生所医师大多来自外地，江西、上海、宁波、诸暨、乐清、永嘉、瑞安、苍南等地都有。

玉壶老医院原职工朱守雨告诉我，他是朱雅人，于1969年9月1日被分配到玉壶卫生所，1971年10月转为正式编制，工资为29.5元／月，补贴3.5元／月，粮票30斤／月，当年1斤粮票加0.13元可以买到1斤大米。医生和护士没有双休日，每年只有过年才能休假几天：如果是玉壶本地人，农历十二月二十九日吃完中饭后可以回家，次年正月初五一早来上班；如果是瑞安、上海、江西等外地医生和护士，每年农历十二月二十四日上午回家，次年正月初十来上班。其余时间一律在单位。

玉壶老医院原职工蒋运双说，1971年，每个村选一名卫生员，条件是有一定文化知识、勤劳肯干的村民，他就是这样被选上的，先在玉壶接受卫生员培训，然后到文成中学东风楼参加县工农兵"五七"学校"赤脚医生"培训班。全县71名学员进行为期一年的培训，毕业后充实到基层医疗单位，要求是从农村来，到农村去。任教老师是林斌、王贵森、陈炳仁、陈挺墨等。蒋运双毕业后被分配到吕溪诊所，1975年被抽调到大峃区卫生办公室。

1972年，玉壶卫生所创建草药门诊楼，由院长沈家骥主诊，时人称其为"草药沈"。沈家骥医德好，医术好，深受玉壶人的好评。

至今，一些玉壶人还念着沈家骥的好，关于他的故事也有很多很多。有一次，周墩一村民得了甲肝，送到温州医院治疗无果。家人就将病人运回家里，抱着试试看的心理到玉壶来请沈家骥。沈家骥满口答应，背着卫生包，步行到了周墩，开了几贴草药让病人服下。不久，病人就痊愈了。一时间，"草药沈"一名传遍了文成、南田、大峃、黄坦、峃口等地，凡有疑难杂症都来找沈家骥。那时候的草药是由县医药公司供应，但有些草药买不到，沈家骥就带着朱守雨、张春斋等同事，凭着所学到的知识上山采草药，他们到茶垟坑、枫树龙等地，挖来重楼、白花蛇舌草、虎杖等草药，种在胡氏祠堂东侧的空地上。一时间，这块地上长满了各式各样的草药，车前草、大竹叶、豆腐柴等都有，大家戏称这里是"百草园"。1975年，玉壶卫生所征地（包括"百草园"）185平方米，兴建建筑面积为550平方米的楼房。

在我童年的记忆中，老医院分为前进和后进，前进北侧一楼有药房、抢救室、注射室、收费室和门诊等。一楼给我印象最深的是注射室，每次打屁股针，医生总会让我坐在一张高高的木凳上，我害怕会摔下来，所以都很听话地挨了一针。二楼有X光室。我六七岁的时候，有一次被风呛到了，一连咳嗽了三个月，母亲带我去店桥街诊所看医生，医生建议我去老医院拍X光。于是，母亲带着我来到这里。医生名叫张春斋，带着我来到二楼X光室，里面一片漆黑。我站在一个固定的位置，过一会儿就拍好了。后来，张医生告诉我母亲，我的肺部没问题，咳嗽是因喉咙发炎引起的。母亲才放心了。

到了20世纪80年代，国家实行"计划生育"。平时，我们在学校里也经常能听到"谁家又生了一个儿子，谁家的妇人结扎了"之类的话。有一次，一位同学告诉我：老医院的一位医生会给人结扎，不仅能给女人结扎，也能给男人结扎，大家去看看。我们几个人怀着好奇心，放学后一溜小跑来到老医院。只见这里有很多人，院子里站着人，走廊上站着人，医生来来往往，一派忙碌的样子。挂点滴的病房里有人躺着，走廊上躺在木板上的不仅有女人，也有男人，他们呻吟着，看上去很痛苦。有人告诉我们，这些人结扎了，要抬到医院下首的一间民房里（是医院租来的），因为担架只有一副，所以先躺在这里。当时的我们还处于懵懂的年纪，看到那些人表情痛苦，我们不敢多耽搁，转身就跑回家了。后来才知道，当年符合结扎条件的妇女会被乡镇干部带到这里，如果女方因身体条件不能结扎，就由男方代替。这是那个特殊年代的特殊现象，谨记一笔。

老医院的后进是胡氏祠堂，东侧是一堵墙，正中间有两扇门的位置是空着的，南西北侧都有房子。消毒室位于南侧，那时候打针的针头不是一次性的，是铁制的，可以反复使用。针筒是玻璃制成的，针头、针管和针筒都是使用一次消毒一次，然后再使用。消毒时，针头直接放在一只铝盒里，针筒则是用纱布绕起来放在铅锅里，用高压蒸汽进行消毒。我常常看到医生抬出一个大蒸笼，里面是一个个饭盒一样的盒子。有一次，我去打针，护士打开铝盒拿出针头时，那铝盒还冒着热气呢。

胡氏祠堂的后门有一口水井，井口由石头砌成。朱守雨说，这水井是1975年挖的。以前，医院用水来源于两处：一处是玉壶酒厂水井，一处是医院门前水沟里的水。自从有了这口井，洗漱用水都来自这里了。水井上方有一个水池，一根水管从水池里伸出来，接到老医院的厨房、药房、注射室和抢救室等房间。平时也有人在这里打水、挑水，还有人在这里洗衣洗菜。

据《文成县卫生志》记载，1980年，玉壶区卫生所医务人员增至20余人。1992年9月，更名为玉壶中心卫生院，下辖玉壶镇、周南、大壤、上林、东背、吕溪、金星、朱雅、李林等10个乡卫生院（分院）。

1998 年，由海外侨胞胡奶荪、程延梳等人捐资 142.88 万元，在杨村垟兴建 3248 平方米的新楼，竣工后投入使用。该楼总造价 350 万元，国外有 88 人捐资，故又名玉壶华侨医院。

前几天，我从店桥街出发，沿着洗埠头老路，沿着儿时的记忆来到老医院，可绕来绕去，怎么也找不到似曾相识的东西。村民告诉我，老医院前进的房子都拆了，已成为一片空地，辟为停车场和晒谷场。后进的胡氏祠堂还在，外围砌了一圈石头墙，正东面有两扇门，紧锁着。我想进去看看。村民拿来钥匙，打开门，那几间房子还在，当年的洗衣板和洗衣池也还在。环顾四周，依稀还有当初的模样，南侧的房子瓦片尚存，阳光从檐角倾泻下来，擦亮了我内心深处那份久远的记忆：当年医生在这里用高压蒸汽给针头、针筒和针管消毒，那满蒸笼的热气氤氲了我的童年。几块木条不知是橡

老医院后进（即胡氏祠堂）

还是门框，寂寞地躺在地上，似乎向我们诉说着它们曾经所处的位置和所起到的作用。几只鸡来来回回地走着，眼神警惕，咯咯咯地叫着。村民告诉我，这里空着也是空着，不如养几只鸡，也可食用。祠堂无言，我也语塞。

　　没有告别，没有悲喜，没有感慨，我就这样跟着村民默默地走出祠堂。我想：曾经的医生和患者都已走远，那些模糊的片段注定要老去了，放下追忆的怀想，不惊扰这里的每一张瓦片，每一块石头，每一缕阳光，每一扇木门，留一份宁静给这块土地吧。

　　时光的长廊里，春夏秋冬，周而复始，一袭日月一年华呀。也许终有一天，我们也像玉壶老医院、玉壶酒厂和玉壶北方及西北方的这几条古道，终会被改变成另一种形式，也终会被时光湮没，直至遗忘。

　　上村，留在我记忆深处的都是年少不更事时的懵懂、好奇和顽皮：古旧的鹅卵石路，古旧的栋头矴步，古旧的栋头石板桥，古旧的栋头栋，古旧的老医院，古旧的酒厂，连同那横塘栋也是古旧的。这么多的古旧环环串起，在你我心中编织成一道古旧的风景，一幅依然古旧而又朴素的时光剪影。纵有满怀柔情，终是执念难留呀。今夜，你可曾有梦？梦中可曾有上村昔日的容颜？

山背 清流门前过
传说处处说

　　六月，清晨。

　　抬头，夏已深。独立芝水畔，淡淡的凉风和薄薄的柔雾轻轻地裹挟着我。溪水欢，水波柔，草儿青，天空蓝，心情明媚，我该去哪里走走呢？对，山背，爬爬山背岭，听听后畔溪水的歌声，去那个记忆深处的地方走走。看看那里的古迹旧址，触触那里的潺潺流水，听听那里的美丽传说，闻闻那里的花草清香，再与坑里的鱼儿蟹儿聊几句，岂不快哉？

山背村，与玉壶本地仅一溪之隔。据《文成地名志》记载，山背村位于玉壶东。周氏始祖居于山上开创基业，故名山背。因此地山水如画，取绘山绘水之意，又名山绘。西靠山，东濒小溪坑，位于县城东北11.6千米处。

村民，在这里繁衍

山背村最早的居民为周姓。据《周氏宗谱》记载，玉壶周氏始祖周湛于隋大业元年至大业十二年（605—616）任饶州（现江西省鄱阳县）太守，后辞禄归闽之长溪赤岸（今福建省霞浦县）。因隋朝衰微，四方盗起，周湛于隋恭帝义宁元年（617）自闽之长溪赤岸迁徙至瑞邑象川（即玉壶潘庄北侧、九了桥南侧，一个名叫小港的地方，如今人们也称之为祠堂基），置业隐居。

我一直无法想象，一个男人带着一家老小，每个人都肩挑背扛，是怎样泪洒故土，告别亲人，在怎样的喧哗声中上路？一路上又是如何的风尘仆仆，他们历经多少风雨，历经多少艰辛，长途跋涉来到玉壶？"郁孤台下清江水，中间多少行人泪。"辛弃疾在恍惚之间，写出了战乱时的百姓之苦：一江清水中，有多少逃难人的眼泪？周湛也一样，如果不是迫不得已，谁愿意踏上未知的行程，承受颠沛流离之苦？周湛一家人是否沿着玉泉溪一路跋山涉水向北走？泪水和汗水是否滴落在玉泉溪里？我们不得而知。

另据《胡氏族谱》记载，玉壶胡氏始祖胡秀成于宋雍熙四年（987），由万全胡阳迁至安固县嘉屿乡胡呑而居。那时玉壶尚是沙滩和荆棘丛生的原始森林之地，蛇虫潜伏，后虽有数户人家，仍未敢下沙滩开荒辟地。而周湛却比胡秀成还要早 370 年来到玉壶，其路途的艰辛和生活的艰难不是如今的我们所能想象的。

不过，无论生活怎样艰难，周湛及其后代子孙终于开辟了一片得以繁衍生息的土地。在那农耕时代，他们用双手开垦荒地，从地里获取食物，养活自己和后代，在小港一待就是十三代。

到了第十三世孙小三公周森、小四公周鹏的年代，不安于现状的兄弟俩各自挑起全部家当，走出小港。周森沿着南方前行，搬至玉壶山背；周鹏沿着东北方前行，搬至吕溪茗垟。周森到底于哪一年来到山背，族谱上没有记载。但我想，周森初到山背时，这里必定是一片蛮荒，遍地是荆棘杂草，至于虫与蛇，那是更不必说了。

据《周氏宗谱》记载，周森居于东宅，后人称其为东宅祖。东宅即周垟，位于山背村东侧，故名。周垟到底在哪儿呢？村民说带

周垟（东宅）

我去看看。从克木大桥东侧出发，沿文青公路前行约 80 米，前方有一条通往东南方向的小路，沿着台阶向上走就到了原山背村碗厂，再转向东方一条山间小路继续向前约 100 米，就到了周垟。

周垟为山间谷地，南北两山夹峙，山势不高。如今的周垟实为水田。村民告诉我，此地有一口凉水井，冬暖夏凉，常年不涸。居家必先有水，当年周森应该是看上了这口凉水井，才选择了这里。凉水井位于一块稻田后坎，井圈由几块石头砌成，由于时日的久远，长时间没人使用，边上没有路，我无法下去探一探井水的清凉与否，只能依稀看出是原始面貌。

对于周垟这个地名，我还有一个疑问。玉壶人发"垟"音与"羊"字相同，而山背人发"垟"两字时，音却与"影"字相同，这与周湛的祖居地是否有关？

时光荏苒。周家的第十六世孙周新将家搬至狮岩寨尾，也就是如今的东背小学所在地。此地位于山背村西侧，故称西宅，由此周新被称为西宅祖。西宅也即沉龙潭背上，周新亦被称为龙潭背祖。龙背村村名就是取自《周氏宗谱》的"龙潭背派"中"龙背"两个字。

在时间的进程中，《周氏宗谱》上的姓名不断增加着。于是，人们傍着后畔溪边伐木筑屋，辛勤耕种。一块荒凉凄清的土地，因为周姓人家的繁衍，一个村庄逐渐形成。随着人口的不断增加，周氏后裔又向谈阳、水碓上、大壤及山背东北方的三枝杨梅、乌岩、大坪、赵基、漈门岩头、小南垟、牛塘等地搬迁。其后，居住水碓上的周氏后人又搬迁至泰顺司前等地。

我们再来说说胡氏。具体已记不清是哪一年，胡姓人家分别从中村塘下、上村门前垟和玉壶底村（即底头）搬到这里，并安居乐业。

还有就是洪家。洪姓原住平阳腾蛟，后迁居周壤外南村军田自然村。民国期间，洪氏后人洪才富因家境贫穷到玉壶塘下做长工，

狮岩寨尾（西宅）

后搬到山背蒲坑殿为路人供应茶水，聊以为生。蒲坑殿、蒲坑、上
垟岭、炭场这条古道人来人往，洪才富学会打草鞋，卖给过路人。
又过了几年，洪家在蒲坑殿边上盖了房子，生儿育女。

故事，在这里传说

"一个陌生的地方，对于我们都有一种诱惑，不是诱惑于美丽，
就是诱惑于传说。"一位作家在写《青岛》一文时，如此写道。山背
村离我家很近，并不遥远，而诱惑我走近她的原因确实是那美丽的
传说。

抢尸坳

从山背店前方的杨府殿往东走，过双坑口石板桥，沿旁山垟往

后畔溪

东走约 100 米，东南方有一条窄窄的山间小路。路的西南侧有一座小山岗，小山岗中间有一个山坳，这座小山岗就是抢尸坳。抢尸坳的东南侧就是蒲坑殿。

关于抢尸坳的由来，还有一个凄惨的故事。很早以前，这里是一片荒地。从玉壶过蒲坑口桥、蒲坑殿，继续东行经蒲坑、上垟岭、炭场、枫树坪、林龙可到瑞安河上垟；从炭场北上八角潭、李林可到青田。古时候，炭场至山背这条古道是官道，从青田继续向上就是丽水、杭州等地了。

不知道哪一年，一名福建男子为了考取功名，带着妻子从家乡一路奔波前往杭州。俗话说，人生四大喜事：久旱逢甘露，他乡遇故知，洞房花烛夜，金榜题名时。在古代，考取功名对于读书人来说，那是天大的喜事。因为一旦考取，不仅自己能封官，而且后代子孙乃至整个家族的地位都会发生变化。一番奔波，一番辛劳，一番努力，这位福建男子终于高中状元。总之，夫妻二人高兴至极，整理行装，从杭州出发返回福建。他们一路跋山涉水，风餐露宿。终于有一天，夫妻俩走进玉壶境内。到了李山，女子中暑了，头晕呕吐，脸色苍白。那时候，李山至玉壶一带沿途人家不多，女子就这么熬着，走着。男子心疼妻子，热了就在树荫下歇一歇，渴了就喝点凉水。终于，他们走到了蒲坑殿。此时，女子再也支持不住倒了下来，去世了。痛苦不堪的男子可谓是叫天天不应，叫地地不灵，哭干了眼泪，叫了两个山背人，帮忙把妻子埋在蒲坑殿东北侧的山坳。

男子强打精神回到了福建。女方亲属得知消息后，万分愤怒：好好的一名女子，千辛万苦陪着丈夫赴京赶考。丈夫考上了，眼看就能过上好日子了，妻子却死了。其中会不会有其他原因？于是，女方亲属要求见女子尸体。吵着闹着，男女双方亲属都到了玉壶山背村。男方认为：女子嫁夫随夫，一切由男方做主。女方家属不服，找到了当初帮忙埋葬女子的那两个村民，双方发生了激烈的冲突，那两个村民也在冲突中不幸去世了。女子的尸体现在何处？被谁抢走了？我们都不知道。传说到此结束了。但是，"抢尸坳"的地名就

抢尸坳

这样传了下来。

我们再来说说由"抢尸坳"引申出来的一个地名。抢尸坳东侧山脚有一个山洼，名叫"旺堂基"。村民告诉我，"旺"表示兴旺，"堂"表示堂屋。"抢尸坳"地名不雅，"旺堂基"则表示此地兴旺，借以压一压"抢尸坳"的意思。

史铁生曾说过这么一句话："我相信，每一个活过的人，都能给后人的路上添一丝光亮。也许是一颗巨星，也许是一把火炬，也许只是一支含泪的蜡烛……"按此说法，这名女子算不算一支含泪的蜡烛？我无法判断这个传说到底是真是假。我想说的是，死亡不是生命的终点，遗忘才是。有些教训要吸取，那些能避免的悲剧请尽量避免吧，因为生命是极其重要而珍贵的。

如今，当地村民把此地写成是"昌司坳"。在玉壶方言中，"抢尸坳"和"昌司坳"发音完全一样。该不该改？你来说。

报恩寺

走访中，村民又告诉我一个美丽的传说：很久很久以前，蒲坑殿东北方有一座寺庙，名为报恩寺，寺里住着 99 个和尚。奇怪的是，一到夜晚，寺庙里就有 100 个和尚了。这话激起了我的好奇心，催着他们带我去看看报恩寺的地理位置。

从蒲坑殿出发，沿着东北方一条水泥路前行约 50 米，我们踏上了东侧的一处斜坡，行 10 多米，路北侧是一片荒地，长满杂草，蒲公英、车前草、牛筋草、龙葵、酢浆草、蛇莓等挨挨挤挤的；往南一望，眼前豁然开朗，下方是一片田垟，马铃薯都已经被挖走了，那一畦畦菜地躺在阳光下，显得慵懒而闲适。我竟莫名地羡慕起它们了：真好，有青山相伴，有鸟鸣声声，有农人照看，有阳光照耀，有微风轻拂，一切都那么安然。

村民指着眼前的一块大田告诉我，这里就是报恩寺的旧址。这

勾线部分为报恩寺旧址

是稻田，稻子已经割了，稻茬还在。

村民说，许多年前，有人在大田里挖地种庄稼，挖出了许多瓦片和条石，说明这里曾经有人住过。一直以来，山背村民口口相传：住在该寺的皆为和尚，平时粗茶淡饭，寂寞青灯，过着与世无争、闲淡的日子。寺庙北边山上就是赵基村，一个名为乌得（"得"在这里念第一声）的小地方有一块稻桶一般大的岩石，圆溜溜的，就像一个和尚坐在地上，人称和尚岩。无尽的岁月流逝了，这块石头经风历雨成仙了。白天，石头就在原地一动不动；夜晚，化作一个和尚来到报恩寺念经、打坐。因此，报恩寺白天只有 99 个和尚，到了夜晚就有 100 个。另一位村民则告诉我，报恩寺夜晚多出来的那个和尚，是乌得山上那块石头的影子。晴天的夜晚，月光如水，那块和尚岩的影子被拉得老长老长的，投射到报恩寺，就像一个人。

遗憾的是，前几年，赵基村一位村民要盖房子，就砸开这块石头，搬过去砌墙了。我没见过这块石头，心里有一丝惋惜：和尚岩，它能历经自然界几百年甚至几千年的风霜雨雪，却终是承受不了那记重锤。身子轰然开裂、魂飞魄散的瞬间，不知道它有没有抬头看清那位落锤者到底是谁。

报恩寺到底是否真的存在过？我在《周氏宗谱》里看到这么一句话：周新之妻陈氏之墓在报恩寺西。这说明报恩寺确实存在过。曾经的寺庙没了，曾经的僧众走了。这里已没有晨钟暮鼓，这里已没有香烟缭绕，这里已没有善男信女，这里已没有钟磬齐鸣。有的只是一片静寂，一片阳光，一片绿色。我们静静立于山坎上。此时，乌压压的树丛远远地望着我们，只是树丛后面已经没有那块和尚岩了。

沉龙潭

狮岩寨山脚西南侧就是玉泉溪。东背小学所处的位置被称为狮岩寨尾，其山脚有一个潭，潭水很深，名为沉龙潭。夏天的中午或傍晚，我们喜欢到沉龙潭里戏水。众多的游泳爱好者在潭水里玩倒立行走、水底拾物等游戏。

村民告诉我，沉龙潭之名是有来历的。很久以前，玉泉溪是从塘下街流过的。沉龙潭是一片平地，住着陈姓人家。不知道哪一年，玉泉溪改向从狮岩寨山脚和东山岗山脚流过，陈姓人家的草寮被冲走了，于是就有了陈潭之称。这里附带说一下茂潭：茂潭位于东山岗西侧山脚，古时候也是一片平地，住着孟姓人家。陈姓人家草寮被水冲走的同时，孟姓人家的草寮也被冲走了，于是就有了孟潭之称。因为"孟"与"茂"发音相似，慢慢地，就有了茂潭之称，也有人称之为帽潭。

陈潭又怎么被称为沉龙潭呢？在山背流传着这样一个传说，古时候，山背东侧的枫树坪村有一水井名曰龙井，龙井里居住着三条龙。三条龙会兴风作浪，引发涝灾，导致农民庄稼歉收。当地村民就去请了会降龙的池法师。池法师做法事把三条龙捉住，装在一个瓶子里。辞别众人后，池法师沿着炭场、蒲坑一路往前走，来到了门前垟。时值正午，池法师又渴又累，就把瓶子挂在一棵乌桕树上，坐在树下打起盹来了。这时一个放牛娃路过这里，看到瓶子里有三条小龙，颇为好奇，随手捡起一块石头用力砸向瓶子。"砰"的一声，瓶子破了。三条龙都逃了出来，一条逃到陈潭，一条逃到枫树龙，还有一条逃到九了（也称九龙）。惊醒过来的池法师拔腿就追，他沿着东方一直追到了陈潭，捉住那条龙，又从北边搬来一座山，把龙压在水底。龙沉到了水底，由此，陈潭被称为"沉龙潭"，那座山也被称为龙潭背了。再说另外两条龙逃得飞快，池法师终是没有追上，于是玉壶就有了枫树龙和九龙这两个村名。

如今的玉泉溪水平如镜，沉龙潭和茂潭的旧址还在，但已看不出当初那潭深水的样子了。

"有一个美丽的传说，精美的石头会唱歌……"站在沉龙潭岸上，我的耳边总会隐隐传来《有一个美丽的传说》这首歌的优美旋律。多少故事已久远，多少如今成过往。你可否约我在茶余饭后，搬出一张小矮凳，静静地坐下，静静地听山背人讲起山背村那些美丽的传说……

古迹，在这里停留

时光总在流逝，那些随同时光一起流逝的如烟往事总在不经意间掠过我们每个人的心头，停留，再停留。我们能做的，只是在一个平常的日子里，通过那份久远的记忆寻觅一些过往的影踪。

门前垟的横塘栋和下沙栋之间有一道豁口，继续往前就是太平桥。蒲坑水在太平桥东侧汇入玉泉溪，因而此地又称为蒲坑口。当地人亦称太平桥为蒲坑口桥，蒲坑口桥是克木大桥的前身。我在克木大桥东侧桥头看到一块青石碑竖立在地上，上面有楷书"太平桥碑"4字。据胡志林主编的《文成历代金石选》记载，此碑高135厘米，宽82厘米，正文直书《序文》及捐资者姓名31行、147例；全碑27行，行文5—48字不等，总计1093字。

翻开《玉壶胡氏族谱》，一篇题为《蒲坑口桥记略》的文章记载了蒲坑口石板桥概况：蒲坑口，其水视栋头桥处，又加山背溪与蒲溪二水，旧设渡船以通往来。至清同治初年（1864），新宫僧圣玉始有石桥之架，旋坏旋修又旋坏。至清光绪七年（1881），众推山背周君瑞为首，以余光烈为司，出入制定，高减旧日之半，柱用三石合插。上架三石，各琢一笋嵌于柱。桥成，数次大水拥来，竹木杂物得以从桥上流去，而桥无恙。周君瑞之子佩诚于清光绪癸卯年（1903）冬，出集众资，增广二板。1912年7月17日之洪水为前清数百年所未有，青邑全城湮没，蒲坑口架桥处几成深渊，故又设渡船以济。1919年秋，胡希九俟农隙水涸集工匠，石运于狮岩寨，其桥石凿于漈门坑中。间分十九，计长二十五丈，面架三板，阔逾四尺，高如端木宫墙。

在我童年的记忆里，蒲坑口石板桥不高，每天往来者不绝，桥面窄，如遇三人并排行走，其中一人必得退后相让。有一次发大水，溪水漫过桥面，人不得过。

据《壶山今古》记载，1990年10月，侨胞胡克木之子胡志光回玉壶，感乡邻涉水维艰，返回荷兰后，与至亲商量，众人皆支持。胡志荣、胡志光、胡志榜三兄弟以及妹夫吴松善捐资30万元，桥以其父之名命之——克木大桥。1991年1月16日，大桥破土动工，7月16日验收竣工，7月23日举行落成典礼。克木大桥长73.8米，分6孔，宽8米，高4.8米，系钢筋混凝土双柱式桥墩，上部结构为装配式空心板。从此，玉壶与山背两地往来顺畅。

过了克木大桥，就是山背地界了，山背堂和山背店以后畔溪为界。漈门坑水流经山背村，称为后畔溪。后畔溪东南面称为山背堂，概因此地有一寺庙，故名；后畔溪西北面因为有水磨楼、供销社和诊所（村民称之为店），由此，这一带被称为山背店。

我们先来说说山背堂。在我的记忆中，山背堂一带房子不多。东山岗北面山脚一带都是稻田，其西面邻水。从克木大桥东侧往东南方向走，沿文青公路约行50米处，左前方两栋房子之间有一条小

俯瞰山背堂

巷，我们从阳台底下穿行，一抬头就看见山背堂，如今的山背堂四周都被高楼包围着。山背堂又名兴福堂，是一座四合院，始建于清乾隆癸丑年（1793），1912 年遭洪水淹没，因年深日久受虫蚁侵蚀，1947 年由周显叨、周克杰等人重新修建，后又于 1984 年和 1991 年再度修整。

再去看看山背店吧。从克木大桥东侧往东北方向前行，前方有一座石板桥（现已是钢筋混凝土桥梁），这就是山背店桥。据《文成乡土志》记载，山背店桥，1970 年建，长 21.6 米，宽 1.35 米，高 1.62 米，为 8 孔石板桥。山背店石板桥桥面低矮，桥下水流湍急，桥上人来人往。

过了山背店桥，迎面就是一间一层的矮房子，房顶上铺有瓦片，村民称之为水碓头，也有人称之为水磨楼。水磨楼面东背西。时人从杨府殿前方引漈门坑水，流经供销社门前、诊所门前，过水磨楼和后畔溪再汇入玉泉溪。村民就在水沟里洗衣洗菜。水沟从水磨楼里穿过，一个石磨摆在屋里，石磨下方有两个踏碓。踏碓是用来捣米、捣年糕的。磨麦是利用水的落差，带动木制的水轮，水轮带动石磨，把麦子放在磨盘上，石磨转动，麦子就进入磨眼里，白花花的面粉就磨出来了。水轮有时快，有时慢，这与水的流量和流速有关。水磨楼里人多，哗哗的水声加上石碾子和谷物碾磨所发出"吱呀吱呀"的声音，我总觉得很悦耳，因此时常来看一看。我经常看到男人们肩挑背扛着麦子，女人们则跟在后面拿着筛子，端着脸盆，按先来后到的顺序，轮流磨麦子。逢年过节时，这里更是忙得不可开交。

在水碓头，村民用玉壶方言问候"你南昼吃罢未哦"（玉壶方言，你吃过午餐了吗），和着东家长西家短的谈笑声，伴着水轮有节奏的"咕噜咕噜"声，是山背人最有温度的记忆。我站在水磨楼前，隐隐听到记忆深处的水磨声"吱吱呀呀"地响着，从久远而厚重的时光深处传来。

后来，随着时代的进步，一些碾米厂可以用发电机碾米或碾麦子，水磨楼也就失去了其原有的作用，成了副食品店。店主把杨梅干、豌豆、铅笔、橡皮等摊放在一块门板上，南来北往的过客路过这里，都会停下来买几支铅笔或几块糖果。

水磨楼前方有一条鹅卵石路，路两旁都是两层的落地房。继续往前约50米，就能看到东背乡卫生院了。据《文成卫生志》记载，玉壶中心卫生院下辖周南、大壤、上林、东背、东头等10个乡卫生院（分院）。

东背卫生院有一位年近四十岁的男医生，赵基人，中等个子，很和善。大家都很尊敬他，称他为"式虎（谐音）医师"。式虎医师的脖子上经常挂着一个听筒，病人来看病，他会拿着听筒听听心跳，搭搭脉，然后开出药方。有时，式虎医生也会给病人打针。其中有一种名为庆大霉素的药水，是放在一只白色的小纸盒里的。我们班有好几个同学用庆大霉素的小纸盒当铅笔盒，这样铅笔和橡皮就不容易丢失。同学们告诉我是在东背卫生院门前捡到的。我当然也想要。有好几次，我一放学就跑到东背卫生院，站在门口，眼巴巴地盯着护士，希望护士用完庆大霉素药水，把盒子丢出来。一连几次，护士用了两小瓶庆大霉素，但盒子里还有好几瓶。她收起来塞到抽屉里了。有一次，我终于等到护士把一盒子的庆大霉素药水都用完了，但她还是把盒子收起来放进了抽屉里。一次次等待，一次次失落，我终是没有等到那个庆大霉素小纸盒。

东背乡卫生院门前有一条路廊，路廊上铺着鹅卵石，临着水沟那一侧有一排木制的美人靠座椅。平时，赵基、孙山、坪岩、漈门坑等地村民挑着柴火去玉壶天妃宫出售，路过这里，都会停下来坐在美人靠座椅上歇一歇。来这里看病的人很多，家属和病人也会在这里等待。有一次我肚子疼，母亲背着我来这里看医生，当时医生正在忙。母亲就让我躺在路廊的美人靠座椅上，等别的病人走了，再把我背进卫生院。

东背供销社与卫生院之间隔着一条小巷，供销社是三间两层的房子。供销社的货物可真多，布料、生产资料、副食品等都有。布料柜台的售货员是一位名叫"阿芳"的姑娘，带有大峃口音，声音软软的，很悦耳。那时候，如果女孩子订婚，由媒人来做中间人，比如彩礼 300 元，男方要送几块布料给女方，冬季两套，夏季两套。布料有卡其、凡立丁、的确良、洋布等，还有一种布料被称为"三寸头"，就是布票只有"三寸"，也就只能剪三寸的布。我经常看到一些人过来剪布料，说是儿子结婚了，要把布料送给女方。这些布料剪下来折叠好了，售货员会再系上一根红丝线。

副食品柜台的售货员是一名三十岁上下的女知青。大姑妈告诉我，女知青是杭州人，嫁到了玉壶，被安排到供销社工作。如果有人来买白糖或红糖，女知青就从麻袋里盛出来，倒在盆秤上，称好斤两，用纸包好，放在来人的菜篮子里。

供销社的门口也是路廊，村民喜欢在这里站站、聊聊天。路廊楼上是房间，是东背公社工作人员居住的。继续向上走，水沟上方有两块青石板。过了青石板，就到了对面的鹅卵石路，继续向北前行，上了几级台阶，就到了杨府殿门前。

杨府殿究竟建于何年何月，谁也说不清。村民告诉我，1912 年，杨府殿被洪水冲毁，1913 年重建。杨府殿的东西两侧有木制的美人靠座椅。夏天的中午，我经常看到村民躺着或坐在美人靠座椅上乘凉。杨府殿后方有一棵大樟树，五六个人才能合抱，根深叶茂，郁郁葱葱，荫护着杨府殿。遗憾的是，1993 年，杨府殿后方民房失火，殃及杨府殿，杨府殿及大樟树均被烧毁。其后，侨胞胡建平带头募资重修，

大岗样

这就是如今的杨府殿。

从杨府殿前方往北走，是一条长长的鹅卵石路，路的西侧是稻田，东侧是漯门坑。继续前行 200 米就到了大岗样（也写作驮降垟或大江样），沿古道继续往前，就到了徐坪、漯门坑、双了、岩鹿坑、小南垟、大南垟和朱雅等地。

从杨府殿往东走，就到了双坑口桥。据《文成乡土志》记载，双坑口桥，清光绪三十二年（1906）建。桥长 27 米，宽 1.62 米，高 1.5 米，为 10 孔石板桥。过了双坑口桥，正东方就是旁山垟。旁山垟西侧有一条鹅卵石古道，其左侧是清清的后畔溪，溪水哗哗地流着。右侧是一片稻田，每到秋天，稻子熟了，温暖的阳光在田野里四处漫溢，那一抹金黄更增加了亮色，农民拿起镰刀"唰唰唰"地割着稻子。稻田中间有一座两层的房子，傍晚时分，炊烟袅袅升起。"又见炊烟升起，暮色照大地。想问阵阵炊烟，你要去哪里……"晚风中，我隐隐地听到那天籁一般的歌声混合着后畔溪水的欢笑声，一路向前，恍过思念。

古道到了山脚下，其上就是山背岭，沿着山势向上延伸，就到了项司山、孙山、赵基、三枝杨梅、乌岩、大坪、岩门寮、牛塘、

后畔溪

郑坑、樟树坳、岭里、四方块，继续往前，还能到达黄泥寮和桐油炉等地。

此刻，山背岭上，有鸟儿呢喃，有青草萌发，有花开的絮语，有村民的招呼声，氤氲着光阴的故事；山背岭下，后畔溪水缓缓向前，也在诉说着时间的故事。你可愿意听？你可听得懂？

一方水土养育一方人。山背村在我童年的记忆里是温婉柔和的，是低吟浅唱的，就像马致远《天净沙·秋思》里的："小桥流水人家。"

在浩渺的时光风云里，许多旧物和人事早已偷偷改换。如今，再一次站在山背这片土地上，我熟悉的景物几乎都已不见了：蒲坑口石板桥没了，山背店石板桥没了，水磨楼没了，卫生院没了，供销社没了，双坑口石板桥没了，那条总在地面上缓缓流过的水沟也没了……有些东西注定会消失在时光深处，悄无声息；有些东西注定会顺应历史潮流，悄然出现。高楼林立代替了曾经低矮的房子，钢筋混凝土结构的桥梁代替了曾经的石板桥，一切都是那样的恰到好处。

多年前曾读过一本书，已经忘记书名了，只记得里面有这么一句话："除了荒凉这唯一的读物，我的目光已无处可栖。"我就套用这句话：如今的山背，除了"美好"这唯一的读物，我的目光已无枝可栖。

补　记

　　翻开《周湛入文 1400 年》一书，我看到了如下一段文字：据1984 年《华侨通讯》记载，日军占领新加坡后，把抗日义勇军、马来西亚共产党员作为主要处刑对象，大肆屠杀新加坡华侨。1942年 2—3 月，受到严重处刑或杀害的约有 5000 人。其中有数十名文成籍华侨被杀害，山背村后畔坦的周松飞（1921—1942）烈士名列其中。

周松飞烈士，图片翻拍自《周湛入文 1400 年》

　　周松飞烈士之侄周守钏告诉我，其爷爷周宏涛育有六子一女，周松飞排行最小。周松飞少时聪明、颖悟，善于写生绘画，临摹能力强。周宏涛平时在舅公胡从委（家住上村外山头）家帮忙做饼，兼做挑夫。周家孩子多，家境贫困，老二周松南是木工，为生活所迫，到新加坡谋生。其后，周松南把四个弟弟（老大周松岩留在老家照顾父母）都带到新加坡。周松飞领悟能力极佳，会说七国语言。抗日战争爆发后，他和胡有志等人在"南侨总会"的领导下，1941 年 10 月加入抗日义勇军，积极开展抗日救亡宣传，并与其他爱国团体在新加坡办夜校，宣传抗日救国思想、散发传单，做秘密情报工作。义勇军被解散后，周松飞和胡有志等人参加了马来西亚人民抗日军，继续与日军进行斗争。1942年10月，因叛徒出卖，周松飞被日军抓走，遭受酷刑后被灼死在烤红的铁链架上，牺牲时年仅二十一岁。

穿过血雨腥风的岁月，我们看见了一位与暴力作抗争的华侨身影。周松飞一直被山背村民铭记着，为玉壶人民怀念着。

炭场

故事不多
宛如平常一段歌

　　朱寮溪一路翻山越岭，从北向南奔走而过交坑，流经狮子潭上方，滋养了沿途的动植物，也滋养了深山里的人间烟火。从凉水坑奔流而下的末儿坑（古时候，坑边住着一户人家，有一个孩子名叫末儿，故名）急速汇入，继续往前，溪坑蜿蜒之际旋出一个宽展的弧形,缎带般围绕着樟山岭脚和静里边("里"在玉壶方言里念 lēi 音,因山里住着一户人家,一个孩子名叫阿静,故名)的繁茂林木与平缓的冲积溪滩。因该溪流位于玉壶东侧,故称东溪。人住溪边,村庄亦称东溪。其后,下游亦有人家搬来居住。随着时代的发展,人口逐渐增加。慢慢地,这两个村庄都有了自己的名称:上游的村庄称为上东溪,下游的村庄称为下东溪。再后来,上东溪成了木炭集散地,也就是堆放木炭的场地,名曰炭场,也有人将其写成太场。

炭场地势偏低,四周群峰巍立,近山青翠,远山苍茫。这段水域水色纯粹净蓝,清澈见底,缓缓流淌。到了下东溪,孔坑汇入,溪流继续南行过排竹园,在西江下方的东溪末口,东溪和芝溪合二为一,又一路向东而行,至小岔口注入飞云江。

如今的炭场

炭场位于玉壶东北面。其西北面为李山、林龙、凉水坑、和样溁头、龙井、白岩头，继续往前则是瑞安的河上垟、湖岭、大藏等地。炭场与樟山、下东溪、茶园湾、上坪庵、野猪塘、水竹湾、排竹园和陈地坟等自然村组成东樟行政村。

从蒲坑口石板桥出发，经蒲坑殿、大坪样、上垟岭，再沿着东溪边上一条长长的鹅卵石路一路前行，过了炭场石板桥，顺着竹林往里走，在漫射的天光下，在浓绿的树木间，一个村庄出现在我们面前。十多幢房子皆为木构建筑，掩映于竹林之间。风摇翠竹，竹影疏疏落落，落于房顶和板壁上，一片祥和与宁静。那是1977年夏季的一天，因为涨大水，无法过东溪矴步，大姑妈带着年幼的我经炭场，上炭场岭，下樟山岭，然后前往下东溪磨里。这是炭场给我的第一印象。

悠悠古道，几多往事

从外砂栋出发，过蒲坑口和山背堂，沿着蒲坑北侧一条狭窄的山间小路前行，就到了蒲坑殿。继续前行就是蒲坑古道，古道两侧都是稻田，每到秋天，稻子成熟了。在秋阳的照耀下，一片金灿灿的，煞是耀眼。蒲坑古道前方是大坪样，这里是山地，种着蔬菜和番薯之类的农作物。此处给我留下最深印象的是：砖瓦窑多，总计有7座砖瓦窑。山背人、炭场人、枫湾人都在这里建了砖瓦窑，用于烧砖烧瓦，排竹园、下东溪、野猪塘、林龙、李山、花岩等地村民将柴火挑到这里，换取微薄的一点点钱，然后前往玉壶购买生活用品。那时候的大坪样，说有多热闹就有多热闹，挑柴的、挑砖瓦的、挑黄泥的、赶路的、挑担的，人来人往，无断绝也。

上垟岭古道

　　继续往前则是数级向下的台阶，前方就是上垟岭头。上垟岭头南侧有三棵枫树，每年十一月，经过秋阳的烘焙，经过秋霜的浸染，枫叶便有了铮铮傲骨，凝聚了所有的爱和能量，孤注一掷地"燃烧"，然后含笑飘零。枫树边上有一个亭子，里面有几个石墩，来往行人走累了就会进去坐坐，歇歇脚再走。不知道哪一年，一个名叫阿凑的男子因为没有房子居住，就住在亭子里。阿凑育有两个儿子——发保和发达，两个儿子靠零散地种点地来维持生活。许多年以后，一个远房亲戚得知他们的状况后，伸手帮助，于是发保一家人去了杭州。亭子空着没人居住了，有几个枫湾村民就在这里打铁、做瓦。砍柴的、走亲的，每天从早到晚，这条路上的行人可谓是络绎不绝。

发保搬走以后，枫树坪一位名叫义勒的村民带着家人来到了这里，住的也是上垟岭亭。义勒平时也是靠种地过日子。有一次，儿子淘气惹得其母生气了。母亲拿着一根小竹子在后面追赶，儿子一个劲地往前跑，跑过门前的平地，收不住脚，一下子就掉到了坎下。坎下可是笔直的峭壁呀，下方就是东溪。该水域的东溪有三个天然的水丼，人称"三个丼"。孩子一下子就掉到了"三个丼"边上。一个名叫阿备的村民见状赶快跑过去，把孩子背起来。孩子当场就已经不行了。大家也不抱什么希望。没想到次日，孩子醒了过来，还嚷着肚子饿，喝了一碗稀饭，又活蹦乱跳了。真是奇迹。多年以后，义勒又搬回了枫树坪。

上垟岭亭给我留下最深的记忆就是这里的火把。这火把跟计划生育有关。20 世纪 80 年代，我国实行计划生育，但那时候农村里的养儿防老和重男轻女思想就像长在骨子里一般无法剔除，根深蒂固地蔓延着。很多家庭为了能生下一个儿子，逃到深山老林或外地，直到生出儿子为止。那年我十二岁，一个初夏的夜晚，我和一群小伙伴躺在磨里的道坦上乘凉。远远地，我们看到上垟岭上晃动着火把，夹杂着喊叫声。那火把来来回回地晃荡着，究竟发生了什么事？次日，二伯（大姑父的二哥）外出回来告诉我们：昨晚，炭场有一位老妇人走丢了，村民拿着火把去找人。原来，老妇人的孙媳妇超生，东背公社的计划生育工作队前来炭场抓人。老妇人每次见到工作人员前来，就急急忙忙地收起孩子的衣服，帮忙掩饰。一次又一次，工作人员频繁地登门来搜查。老妇人神经绷得紧紧的，竟然到了崩溃的地步：只要有外人来家里，老妇人就叫孙媳妇赶快逃。后来，她自己也跟着往外逃，逃到山上，夜里也不回家。于是，家里人只得点着火把沿路去找。有一次竟然发现老妇人躲在一处金银花藤中，露出两只惊恐的眼睛盯着前来寻找的人。此后，老妇人一次次出逃，一次次被找回。我在磨里道坦上经常能看到上垟岭的火把一次次地晃动着，伴随着喊叫声回荡在夜幕中。过了两三年，经不起如此折腾的老妇人终于离世了。上垟岭夜里的火把和喊叫声也消失了。还有人告诉我：当年在樟山后山石柱下方的岩壁底下，竟然住着七户人家，这些人都是为了躲避计划生育的。岩壁底下怎么能住人？原来岩壁底下很宽阔，既遮风又挡雨，又因为处于深山之中，前方仅有一条羊肠小道从末儿坑直达，不熟悉炭场地形的人根本就不知道有此等隐蔽之处。这是那个特殊年代的历史记忆，谨记一笔。

过了上垟岭亭，其下就是一条鹅卵石下坡路，如今还保持着原样。一块块鹅卵石平整地铺设着，古道两侧树木丛生。约行 100 米，转向东方，前方出现了两棵高大的枫树，枝干遒劲，尽显精神。它们站在这里多少年了？无人知晓。每到深秋，经过寒风的呼啸，经过秋阳的照耀，枫叶便越发红艳了。继续往前，前方出现了一条名为上垟岭湾的小坑，坑水哗哗哗地流着，水流清澈，翻开坑水里的石头，还能找到溪蟹和虾。上垟岭湾穿过上垟岭，融进东溪。

过了上垟岭，下方就是一条狭长的溪边小路。小路的前方是溪滩野，溪滩野前方就是东溪。炭场溪滩野呈半圆形，遍布大大小小的鹅卵石，溪水清澈见底，水流湍急，一个个深潭一片片深蓝。20世纪 80 年代前，这里的房前屋后，田里地里，坑边溪边，山坡山梁，到处可见番薯的身影。每年十月秋高气爽，番薯成熟时，这里就非常热闹，炭场人在这里晒番薯丝了。因为溪滩野空旷，阳光充足且风大，炭场人就将此地选为晒场，搭起木架，上面并排斜放着一只只长约三米，宽约一米的番薯簾。在我儿时的记忆里，那时候天气

上垟岭枫树

很冷。我和大姑妈路过这里，经常看到村民把头天夜里刨好的番薯丝倒在番薯簾上，因为已经上了霜，倒出来的番薯丝竟然还是番薯簾的形状。有人赤着脚站在溪水里，拿着扫把清洗番薯；有人沿着蜿蜒的上垟岭，肩上挑着两番薯簾的番薯哼哧哼哧地往下走；有人坐在番薯桩前，用力地刨番薯。远远望去，那一爿爿番薯簾上的番薯丝雪白雪白的，连成一片，颇为壮观。溪滩野的南侧是一片空地，那是藏番薯种的好地方。玉壶人的番薯种是藏在山坎里：在山坎里挖一个洞，外面用一块扁平的石头遮住洞口。炭场人则是把番薯种藏在溪滩野的沙地里，上方用稻秆鬐遮盖着。一个个稻秆鬐就像一个个稻草人，守护着番薯种。来年春天，阳气渐升、草木萌动、桃李含苞之际，炭场人就掀开稻秆鬐，从沙地里扒出一个个番薯种，种在山坡山梁上。年年月月，周而复始，日子就这样缓缓地过着。

再往前走是溪滩野的尽头，也就是野头了。野头前方是鹅卵石古道，沿途的鹅卵石被行人的足履磨得异常光滑，由此也可以想象得到曾有多少行人踩踏过。这是岁月的痕迹，也是历史的见证。

东溪横亘在炭场和古道之间，炭场、林龙、李山、白岩头等地村民前来玉壶，必须要过东溪。此水域有东溪桥，长40.5米，宽1.35米，高1.62米，为15孔石板桥。据《东溪桥碑记》记载：此桥原由监生周君培为首修建。此处非独大雨时行人有临流之阻，即隆冬之际水雪消融亦非亲褰裳可涉。周君培拟建桥，后力孤而终止。李山移居林寮的胡氏后裔胡珍美与从嫂张氏及侄胡希凤谋，侄胡希望力助。后多方捐募，始于甲辰之夏，而成于冬。现该石碑已遗失。

我在石板桥西侧前方的古道上看到了三块大小不一的桥碑，一块躺于地上，两块立于山坎前方。最大的那块石碑阳面正上方刻着"永济桥"三个大字，"温巨演六元，温巨周九元"，字迹清晰可辨。但有些文字已稍显模糊，难以辨认。村民告诉我，这是炭场石板桥碑石，原立于西侧桥头。因年代久远，基座毁坏，就置于此地了。如今，村民已不称东溪桥和永济桥，而称之为炭场石板桥。

三块石碑就这样立于古道之侧，身影倔强却略显单薄，倔强得使人肃然起敬，单薄得使人心生怜意。它们当年是怎样被立起来的？它们与石板桥相依相伴多少年了？为何不在原处再做一个基座？我得不到答案。身边空荡荡就空荡荡吧，没人陪伴就没人陪伴吧。至少它们曾记下了当年建造石板桥时的情景以及村民的捐资数额，留下了有关这条古道人来人往的记忆。隐隐地，我似乎听到了三块石碑在喃喃自语："他们都走了……"他们是谁？去了哪里？

我走上炭场石板桥。桥墩为八字脚，由条石砌成，上方并排铺设四块石板，适合两人并排行走。村民告诉我，石板桥的塔坝下方埋着一根大木头，俗称水冬瓜，起到保护桥墩的作用。水冬瓜在水里千年不烂。此刻放眼一望，东溪似一条玉带环绕青山，给炭场以灵动和旖旎。不过我也发现，这匹水虽然还是清清亮亮，蜿蜒而淌，但比起四十年前，她清瘦多了。

春风拂面而来，天上也没有月亮，可不知怎么地，我忽然想起了冯延巳《鹊踏枝》里的一句诗："独立小桥风满袖，平林新月人归

炭场石板桥　胡志林摄

后。"感觉自己若有所待，又若有所失。所待何人？所失何景？

一年一度，草青草黄。上垟岭的枫叶由绿到黄，由黄到落。樟山岭脚的风儿由柔到刚，由刚到烈。一切的一切都在周而复始。炭场石板桥却仍然就这样站着，仿佛在告诉我：时光无言，轻轻流走。历史的车轮滚滚向前，有些人有些事已经不是曾经了。

扳着手指算起来，我已经三十四年没有踏上这条古道了。三十四年，那么久，那么久。久到少年变中年，久到时光已陈旧，久到蒲坑古道和上垟岭亭已变了样。而今，阿凑不在了，发保不在了，就连声声唤我为"猴驮囡"的大姑妈也不在了，那像"牵虹"（玉壶方言，连续不断）一般来来往往的路人都已不见了。悠悠的时光，还剩下点什么？几片枫叶，抑或几道背影？又或者，是那一声长长的叹息？

搬迁繁衍，多少辛劳

不知道为什么，一想起炭场这个村名，我脑海里就出现白居易《卖炭翁》里的几句话："卖炭翁，伐薪烧炭南山中，满面尘灰烟火色，两鬓苍苍十指黑。卖炭得钱何所营？身上衣裳口中食。"烧炭卖炭的艰辛，如今的我们已是很难理解。但经历过那个年代的人，却是刻骨铭心的。炭场，炭场，皆因炭之名而来。炭场的木炭从哪里来？又运往哪里？欲知其详，请听我细细讲解。

炭场全村单姓胡，分为两个房族：一是玉壶塘下的智三公后裔，一是从枫树坪搬迁而来的胡氏后裔。

当我问及"炭场始居者为谁"这一问题时，三位村民掰着手指计算着，然后告诉我是胡恩友。生于清康熙己巳年（1689）闰五月廿四日的胡恩友为玉壶塘下人，是玉壶胡氏第三十世孙，为智三公后裔。其妻为大岱珊门金氏。

　　胡恩友为什么要搬迁到炭场？我想，在水运的年代，溪水是连接远方和未来最有效的方式，以溪流的走向为迁徙目的，是东溪把胡恩友带到了炭场。这种说法是否说得通？答案已无人给出。我们能知道的是胡恩友带着家人，沿着上垟岭古道到了炭场，然后在这里开荒拓地，伐木筑屋。在那些孤独的夜晚，当巨大的宁静漫过樟山岭脚，漫过幽深的岁月，胡恩友一家人慢慢地适应了山里的生活，慢慢地把熟悉的生活变成了遥远的往事。

　　炭场人一说起胡恩友和金氏，就会连连称赞"人做好显做好哪"。究竟好在哪里？我们从流传下来的故事来探究探究。话说胡恩友来到炭场，最初是居住在炭场水井下方的三间草寮里。因为经常有客商来上东溪收炭，渐渐地，有人问："木炭挑到哪里去卖呀？"对方

炭场旧貌　胡立匡摄

就回答："堆放木炭的场地，炭场。"炭场，炭场，村名即由此而来。

有一次，一位瑞安客商来炭场收购木炭和木柴，借宿在恩友家里。因为与恩友夫妇交往甚好，客商将随身所带的一件皮衣和散麻袋（内装有银番钿和银票）放在恩友家里，自己进山去收购木材了。不久，恩友也外出了。当天天气晴好，不知怎么的，草寮起火了，火趁风威，风助火势，浓烟裹着火苗迅速地蔓延开来。此时，金氏正在家里忙活着，见势不妙起身往外逃。情急之中，她看见了放在桌子上的皮衣和散麻袋，随手一拿就冲出了火海。站在火海之外的金氏眼睁睁地看着自己的家园毁于一旦，欲哭无泪。在炭场生活了这么多年，金氏也有自己的财产，但她只带出了客商的财物。

不久，恩友和客商回来了。客商望着眼前的灰烬，摸摸自己完好无损的散麻袋和皮衣，说草寮烧了也没事，自己会给他们盖房子的，让他们居有定所。如今的我们已经无法得知客商的散麻袋里到底有多少银番钿和银票，那件皮衣到底有啥意义。我们能知道的是从那以后，枫树下建起了五间两层木构建筑的房子，村民称此屋为枫树下老屋。枫树下老屋顶上铺小青瓦，檐口用勾头滴水。门台前有两口天井，中央甬道用鹅卵石铺成拼花图案，两侧为条石整齐铺设。柱子和梁均为榫卯结构。底层设廊，直棱窗，门窗上雕着花鸟凤凰和缠枝花纹，柱子底下的石磉子是绿色的，也是雕花绘画的。雕花绘画师傅来自金华东阳，是那位客商请过来的。如此精雕细画，到底花了多长时间，已无从考证。枫树下老屋于清康熙年间建成，历经300多年依然完好。甚为遗憾的是：20世纪70年代末期，因为人口的增加，房屋紧张，枫树下老屋被拆建，保留下来的只有一块窗户上方漏雕工艺的绦环板。

就这样，胡恩友及其后人在炭场这片土地上种田、留客住宿，一年又一年，一代又一代，平静而安稳地生活着。岁月向前，斗移星转，到了胡田坤这一代，胡家开始人丁兴旺了。胡田坤育有四子：长子胡克祥，次子胡克鹤，三子胡克修，四子胡克廷。胡克祥四兄弟究竟是如何谋生的？我们已无法得知。如今能确认的是胡克廷长子胡圣镐是靠撑竹排（书面语为筏工）来维持生活的。其后，胡圣镐的儿子胡允仕和胡允赍都是子承父业，继续风里来，雨里去，撑着竹排沿着东溪将货物运送到小岙口，再由大岙艇转运至瑞安、平阳等地，换取微薄的工钱，聊以生存。

　　已无法说清到底是哪一年，家住枫树坪的胡义千搬到了炭场。至于胡义千是怎么搬到炭场的，有两种说法：一是说胡义千从枫树坪来往玉壶，都会经过炭场，久而久之，就与炭场胡家关系密切。炭场胡家的一名男子就让胡义千住在自家的草寮里。胡义千在炭场也是以种田为生，且育有两子：胡希孝和胡培兰。另一种说法是炭场胡家生活艰难，胡义千送给胡家一只公鸡。胡家就将草寮腾出一点位置，让胡义千住了下来。

　　下面我们来说说炭场与木炭的关系。玉壶本地一位长者告诉我：明朝中期，就有人在李山、八角潭、花岩、金竹坦和林龙一带伐薪烧炭。因为这一带山高路远，人迹罕至，丛林密布，利于烧炭。玉壶本地人常常是三五结伴而行，到深山里砍伐树木，烧好木炭，然后挑回玉壶来卖。到了清朝，有人为了方便烧炭，就在山里搭起草寮住了下来。

　　据《李山胡氏族谱》记载：1872年，家住玉壶后路（即底村楼里）的德伦由于在玉壶田地少家境贫寒，难以维持生计准备搬迁至李山，邀堂兄德谦与之同去。德谦说，李山山地荒芜，难以种植番薯，尤其是缺少水源，难以开垦水田。德谦遂不去。由此可见，德伦兄弟四人当年搬到李山，不是靠种田为生，他们也不会打猎。在深山老林里，他们是不是靠烧炭卖炭养活自己？答案不得而知。

那时候在李山和林龙一带的深山老林里，专门有人烧炭，且烧的是硬柴炭。硬柴炭的原料是烈柴，烈柴指的是山茶树、金寮楂等木质较硬的树木，烧好的木炭也硬，耐烧。烈柴一般都长在深山老林里，成长缓慢，树龄长。那时候，炭场东北方的石良坎、朱寮、花岩、林龙、李山等地都有人在烧炭。

木炭是如何烧制而成的呢？炭场一村民告诉我，他当年跟着舅舅在深山里烧制木炭，用于收购的木炭一般都是硬柴炭。村民一般都会在深山里搭草棚，砍柴、晾晒，等到积累了一定数量的烈柴，才会开始烧制木炭。烈柴需要放在炭窑里烧制。炭窑类似于砖瓦窑，但比砖瓦窑小，前方是一扇门，四周都是由石块垒砌而成，石块之间浇上黄泥来封闭。烧制木炭的时候，把烈柴的树枝砍成一节一节，也就是俗称的炭棍，然后搬进炭窑，关上门，慢慢烧，这种烧法叫"闷烧"。烧木炭是一门技艺，火势要刚刚好，太猛了就烧没了；太弱了，树木没完全燃烧。这份工作只有一些内行人才能完成。木炭烧制的时间一般为七天。

接连烧了好几窑木炭，烧炭人一般会选择一个晴好的日子，把木炭放进炭篓里，结伴挑到山外来卖。一般的劳动力都是挑着一担炭篓，约100斤。也有一些体力好一些的男子，能挑三只炭篓（前面一只，后面两只）。更有甚者，能挑四只炭篓，前后各两只，重量达200多斤。于是乎，晴天的早晨，山鸟刚开始发出第一声清唱，交坑岭、枫树坪岭和石良坎岭等古道就出现了一个个山民，他们衣衫单薄，腰弓着，颈也缩着，好在炭篓里的木炭似乎能给人些许温暖。这一路都是下坡，前方如果有人停下来，就要事先叫一声，后方的人才能收住脚。也因此，这一带有好几个路亭，就是专供挑担之人歇脚的。

那时候玉壶没有公路，唯一能走的就是水路——筏运，也就是用竹排将木炭运至营前,再由大岙艇转运到瑞安、平阳坑等地。据《瑞安市地名志》记载,平阳坑埠头是个非常重要的码头,位于飞云江浅滩尽处,潮候也终于此。此地成为文成、泰顺、青田等地的主要交通要道。平阳坑埠头水面宽阔,停候着许多竹排和大岙艇,挨挨挤挤的,场面颇为壮观。按如今的说法,这里是一个重要的物流中心。继续下运,大岙艇就直抵瑞安码头。那时候,瑞安西门竹排头至仙岩头码头一带,因为生意兴隆,山货行比较多,形成一条街市,专做山货生意,柴爿、毛竹、桐油、茶叶、笋干、木炭、山茶油等都在这里出售。平时,筏工将竹排撑到码头,就有挑工上来搬运货物。

起初,木炭主要用于打铁和做糕饼。随着时代的发展,轮船、汽车用于运输行业上。而轮船和汽车使用的动力燃料都是木炭,以至于进山烧炭的人越来越多,住在山里的人家也越来越多,相应地,需求量也越来越多,木炭的数量也越来越多。

到了20世纪初期,枫树坪一个名叫阿永(以做道士为生,时人皆称之为道士永)的村民在枫树坪岭脚搭起了三间草寮,来自李山、林龙、花岩、凉水坑等地村民就将木炭挑到此地,由道士永收购。当木炭积累到一定的数量,道士永就叫来筏工(玉壶方言称之为撑排人),将木炭运到营前、瑞安、平阳一带卖给当地的翻沙厂、糕饼店和打铁厂。

枫树坪岭脚距离炭场约500米,此处的西面即是东溪,在此收购木炭,算是得了"地利",西北方山上的村民挑木炭下山必经此地,且木炭可以通过东溪运往瑞安等地。我们再来说说此处的水域。枫树坪岭脚往炭场方向走,有一个深潭名曰狮子潭,因其西侧的高山形似狮子,转弯急,故名。狮子潭水流湍急,平时尚可,大雨过后,水位上涨,一般的筏工是不敢放竹排的。曾有人在此撑竹排时撞到了水边的岩壁上,竹排被撞散翻了,木炭都掉进水里,还好人被救了上来。道士永就雇了一个呇口人专门在此为筏工撑过这处险潭。此地虽然占尽了地利，但长期单门独户住在这里，也算是冷清至极。而且那位呇口人长时间住在这里，也总有诸多不便。不知过了多少年，道士永赚了一些钱，搬到了玉壶街尾，不再收购木炭了。这生意没人做了，可怎么办？炭场村民胡允甩接过了收购木炭的生意，把场地转移到炭场，慢慢地，周边山上的村民都将木炭挑到炭场。

20 世纪 80 年代以来，燃料转化为以煤炭为主。为了加强林木的发展和管理，木炭的生产和收购，调拨和供应都趋向下降。随着时日的增加，烧炭这一行业渐渐消失了。

瑟瑟春寒里，灿烂花色中，我独自一人悠闲地在东溪坑边走一走，山青，水净，心空，鸟儿的鸣叫声从枝头滑落，这是一种朴拙、自然、纯粹的美，闲适、安然洇满心头。到了狮子潭边上，只见几朵白云悠闲地倒映在深深的潭水中，影影绰绰，它们迎晨曦，送晚霞，似乎也在招引着我。

春花秋月在不知不觉间转换，星光岁月在无声无息中移动。流年辗转，日复一日，年复一年，炭场人用坚定而踏实的脚印一步一步向前走着。他们也开荒，也种田，也开水沟，也撑竹排，勤劳和本分是流淌在炭场人血液里的基因。那一个个流传下来的故事守着与之相应的村庄，守成了一种超越岁月和年代的恒定。一代又一代炭场人在这片土地上，在东溪水畔静静地生活着，美好、温馨氤氲而生。

生存发展，几许努力

炭场是东溪坑边的一个小村庄，面积小，但地理位置极其重要。也因其特殊的地理位置，炭场得以在历史的洪流中有了独属于自己的历史记忆——留宿背树客，也有了可与玉壶并肩的历史记忆——炭场供销社、炭场麻绳厂和麻袋厂，也使炭场人有了自己的生存空间。

西北侧的林龙、枫树坪、李山、花岩、炉基、石良坎等村庄的村民都必经炭场前往玉壶。李山继续往东行就是河上垟、西龙、湖岭等地。1958年由于大炼钢铁，林区木材资源损失较大。那时候，烧砖烧瓦用树木，家家户户烧火做饭也是用树木，建筑工地也得用树木，以致本地林木短缺，山上光溜溜一片。瑞安等地需要木材就到文成和泰顺之间的山底去背木头。那时候，文成陆路不通，山底的木头到达瑞安只能靠人工肩挑背扛。炭场位于文成至瑞安湖岭的古道上，背树客早上从湖岭出来，到了炭场大多已是天黑了，于是在此借宿一夜，主家管两顿饭（晚饭和次日早餐），收取0.3元。通常是背树客自带被子，主家将谷簟摊放在上间或楼中间，几个或十几个人将就着睡一夜。次日一早，他们继续赶路。

那时候，树木是不允许自由买卖的，政府部门派人在玉壶等地路口设卡，如果有人背树被抓住，树木是要被没收的，这叫"拦木头"。试想，辛辛苦苦扛着一段树木从山底出来，走了几天几夜，如果被拦住没收，这是多大的打击呀。因此背树客喜欢走山路，而不敢走大路。这些人都是等到夜里卡点没人或工作人员人睡着了以后，偷偷经过的。有一次，湖岭一对兄弟一起去山底背树，回来的路上经过玉壶狮岩寨下方水域时，因天黑路滑，弟弟不小心滑了一脚，肩上的木头掉了下来，人也磕到了木头上，额头上鲜血直流。弟弟站了起来，用随身所带的毛巾按住伤口，把木头分了一根给哥哥，兄弟俩互相帮忙着继续走。到了炭场，弟弟脸上满是鲜血的样子把主家吓了一跳，赶紧帮忙包扎。当天夜里，弟弟留宿在炭场，哥哥背着木头回到湖岭。次日，哥哥又返回炭场，背上弟弟扛过的木头，兄弟俩一起踏上回家路。

有时，一些背树客因为体力不支，也会叫炭场人帮忙分摊几根木头，背到湖岭等地，一次给工钱0.4元。有时候，也有林龙、枫树坪等地村民挑着松树枝和柴爿卖给炭场人，炭场人收够了一定数量，就通过溪水"放"到营前和平阳坑等地。20世纪50—70年代，炭场几乎家家户户每夜都有人借宿，这也使村民有了一笔额外收入，生活相对也宽裕了一些。

我们再来说说炭场供销社。东侧的樟山、野猪塘、茶园湾、水竹湾、下东溪和磨里以及西北侧的林龙、炉基、李山、枫树坪和花岩等地都可经过炭场前往玉壶。20世纪50—70年代是计划经济时期，玉壶有供销社，但对于山里人家来说不方便，炭场供销社应时应地地出现了。

说起炭场供销社，我们先来说说胡允甩。前面我们已经说过胡允甩在炭场收购木炭，同时他又是筏工，撑排靠的是体力和技术，风里来雨里去，虽然辛苦，但相对来说赚的钱会比普通劳动力稍多一些。那时候在玉壶，有这样一句俗语：撑排人两工抵得上种田人十工。这话的意思是筏工两天的工资与种田人十天的工资相等。再加上胡允甩个头高大，艺高胆大，一般人一次只运600斤货物，而他最起码运800斤，有时甚至是1000斤，即使洪水漫过了矴步，他照样能撑排。为此，他的工资相对来说比一般筏工高，也有了一点小积蓄。

因为常年撑排来往于玉壶和瑞安两地，久而久之，胡允甩与瑞安地赖村村民凤根成为好友。地赖村盛产水竹。有一次，凤根告诉胡允甩，今年没有人来收购水竹（水竹捶晒成水竹干，可用于造纸），我也想收购，可惜没有本金。不如你来收，肯定能赚钱。胡允甩当机立断，买。就这样，胡允甩在地赖村买了30吨水竹，又通过凤根的帮忙，沿途又买了10吨。刚砍下来的水竹200斤/元，每200斤水竹能捶晒成130斤水竹干。等到胡允甩把水竹都捶晒完毕，水竹干的价格一路上涨。胡允甩把水竹干用竹排运到瑞安河上垟漈山，客商蜂拥而来，最后以 28 斤 / 元的价格出售。为此，胡允甩赚了一大笔钱。这钱该怎么用呢？盖房子，买田地。1950 年，胡允甩与胡允珠兄弟五人在樟树根墩边上着手盖了六间木构建筑的二层楼房，外加一间厢房，所需的檩、椽和柱子都是到朱寮采购好，再雇人扛回来。盖了房子还有余钱，胡允甩又去樟山买了三块田。不久，"土改运动"来了，胡允甩的田地都被政府收走分给村民了。

20 世纪 60 年代末，玉壶供销社建成并投入使用。那时候，所需的物品都是按计划分配，需要粮票、布票、糖票才能买到所需的物品。炭场周边地带人口众多，群众的呼声高，于是玉壶供销社决定在炭场设立供销分社。因为胡允甩兄弟五人的房子宽敞，玉壶供销社就以 7 角 / 月的租金租下了一楼的两间房子作为店面。就这样，盐、糖、酒、铅笔、橡皮等生活必需品就从玉壶供销社仓库挑到了炭场。

刚开始，炭场供销社被称为商店，其全称为玉壶供销社炭场分社。商店创始人为蒋运甫，因为从玉壶来这里上班不方便，职工都不愿意过来，玉壶供销社只得要求每位职工轮流一个月。

我小时候因为父母在外地，节假日都会住在大姑妈家里。大姑妈家住下东溪磨里。磨里在东溪旁山的半山腰，平时小伙伴们如果去买学习用品，就会站在道坦上叫起来："去炭场买铅笔喽。"然后是一群孩子呼啦啦地跑过道坦，向前跑去。我也一个劲地跟着跑。我们跑过翘兰潭岭，跑过下东溪，沿着寮里（一个小村庄）前方岩壁上的一条小路跑去，经过一片毛竹园，就来到供销社。供销社的房子面南背北，西侧的第一间是厢房，厢房的下方就是古道。厢房的一楼是空地，平时李山、林龙一带的村民路过这里，会沿着两级台阶上来，坐下来歇歇脚。每天早上，一个被称为"乌得人"（妇人的娘家在赵基乌得，故名，那个年代，村民都以其娘家地名来称呼妇女，比如"樟坑婆""瑞安婶"）的妇女会去炭场水井提来一桶水，放在这里的墙坎上。那是一只木质水桶，里面有一个竹制的汤滚（一种盛水的器具）。南来北往的行人会拿起汤滚盛了凉水，咕咚咕咚地喝起来。喝足了，养足了力气，又急着赶路了。至今，村民和曾经来往于这条路上的人都还念着"乌得人"的好。

　　紧连着厢房的两间房子就是供销社，供销社前方是上间，上间前方是住家。供销社的门在上间，这是一扇小门，可供人进出。供销社的正门可分为上下两部分，下方的门板是固定的，上方的门板则可以拿下来。门板里面的第一排地上放着一个个酒缸、盐埕；第二排摆放着一个木制的柜台，柜台上方有铅笔、橡皮之类的学习用品；第三排是一些敞口的木柜，里面叠放着蜡烛、纸张等生活用品。平时只要有人在屋里，上方的门板就会开着，我们来买东西时会踮起脚尖站着，双手搭在门板空缺处，努力把头伸进去看，然后叫着："铅笔，我要买铅笔。田字本，我买田字本。"一名四十多岁的男子把铅笔和本子递过来，收了钱放进身后的一个抽屉里。我还能清楚地记得不带橡皮的铅笔2分/支，带橡皮的铅笔3分/支，本子也是2分/本。糖果是1分/颗，外面用花花绿绿的糖果纸包着，可漂亮了。

　　那时候，炭场供销社最吸引我的是那一瓶瓶黑墨水。我们上小学时，每天中午有自修课，要求书写毛笔字作业。毛笔字需要用黑墨水去写，而我只有一块砚盘和一块墨，每天都要研磨。于是我非常渴望能得到一瓶黑墨水，但那一小瓶黑墨水的价格是0.21元，因为家里没钱，我买不起。每次一到炭场供销社，我的目光就被黑墨水吸引了，直到小学毕业了，我还是没买到那瓶黑墨水，甚是遗憾。

　　炭场供销社后来转给陈秀琴开了七年，其后一个名叫胡绍展的东丘人也来这里开了十年，再后来，被炭场村民胡允珠转了过来。

1987 年,李山至玉壶公路通了,来往行人都直接去玉壶购买生活用品,于是,炭场供销社关闭了。

来不及细数落叶,来不及细品岁月,我们就匆匆地长大了,急急地走进了中年。可否,再到磨里温一壶光阴的老酒,然后静静地坐在炭场石板桥上,就着阳光,听着东溪水,静静地和你一起回忆在炭场供销社磨蹭的那些美好时光。美好的童年已经走远,但在我的记忆里,永远会给炭场供销社留一个位置,它一直都在那儿,永远都在那儿。

说起麻绳厂和麻袋厂,我们要先来说说这一带的地理环境。炭场西面是东溪,枫树坪南侧是末儿坑,石良坎周边有李山坑、乌洞坑、石洞坑和后坑,下东溪和磨里之间有孔坑。溪坑流经之处多悬崖峭壁,而一种名为岩麻的植物就生长在悬崖峭壁上。岩麻质地牢固,可用于做成麻绳养殖海带,其次是可做成麻袋。20 世纪 80 年代前,麻袋可用来盛放盐和各类海产品。

最早来炭场办麻绳厂的是瑞安一个名叫三关(谐音)的人。三关在炭场租了房子,收购岩麻,请了希雄和阿友两位师傅来指导村民打绳和做麻绳,再由炭场人撑竹排运到瑞安等地售卖。过了好几年,三关不做了,一个名叫皮头德的瑞安人接过麻绳厂继续做,那时候的麻绳厂称为瑞安绳作社。因为师傅是从瑞安请过来的,在炭场待不住,于是皮头德也不做了。

绳作社没人经营了,村民的收入就减少了。于是东背乡接管了麻绳厂,改为麻袋厂,赵基人陈式虎被派到炭场麻袋厂当厂长,厂址在炭场小学(炭场小学合并到樟山学校,校舍空了出来)。陈式虎自带伙食,每月工资 30 元。当年,麻袋厂可谓是热闹非凡,樟山、下东溪、山背、项司山、野猪塘、炉基等地村民都来这里洗岩麻、织麻袋。村民将岩麻挑到东溪里洗净,倒进锅里用酵素煮,再洗净,

炭场小学（炭场麻绳厂）　胡立匡摄

晾在溪滩上晒干，然后织成麻袋。陈式虎当了两年的厂长，因为销路不好，麻袋厂停了。

炭场村民胡立炉发动筏工自筹资金，收购岩麻，接手创办麻绳厂，做好的麻绳雇人挑到大峃土产公司。有一次，山东省崂山县沙子口养殖场发来电报，说文成能生产多少麻绳，他们就要多少。文成土产公司主任朱建秋高兴极了，签下了60万斤麻绳的合同。有了合同就有了动力。于是炭场周边地带的村民到处去割岩麻，挑到炭场来卖，价格是40斤/元。那时候，这里的老人孩子妇女都在忙着打麻绳。成年男子则是忙时种地，闲时打麻绳。

随着社会经济的发展，尼龙绳代替了麻绳，炭场麻绳厂就此停了下来。1983年，胡立炉也去了国外。之后，越来越多的年轻人相继出国。

与此同时，炭场还有了碾米厂。说起碾米厂，还与胡允迪有关。

20世纪70年代初，侨居海外的胡允迪回国探亲来炭场走走。在上垟岭，胡允迪看到村民挑着谷子吃力地行走着，得知这是去玉壶碾米。于是他和村民商量建碾米厂，机器设备费用1700元由他来承担，村民自建厂房。1973年，炭场碾米厂投入使用，林龙、枫树坪等地村民都来炭场碾米碾麦。后来，碾米厂里又装了发电机，白天碾米，夜晚发电。

我们再来说说胡家后裔。胡克祥长子胡圣豪以设屠坊（屠猪）为生，后搬到了玉壶老街。因为家境贫寒，1933年农历十月，胡圣豪之子胡允迪远涉重洋赴欧谋生。1960年，胡允迪在同乡亲友的帮助下开设了一间皮革商场，因为经营有方，事业有成，经济实力日趋雄厚。其后，胡允迪携家眷赴意，接着帮忙经手办理亲戚朋友的出国手续。这些人在海外创业，又各自携带亲友前往欧洲各国。如今，你来这里串门，聊天的内容都是"咖啡、工场"之类的词语，炭场"欧化"了。

在我童年的记忆里，炭场的十多幢房屋都是低矮破旧，了无生气的。如今，这一切都变了。近年来，在外的炭场人思念自己的家乡，纷纷回归故里。他们以建筑的方式返乡，守望自己的家园。当我再一次站在炭场这片土地上，目之所及皆为一幢幢整齐的，钢筋混凝土结构的花园式新房子。村民告诉我，炭场青山秀水，空气清新，他们都想回来养老。村里总计有22户人家，100岁以上有4位，90岁以上有13位，是实实在在的长寿村。

东溪是时间的流向。我可以沿着东溪往上走，直至朱寮，甚或李山和凉水坑，再溯源而返，可光阴返回不了。她昼夜不停地向着芝溪和飞云江流淌。在炭场的东溪里，曾有多少遗落在时间里的事物，它们还沉淀在那儿吗？溪水里还有我和小伙伴的笑声吗？

电视剧《玉观音》里有这样一句台词深深地打动了我：“我的家在清绵，那里的山永远是绿的，那里的水永远清得见底。从我家到清绵县城要经过一条长长的铁索桥，桥下就是有名的清绵江。我就是从那里走出来的。”我想套用这句话，用炭场人的口吻来说一说：我的家在炭场，那里的山永远是青翠的，那里的水永远清澈见底。从我家到玉壶要经过炭场石板桥和上垟岭，桥下是清清的东溪水。上垟岭的枫叶镌刻着岁月的痕迹，已经红了几百年，但容颜依然。我就是从那里走出来的。

如果去炭场，最好是一个人去，卸下所有的心灵辎重和生活琐碎，静静地、安闲地、自在地沿着东溪缓缓前行，敞开心扉去感受那雀跃花枝的快乐，连同那花木扶疏的音韵，然后伸出手轻轻触摸那一片刚刚冒出的嫩芽。炭场就是这样，站在樟山脚下，站在东溪之畔，你来也好，你不来也罢，她就在这里。等你，等我，等他，等着该来的人，等着想来的人，等着能来的人。只此一生，只此这一带繁茂林木，能让玉壶人想起“满面尘灰烟火色”的卖炭翁，有空去走走吧。

我们许炭场面向未来，时光静好；愿她，青山秀水，岁岁年年。

下东溪

一曲清水绕村走

四面青山侧耳听

　　有时，我的耳朵里挤满了各种声音：羊儿入圈的声音，蜘蛛结网的声音，大人喊孩子回家吃饭的声音，风声，雨声，麦芽破土的声音，草儿开花的声音，溪水奔跑的声音，各种声音交织在一起，杂而不乱，此起彼伏，奔涌而来。这声音从何而来？

　　我知道，这声音是从磨里传来的，穿过了岁月的山高水长，走过了四季的雨雪风霜，这声音依然如初，依然那么亲切，依然那么执着，依然那么随意。

　　我年幼时，父母带着姐姐和弟弟去了外地。我曾在大姑妈家住过一段日子，大姑妈家住原玉壶区东背乡东樟行政村下东溪村磨里自然村。

　　据《文成乡土志》记载，朱寮溪流至此称"东溪"，人住溪边，即以溪为村名。住户胡姓，后迁入叶、蒋、王等姓。当地村民称东溪村为下东溪，而把炭场村称为上东溪，究其原因：概因炭场村在溪流上方，而东溪村在溪流下方。

村民：多姓氏搬入

　　下东溪村位于长丰南面，孔坑西北侧的樟山山脚，三面环山，一水——东溪从西面穿村而过，另有一坑——孔坑自东向西从村里奔流而过。磨里自然村位于孔坑东南侧——东溪旁边的山，因此村民也称此地为东溪旁山。

　　下东溪最早的居民为胡姓，据《玉壶胡氏宗谱》记载，玉壶底村上经隆（也写作上金垄）二房胡圣煜的长子胡温亮育有三子，老大胡从周生于清道光乙巳年（1845）正月初二，老二胡从芝生于道光戊申年（1848）三月初五，老三胡从魁生于咸丰辛亥年（1851）正月初十。胡温亮家境富裕，到处买田买地，甚至在大峃徐村也置有田地。因为下东溪一带山高林密、水源充足，好种地，于是胡从周兄弟三人就卖了大峃徐村的田地，迁居于此，在东溪旁山野开垦土地，繁衍子孙。所以下东溪胡氏和上经隆胡氏之间一直流传着这

下东溪老屋

样一种说法：半家人在下东溪，半家人在上经隆。这意思也就是说，上经隆和下东溪合起来才是完整的一家人。

就这样，一年又一年，胡从周、胡从芝和胡从魁兄弟三人种植庄稼，放养牛羊，辛勤地耕作着，过着平淡而幸福的日子。但东溪水流湍急，一旦到了雨季，连绵的暴雨导致溪水暴涨，田垟尽毁，庄稼都遭了殃。至今，下东溪胡氏家族还流传着这样一句俗语：卖了徐村垟，开起东溪垟，大水推了（玉壶方言，冲了）白洋洋。这俗语真实地道出了胡家三兄弟艰难的生活历程。

不知道是哪一年，温州茶山一位王姓男子为了生计，一路跋涉来到大峃西山岩头，搭起草寮住了一段时间后，又一路奔走来到下

下东溪前往寮里的古道

东溪，给胡家放牛。王姓男子勤劳肯干，为人谦虚善良，深得主人的喜欢。主人就将女儿嫁给他，又将家产分给他一半。后来，王姓男子就在胡家房子的后山上建起了一间木质结构的房子，此地被称为寮里。

再来说叶家。叶家原住嘉屿乡五十三都，也就是如今的文成县公阳乡，后迁居瑞安西龙。有一年，因家遭变故，叶家一名二十多岁的后生一路风餐露宿来到下东溪。下东溪胡家见其可怜，劝叶姓男子别奔波了，并说，磨里属于阴山，叶子居于阴山会旺盛。就这样，叶姓男子过了孔坑，沿着翘兰潭岭向上走，在磨里建起了房子，由此安居乐业，繁衍后代。

还有就是蒋姓。蒋姓原居住于李山大坳门，先搬到了金埠陈前代，因与胡从魁的次子胡克初关系很好。胡克初就叫蒋氏搬到下东溪，住在自家的厢房里。两家互帮互助，亲如兄弟。过了几年，胡克初要盖新房子，蒋氏没了住处，就到磨里——叶氏房子下方（岩坦背）搭了几间茅草屋，住了下来。从此，蒋氏在此安家。

下东溪村除了山，就是水。在那个农耕时代，想要生存，就要努力干活。自此，居住在这里的村民日出而作、日落而息，面朝黄土背朝天，生生不息地繁衍着。春夏秋冬，季节周而复始，这里的人口也逐渐增加，一代又一代，日子过得清贫而宁静。

到了 20 世纪 20 年代，胡家后裔胡克木因会做家具，就与朋友一起前往新加坡，靠手艺赚钱。其堂兄弟胡克元、胡克初也相继出国。其后，胡家亲帮亲，戚带戚，把兄弟姐妹和亲戚朋友带到国外。自那以后，移居国外的村民越来越多，他们致富后不忘家乡，如横跨在龙背村和冰心街的克木大桥就是由胡志荣、胡志光、胡志榜三兄弟及其妹夫吴松善捐资建造的。

在蛙蟆岭下方的文青公路里侧，我见到了一块青石碑竖立于地上，上书：为建造文青公路，旅荷侨胞胡志光先生资助一万元，侨眷胡文力、胡保坦俩各资助五千元。落款时间为 1982 年，落款单位为枫李公路指挥部。为了家乡的建设，他们慷慨解囊。下东溪人为玉壶的公益事业捐资捐物之事还有很多很多，在此我就不一一列举了。

《增广贤文》里有这么一句话："但行好事，莫问前程。"是呀，这里的人勤奋敢闯，本分赚钱，乐善好施，这是一个村庄的内涵与操守，确切地说应该是世代相传的吧，慢慢地也就形成了民风。从这里走出来的人们，身上自带了一份清雅的气质，那种与大山神似的脱俗气质。可以为生计奔波，但不为名与物所累，其淡泊超然，他人参不透，也无须他人参透。

古道：鹅卵石铺就

玉壶至下东溪约有五里路，步行用时约四十分钟。从玉壶前往下东溪的古道分为左中右三条。左侧这条古道过龙背村、蒲坑、大

蒲坑古道

坪样、蛙蟆岭，经东溪栋、东溪矴步，到达下东溪。这条古道过了龙背村，就沿着蒲坑古道向前。蒲坑这一段古道都是鹅卵石铺就的，路两侧大多是水田。春天，田里的秧苗一片绿油油的，村民在田里犁田、插秧，一派忙碌的景象，"乡间四月闲人少，才了蚕桑又插田"。秋天，稻子成熟了，田野里一片金黄，给人以春华秋实的美好感觉。

继续前行约五分钟，右侧路边出现一个砖瓦窑，有两三人那么高，肚子大大的，顶上有一个洞，我经常看到洞口浓烟滚滚的。瓦窑前面有一道一人多高的窑门，做好的砖块和瓦片从这里搬进去；烧好以后，砖块和瓦片又从这里搬出来。每次我经过这里，都看见有人挑着柴火来卖，来卖柴火的有陈前代、金埠、东樟、李山等地村民。在这里做砖做瓦的大多是男人，说起话来嗓门很大，身上、衣服上经常粘上泥巴。

从砖瓦窑北侧往前走，不一会儿就到了大坪样，古道两侧种着番薯和洋芋之类的农作物，即便是炎热的夏天，也有人在这里"板草"（玉壶方言，除草）。大坪样有两条古道，一条是往东北方向走，经过上垟岭，可前往炭场、李山、林龙等地；一条往东走，过蛙蟆岭，可前往东樟村和孔坑坳头等地。因为磨里在东樟村，我大多是走这条路。到了蛙蟆岭上方，左侧路边有一个亭子，称为蛙蟆岭亭。亭子由石头堆砌而成，顶上铺有瓦片。我和大姑妈走累了，就会到蛙蟆岭亭里坐坐。

蛙蟆岭亭下方就是蛙蟆岭。蛙蟆岭两侧都是斜坡，路面很窄。路上时常有挑夫走过，上头的下来，下头的上来，两者相遇道中，挑担的东西多了，不方便退让。担子小的挑夫就停下来，让担子大的先走，相视一笑就算是打过招呼了。

蛙蟆岭下方就是东溪栋。东溪栋由鹅卵石砌成，栋里侧种着庄稼，栋外侧是奔腾的东溪水。到了矴步潭附近，东溪栋分成上下两

东溪栋

截，从溪滩野走出去，就是东溪矴步。矴步跨东溪而筑，长约五十米，每级步齿由一块长方体的石柱筑成。每隔十多步，就有一处步齿是由两块石柱并立而成，这是方便两头都有人过来时，一人站在一块石柱上让行，另一人就可以继续前行。步齿间水流湍急，鱼群嬉戏。儿时的我胆子小，总要大姑妈牵着我的手，一起前行。

　　过了矴步，沿着溪边的一条小路前行，就能看到几户人家了，这就是下东溪村。古道拐向东侧，约行 100 米，只见路的右侧长着一棵高大的樟树。树身上挂着一个铝制的牌子，上书：樟树，树龄

525 年，平均冠幅 24.6 米，胸径 533 厘米，树高 22 米。挂牌单位为文成县人民政府。挂牌时间为 2018 年。每次路过这里，我都会抬起头来仰望着它。这棵古樟树枝叶宽茂婆娑。它那粗壮高大的躯干，得有五六个人手牵手才能合抱，给人一种岁月的沧桑感，令人心生敬意。当年，这里是下东溪最热闹的地方，孔坑坳头、上坪庵、野猪塘、磨里等地村民来往玉壶都要经过这里。那一年，表姐十五岁，在大樟树北侧一间小房子里卖零食，枇杷梗、花生、葵花籽、炒米等零食摆在一爿门板上，来往过客会站在门前看看，顺便买一点。村民买了零食就坐到樟树根墩一边吃，一边聊天。微风徐徐而来，我们就坐在路边听着大人们东家长西家短地聊着。岁岁年年，它就这样站在路旁，默默无言地陪伴着下东溪人，享受着阳光的照耀，也承受着风霜雨雪的洗礼，身上刻下了道道岁月的痕迹。每到冬天，树上就结满了暗紫色的果实，在阳光下泛着幽幽的光，像一颗颗美丽的珍珠在枝叶间明亮着。过了一段时间，北风呼呼而过，果实纷纷坠落，我就一蹦一跳去踩，果实迸裂，我的鞋子上就沾满了暗紫色的汁水。"在年生里，我们因无知荒唐而美丽着。"不知道这句话是哪位作家说的，但事实确实如此。

中间这条古道是从玉壶外楼出发，过外楼矴步、外野、杨村垟矴步、外野栋、东山岗、山厂、旁山野，然后与左侧古道合并进入下东溪。走这条古道的人不多，主要是东山岗有许多坟墓。幼小的我感到非常害怕，即使是在炎炎烈日下，也感到阴森森的，所以都避开这条路。

右侧的这条古道也是从玉壶外楼出发，过外楼矴步、外野、杨村垟矴步、杨村垟、三港殿、东溪末口、东山岗山脚、东溪栋，然后与左、中两条古道合并，进入下东溪。

如果是下雨天，人们都喜欢走龙背村至蒲坑这条古道，因为一旦下暴雨，东溪水暴涨，漫过东溪矴步，我们就要沿着上垟岭往炭场方向走，过炭场石板桥前往炭场，从炭场岭往上爬，再从樟山岭下来，就能到达下东溪了。

那时候，玉壶至下东溪没有公路。有时候，下东溪和樟山、野猪塘等地村民在玉壶买了食盐、面条等食物，会雇人挑回去，于是就有了挑夫。挑夫有玉壶人，有沿途人家的汉子，也有东樟村民。冬冬夏夏，朝朝暮暮，从玉壶到东溪，从东溪到玉壶，无断绝也。我舅舅是挑夫，货担由两个竹筐和一根扁担组成，扁担两头稍稍往下弯，呈弓形。行走开来，挑夫一手扶住扁担，一手持一根棒拄，走了一段路就将棒拄斜支在扁担下，将重量引渡到另一只肩膀上。又走过一段路，他们会停下，用棒拄支着扁担，货担便静静地悬空着，挑夫便静静地站在那里闭上眼睛休息。我时常看到挑夫沿着樟山岭"哼哧哼哧"地往岭上爬，那两个货筐一后一后地晃荡着。20世纪80年代初，从玉壶挑货物到樟山，挑工费是100斤3元，舅舅每次挑50斤货物，可得1.5元。挑夫一般都走龙背、蒲坑至东溪这条古道。

据《文成县交通志》记载，玉壶至枫树坪公路8.47千米，于1983年5月1日开工，1985年11月18日通车。玉壶至枫树坪公路经过下东溪，下东溪至上东溪之间也有了东溪公路桥了。至此，我终于可以坐车去大姑妈家了。

这几天，我又沿着这三条古道走了一回。从龙背村前往下东溪的这条古道，蒲坑路段已经浇筑了水泥路，大坪样古道大部分还保留着。蛙蟆岭亭倒塌了，蛙蟆岭下段被文青公路截断，东溪栋大部分还保留着，外侧有一条用块石垒砌成的新栋，东溪矴步已经消失了，我都找不到它的旧址。从外楼、外野栋、东山岗前往下东溪的这条古道，外楼矴步和杨村垟矴步都消失了，外野栋还在，山厂没了。从外楼、杨村垟、三港殿、东溪末口前往下东溪的古道变化也很多，杨村垟古道已是水泥浇筑而成，东溪末口的矴步没了。东山岗山脚的古道已经拓宽了。

我不知道当年胡从周、胡从芝和胡从魁三兄弟究竟是从哪一条古道到达下东溪的。但我知道，这三条古道连接着下东溪胡氏与上经隆的兄弟情谊。纵使时日变化，亲情永远不变。

已经三十多年没走这三条路了，如今我再一次循着旧迹，沿着儿时的记忆一路前行。沿途山花依然烂漫，村民依然在地里忙碌着，鹅卵石铺就的蛙蟆岭依旧陡峻。伸出双手，我想抓住一点什么；摊开双手，却发现什么也没有。几载离索，梦里繁花已落尽。真想坐在东溪栋上问一问旁山野：这里可还能安放我的童真？可还能安放我无拘无束的欢笑声？还能安放我与小伙伴的友情？

青山：林木密且幽

下东溪村处于群山环抱之中。"你看，这里山林多，树木密，当年不仅玉壶本地人来这里，就连头渡水、后山、南阳、枫湾、西江、岭头垟和陈山等地村民也会来这里砍柴。早上，人们带着饭团，拿着冲担、棒拄和绳子，成群结队地前来；下午，他们砍了柴往回走，孔坑岭上就像'牵虹'一样，犹如一支大部队，前不见头，后不见尾呀。"在卜东溪村，听着村民的诉说，我感喟着，耳边语音温热。我只记得那时候，经常听到外楼四面屋的男人们商量着明天去哪里割柴，听得最多的两个地名就是孔坑和外坑。孔坑在下东溪村东面，外坑在下东溪村南面，也就是排竹园自然村的后山上。那时候，村民烧火做饭、盖房子用的都是树木柴草，烧砖烧瓦用的也是柴草，玉壶本地的山坡基本上是光秃秃的，人们就到偏僻的深山里去砍柴割草。

磨里自然村在东溪旁山的半山腰，只有三幢房子，大姑妈的房子在最上方。这里给我留下最深印象的是山里风大，有时我不用推门，风会给我开门，也会给我关门。大姑妈家的门永远不用上锁，东西却一件也不会少。但花生、白糖之类的食物要放在谷仓里，因为大人们担心我们偷吃，所以家里唯一上锁的地方是谷仓。房子的前方有一溜长长的道坦，道坦下方就是稻田。夏天来了，青蛙整夜呱呱呱地叫着。刚来这里时，我怎么也不习惯，夜里听着青蛙的歌声，无论如何都不能入睡。时间久了，也就慢慢地习惯了。反倒是回到了玉壶，听不到青蛙的叫声，又不习惯了。大姑妈的房子在北侧，边上有羊栏和灰铺。每到傍晚夕阳西下时，表姐表妹就把咩咩咩叫着的羊儿赶回羊栏里。平时我们也上山拔草给兔子吃。兔子分为长毛兔和短毛兔，长毛兔的毛可以卖钱。那时候，玉壶本地一些妇人跋山涉水来到村里，大声叫着："扯毛兔毛哎，扯毛兔毛哎……"养有长毛兔的村民就会招呼着，然后谈价钱，从兔窝里抓出长毛兔给来人。对方就坐在凳子上，一点一点仔细地扯下兔子毛。旁头（玉壶方言，也就是房子的另一头）伯母养了一窝长毛兔，有一次，卖了三块钱兔毛，大家都为她感到高兴。短毛兔则是食用的，每隔几个月，大姑妈就会杀一只兔子，这便是那个年代里的美味佳肴。

磨里的东侧有一条小坑，磨里人称之为横头坑儿。坑水不多，下过雨之后，村民在这里洗衣洗菜。如果是大旱天气，这里就没水了，就要到孔坑的翘兰潭去洗了。平时，我也跟着大姑妈去翘兰潭洗衣服。从家门口的台阶往下走，沿着双得头山半山腰崎岖的小路，一直走到幽静的山谷底部，就是翘兰潭了。翘兰潭水清清的，翻开水底的石头，还能看到虾和鱼儿。

磨里的后面有一座山，名曰双得头山，山上树木繁茂。春天来了，山上开满了杜鹃花、栀子花、桐子花、金樱子花……简直就是一个花的海洋。 双得头山上有各种野果，我尤其喜欢金樱子（玉壶人称之为枯墩，墩在这里念第三声），其藤蔓上长满了刺。仲春时节，金樱子开花了，洁白如雪，芬香扑鼻。金秋时节，金樱子成熟了，表皮上长着细密的刺。我会上山摘来两口袋的金樱子，跑到翘兰潭去洗。咬开金樱子，用手挖出里面的毛和籽，放在清水中细细地搓洗，洗干净了就放在口袋里。回玉壶时，我就把金樱子分给小伙伴们。金樱子酸酸甜甜的，味道可好了。

　　我还喜欢双得头山上的呈梨（玉壶方言，即野生猕猴桃）。每到秋天，呈梨成熟的时候，我们就去山上拔草，沿着山路一直向上，到了白岩头山岗边上，杂草丛中，隐隐闻到呈梨的香味。这时的我们就异常兴奋，嗅着香气传来的方向一路寻找，每次都能找到几个呈梨，个头小小的。记得我第一次摘到呈梨的时候，直接往嘴里塞，那又涩又酸的味道让我直皱眉头。表姐告诉我，没有熟透的呈梨不能吃，带回家放在大米边上，等熟了再吃。不过，我因为不敢钻进杂草丛中，也不敢爬到陡壁上，每次只能摘到四五个，不如小伙伴们摘得多。

　　磨里的北面是茶园湾和上坪庵，这两个小村庄都在半山腰上。从茶园湾往南走可以到达孔坑岭，往西走就到了下东溪村。有好几次，我都听到有人站在茶园湾与孔坑岭的交接处，亮着嗓子喊叫磨里人："哎，卜来喽，去玉壶喽……"那声音拉得老长老长的，就像唱山歌一样。而磨里这边也有人高声呼应着："来喽，等一下哎……"然后就看见一道身影像一阵风似的跑过道坦，跑过台阶，跑过门台下，跑向翘兰潭岭，在山路上渐行渐远，最后变成一个模糊的影子。

　　许多年过去了，如今的我再一次走上翘兰潭岭，一路上又看见金樱子，品尝着那酸甜醇美的滋味，仿佛又回到了童年的时光。此时，远山静默，红艳艳的杜鹃花漫山遍野地开着。只是，磨里再没有袅袅炊烟升起，再没有鸡鸭鹅尽情的欢叫声，也没有牛羊回归的身影了。

前往翘兰潭的路旁，一棵枫树长出嫩绿的叶子，在春风中摇曳着。一棵枫树，一世天涯。坐着想着，想着坐着：如果在这里展开信笺，写一封长长的信，寄给大姑父和大姑妈，他们会收到吗？抬头望枫树，枫叶不语。

忽然想起了柳永《玉蝴蝶》里的一句话："故人何在？烟水茫茫。"是呀，烟水茫茫的磨里，我看到太阳能直上双得头山，直上天空，但却无法入地底下。

溪流：水清澈多鱼

据《文成乡土志》记载，朱寮溪汇李山坑、野猪塘坑之水称"东溪"，至玉壶西江流入玉泉溪，为玉泉溪最大支流。

据《温州古道·文成篇》记载，野猪塘坑位于峡谷之中，顺着山势，缓缓而下，到了下东溪村风洞亭前，坑岩如稻桶一般大。夏天，山洪把溪坑冲刷得一干二净，故称"空坑"，因谐音，后被称为"孔坑"。孔坑继续往前，踏碓坑和寮里坑在下东溪村东北方向融入，到了东溪小学边上注入东溪。东溪继续往前，绕过排竹园自然村前方与东溪末口，和芝溪（玉泉溪）合二为一，流过头渡水、木湾、林坑口、东坑，最终汇入飞云江。

东溪夜以继日地流，永不停歇。下东溪村村民依山建造居所，临水获取生存空间，世世代代，有田可耕，有薪可樵，他们勤劳耕作，养儿育女，形成村落。这溪中的每一块石头都刻有时间的痕迹，这溪中的每一滴水都记下了时光流逝的声音，这溪中的每一朵浪花都聆听过岁月更替的脚步声。

东溪的西面是旁山野，旁山野前方是一片田地，村民在这里种上各种蔬菜，也有人种上花生。东溪和旁山野之间横亘着东溪栋。村民告诉我，东溪栋是"农业学大寨"时修筑的。当年，每当雨季来临时，东溪水就会冲上溪滩，淹没田地，于是东溪村民出义务工，晚上点起枞明去溪滩野搬来鹅卵石，筑成了东溪栋，拦住了东溪水。

东溪矴步上方有一个深潭，叫柜潭。夏季，我们就来这里游泳。柜潭的东北方有一块石壁，石壁上面可以站人。平时，一些男孩子就爬到石壁上，嘴里叫着"一二三"，然后跳到柜潭里。我不敢往深水里游，只在浅滩上爬来爬去。

柜潭上方也有一个深潭，叫马迁潭。因为这里潭水深，我们都不敢来这里游泳。有一次，几个山背人来马迁潭药鱼。一条雪鳗从潭里爬了出来，被几个孩子捉住，放在番薯篰里抬走了。后来，我们听说雪鳗被抬到玉壶卖了。

马迁潭的西侧有一个碾米厂，称为下东溪碾米厂。碾米厂前面有一条深深的水沟，水是从东溪引出来的。碾米的时候，把水沟里的水放出来，冲到水轮机上，带动发电机。碾米师傅飞快地跑上去，把皮带套在发电机和碾米机之间，碾米机发动了，就可以碾米了。20世纪70年代初，下东溪没有电灯。到了1982年，这里的发电机可以发电了，村民也就能用上电灯了。我和表弟表妹就在昏暗的电灯下读书写字，大姑妈则在一旁备课和批改学生作业。

坐在东溪溪滩上，我拿出手机，认真地听着张艾嘉演唱的《光阴的故事》这首老歌："流水它带走光阴的故事，改变了一个人……"歌声在溪坑上空低沉地飘着，我似乎听到音符落地时细碎的声响。我慢慢地走过去，任风吹起衣角，俯下身子，轻轻地掬起一捧溪水，缓缓地洒在鹅卵石上。

又一次沿着东溪往上走，只见溪水浅浅的，柜潭和马迁潭里的水也不多了，再也没有了往日的威势。到了碾米厂边上，才发现水沟里一滴水也没有，一位村民正在边上挖石头。我问他要干吗。对方回答，这水沟空着也是空着，不如用来种菜。再看看碾米厂，顶上的屋檐没了，只剩下残垣断壁。落葵薯爬到断壁上，在风中摇曳着，似乎在展示自己美丽的身姿。

当年以为走不出去的日子，现在回不去了。我沿着东溪公路桥往前走，只见沿途已是水泥路了，边上还住着几户人家。我往磨里方向走去，一位村民好心地问我，你怎么独自一人呀？磨里已经没人住了，你去哪里？我说，我去磨里，我在那里住过。对方说，翘兰潭岭很久没人走了，小心点。

过了孔坑空心板桥，只见翘兰潭岭已是杂草丛生，小路还在，大竹叶、金樱子、野刺蝶、毛刺草都长到路上了，一些小飞虫嗡嗡嗡地闹成一团。参天的古木，蜿蜒的孔坑，枝头的鸟鸣，我内心深

磨里老屋

处的记忆被唤醒了。当年这里的每一块土地都被我的双脚丈量过，这里的每一朵小花都曾对我微笑过。到了大姑妈老房子的道坦，只见房子倒塌，屋檐掉落到地上，处处是杂草，处处是荒凉，偶尔传来一两声鸟叫声，于萧瑟中平添一种时过境迁之感。

"别时容易见时难，落花流水春去也，天上人间。"记忆依稀，思绪万千。纵然如此，我还是愿意把深情的目光投向这片土地，投向这座老屋，还想回眸一望，再回眸一望。

山中寂无一人，我不敢多做停留，转身缓缓离开磨里。挥一挥衣袖，作别磨里的云彩。此时，我耳畔隐隐响起一首歌："在那遥远的小山村，小呀小山村，我那可爱的小燕子可回了家门……"

总有些东西深藏在我们内心深处，永不消逝，比如那匆匆而逝的童年，比如那历久弥坚的爱和思念。在这座大山里，我得到了父母一般绵长质朴的爱，那些爱与我的生命融为一体，散发着醇厚的芬芳。

"这村里站着最后一座房子，荒凉得像是世界的最后一间。这条路，这个村庄容纳不下，慢慢地没入那无尽的夜里。"多年前，我曾读过这么一句话。是谁说的？我忘了，但我想，这话仿佛是为磨里而写的。

李山

世外桃源地
百年『无赌村』

　　从玉壶蒲坑口石板桥出发，经蒲坑殿、大坪样、上垟岭、炭场，过八角潭、炉基，到了石良坎，再沿着东北方向的石良坎岭一直前行，沿途林木葳蕤，鸟鸣声不绝于耳。山路起伏着，曲折着，慢悠悠地延伸开来。我们踏着一块块鹅卵石前进，不知不觉间，前方出现一处村庄，一座座老屋散落于群山之间，一条小溪自东向西叮叮咚咚地流淌。房子依山而建，炊烟袅袅。老屋里，门台前，有人坐着，有人站着，闲适地聊着天。那是 1987 年，我第一次走进李山，她给我的最初印象。

据《文成地名志》记载：李山，先为李姓居住，故名。李山地处文成县东北端，文、瑞、青三县交界处，地势由东北向西南倾斜，最高海拔 1100 米，东至瑞安河上垟桧树岭头与垅头坑下八了山，南至玉壶交坑岭头鸟儿岗，西至青田汤垟解刀岗，北至青田将军岩外石门径。此地群山环绕，山泉清澈，草木茂盛，冬无严寒，夏无酷暑。地人称之为"世外桃源"。

李山水口

李山村由过岭底、第五份、老屋丼、后畔山岭、瓦窑头、呈山培、外坦坑等地组成。明清时期，李山村属瑞安县嘉屿乡五十都，1931年属李林乡，1935年属玉壶乡，1958年后属李林管理区、李林大队、李林公社，1984年复属李林乡，1995年撤乡与叶寮合并，以跟党走光明大道的"光明"二字为村名并入玉壶镇。2019年，经行政村规模优化调整，李山、叶坪、石良坎等自然村合并，仍称光明村，村委会驻地李山。

迁徙·繁衍

李山，东有后畔山岭，南有后畔山坳田，西有仰天坪，北有大坪。李山坑穿村而过，另有乌洞坑、石洞坑和后坑从村庄南侧缓缓而过，在石良坎汇合，注入东溪，流经炭场、下东溪、东溪末口，最后汇入芝溪。这里山清水秀，古木参天，实属好地方。

连绵群山拱卫着的李山究竟什么时候开始升起第一缕炊烟？已无从考证。李山人世世代代口口相传：李山始居者为李姓，名李张己。传说中的李张己家财万贯，可谓是"吃不愁，用不愁，只愁白米哽灵喉"，与叶坪的叶公卿、林寮的林知县和东坑的董大龙生活在同一时期。玉壶人如果说谁命很好，会说这个人是"张己命"（玉壶方言，意思是此人注定会一生荣华富贵，遇到危难都能化险为夷。玉壶下新屋的乾如公就是"张己命"）。李姓什么时候搬迁至此？后又迁居何地？为什么要搬离此地？村民说不出个所以然。如今村里已没有李姓人氏。

继李姓之后，陈姓搬到了东坑坳头的山脚下，如今还住在后坑公路边上。

接着我们来说说胡姓。据《李山胡氏族谱》记载：李山始祖尚晋公，号汾河，玉壶胡氏第廿九世孙。清雍正三年（1725）三月廿六日未时生。尚晋公育有四子，长子德伦生于1751年，次子德勋生于1760年，三子德坚生于1762年，四子德咏生于1767年。清乾隆四十七年（1782），德伦率德勋、德坚、德咏自玉壶后路迁至李山老屋丼，至"立"字辈已传十代。

德伦兄弟四人从玉壶搬迁到李山，其时汾河公已去世十多年。按理说，李山始祖应该是兄弟四人。为什么族谱上只提汾河公呢？为什么李山祠堂也称为汾河公祠堂？面对我的质疑，一位长者是这么回答的：兄弟四人虽然搬到李山，但玉壶本地还有他们的田地，他们也时常回玉壶老家看看。比如汾河公之兄尚普家里人丁稀落，

第五份老屋

德坚之子维六过房给尚普的儿子德谦为子（德谦去世 30 多年后，维六才过继）。尚普这一房后来子嗣绵延。德坚百年之后，回归故土，安息于玉壶大坪样。由此可看出，兄弟四人始终认为自己是玉壶人，所以才说李山的始祖为汾河公。

我查到德伦的叔伯兄弟，世世代代都居住在玉壶底村上新屋、上金垄和门台口之间的楼里（玉壶方言的"里"在这里发 lei 音，比如下东溪的磨里）。这说明德伦兄弟四人的老家在楼里。可族谱上为什么写成"后路"？是否 200 多年前称"后路"，后来改为"楼里"了呢？你来说。

我问李山一位长者：当初，胡氏四兄弟为什么会来李山定居？长者笑了，说：那时候，玉壶本地人会到深山冷坳里砍柴烧炭，然后挑回玉壶。慢慢地，有些人为了砍柴烧炭方便，就留在山里定居。另外，就是山里好种地。大致就是这两个原因。

当年德伦兄弟四人从玉壶底村出发，经炭场、枫树坪、林寮、后坑的羊肠小道一路翻山越岭，经过半天或一天的奔波，他们披着和煦的阳光，踩着杂草和灌木，终于站在了李山老屋丼的土地上。他们停下了疲惫的脚步："就这里了。"就这样，他们在李山扎根、繁衍下来，至于当年迁徙的原因和路途的艰辛，这些久远的记忆都已在光阴里褪色了。

大山深处，那袅袅的炊烟曾点缀了兄弟四人的晨昏。岁月在迷蒙中漫漶。从那以后，德伦四兄弟砍柴割草，搭建草寮，饲养鸡鸭，日出而作，日落而息。他们肯定在仰天坪和大坪的深山里驱赶过野兽，与蚂蟥、蚂蚁为伍，也曾在老屋丼的荒地上燃火做饭，在李山坑里洗手洗衣洗菜。我很难猜测，兄弟四人移居此地时，李姓是否还在此居住？如果李姓已经搬走了，试想，偌大的李山只有胡氏兄弟和陈姓一两家人。白天尚可，那夜晚呢？当月凉如水，树影斑驳，林间肃静时，他们会不会想起玉壶？会不会想起底村？会不会想起亲人？可是，能不想念底村吗？能不，想念底村吗？只是生活不易呀！他们要将思念深藏心里，拼尽全力活下去。东南望玉壶，可怜无数山呀。

坑水绿树掩映，鸡犬之声相闻。翻开《李山历史年谱》，得以如下记载：公至李山，数年后构平屋一座。1800年，大房之子胡维印诞生，这是迁居李山诞生的第一个孩子；1802年，底房之子维君诞生；1805年，二房之子维庆诞生……兄弟4人一共育有7子：维印、维君、维庆、维泮、维伍、维六和维敬，以此分为李山胡氏七房（大房、二房、三房、五房、六房、七房和底房，玉壶方言又称为七份）。四兄弟就像四颗种子播撒在李山这片苍茫的大地上，儿孙们一代一

过岭底老屋

代繁衍着。山乡的日子是淳朴的，日月不淹，春秋代序。朝代更替，风风雨雨，村庄却一直在绵延——兄弟四人的子嗣不断地传递着他们的基因，传递着他们的血脉，传递着他们勤劳和善良的品质。这是一片超然、隐世、安稳之地，由此反过来也证明了当年兄弟四人眼光之独到，就在他们停下来安居的时候，他们感受到了这里宁静祥和的气息。因为家庭成员的不断增加，其后裔逐渐以老屋丼为中心，往周围方向建房，于是有了瓦窑头、过岭底、外坦坑、呈山培、第五份、门前垟、旁弯角、五个田和后畔山岭等地的老屋。

时光清浅如流，族谱上的名字不断地增加着。据现有的文字记载，李山最早出国者为胡希朴。其后，亲帮亲，戚带戚，李山出国人数不断增加。据《文成乡土志》记载：1989年，李山村有180户，常住人口855人。据2021年12月统计，李山胡氏后裔达6273人。这些数字使我们很不平静。岁月掩映的深处，不知隐藏了多少不寻常的辛劳和汗水？多少双勤劳的双手，创造了多少财富，才使人口得以繁衍生息？才使这片莽莽苍苍的山林地带成为一个村庄，成了乡政府驻地。1782—2022年，一个有根脉的村庄，就这样在玉壶的东北方安安静静、平平和和地繁衍了240年。

240年前，4个人踏响这片土地的脚步声，那些被岁月风干的苦涩往事，早已飘散在光阴的风云里，早已被时间涸去了痕迹。然而，李山坑和李山尖顶那俨然如画、静谧安然的风景，却让一缕久远的气息遥遥地渡来，如时光深处的风缓缓而过，让我们回到了他们所生活的那个年代，回到了他们所生活的那个地点，感受到了他们的坚韧、无畏、胆识和勤劳。

古道·古树

从玉壶过蒲坑口桥、蒲坑殿，继续东行经蒲坑、上垟岭、炭场、枫树坪、林寮、李山可到瑞安河上垟；从炭场北上八角潭、李山可到青田。有人告诉我，古时候，玉壶—林寮—李山这条古道是官道，从青田继续向上就是丽水、杭州等地。

1885年之前，李山人都是沿着后坑、林寮、枫树坪、炭场，过上垟岭、大坪样、蒲坑、蒲坑殿、蒲坑口石板桥，然后到达玉壶。这是一条山路，路上都是泥土，道路升升降降，路阻且远，人咸苦之。一直以来，都有人提出，可修筑炭场经八角潭、炉基，然后直上石良坎，到达李山。这条道路一旦通行，较之旧道省力过半。炭场至八角潭和炉基筑路砌石都不算太难，难的是炉基至石良坎岭这段路，中间有葛藤棚、楼梯岭、红岩背等处，险恶万分，亘古未通，且杂木成林，工程艰巨，无从着手。

据《李山胡氏族谱》记载：李山地处深山之中，以世外桃源见称。清光绪乙酉年（1885），胡国亮首倡砌筑石良坎岭至东溪的道路（鹅卵石路），乡民群起附和。胡国亮推选胡国宁主理此事，胡岳全勘路模，胡珍美、胡岳星负责劝募与筹划，各人奋力以赴，集工匠于秋而路通于冬，费银400余两，计程2400余丈。后又募捐200余两，逐假砌以岩石。民国十四年（1925），以大房胡希岗为首在石良坎岭脚垒石成桥。后岭上斜坡倾圮，胡克淡和胡仲旺于1933年向国外侨商劝募200多元，平高塞下，改曲为直，基年（一年）而告竣。恐后之里居者世湮代远，未明当时改路筑砌之艰辛，特就此事胪列以记之。

时光无法穿越，思绪却可以回溯。我仿佛看见这样一幕场景：每天清晨天刚蒙蒙亮，村民就拿起柴刀、斧头，挑起泥箕和特制的石头夹走出家门，三三两两结伴往石良坎岭走去，一路披荆斩棘，砍出了路模。路在何方？路在脚下。

我查看过李山坑，边上没有石头。我也看过石良坎岭的石头，都是鹅卵石。筑路的鹅卵石哪里来？族谱上没有记载。我想唯一的来源就是炉基下方的东溪。村民告诉我，石良坎原名石立坎，也就是这里的石头就像立起来一样，表示岭陡峻。我查了族谱，却称此地为石墙坎，如今在地图上出现的都已是"石良坎"了，应该是谐音吧。石良坎岭长约2500米，从下至上，没一步"落"（下）岭，没一步平地。李山人硬是用自己的双手和肩膀筑成了这段险而峻的山岭。

"如果写石良坎岭，你一定要写胡岳全，一定要留下他的姓名。"一位村民看着我在记笔记，一字一顿地说。胡岳全为何人？族谱里记载着：胡岳全，1843年生，善垦荒，善公益事业，开浚呈山培水浃至外爿田，长约200丈，费工300余。他每天鸡还没叫就外出修路和开浚水浃，晚上天全黑了才回到家里，以至于多年未见过鸡。造石良坎岭至东溪之路，其出力甚多。原来此地为崇山峻岭，路模是胡岳全带头，多人合力开出来的。

年少懵懂无知的时候，我曾三次从玉壶步行来到李山，都是从石良坎岭走上来的，每次都是早上6点出发，中午12左右到达李山。因为时日的久远，对沿途的记忆已经模糊了。

原李山村支书胡奄绍陪着我从水口往西走，约100米就到了石良坎岭。古道尚在，只是杂草丛生，都看不清路面了。继续前行约50米，就到了水碓潭。胡奄绍告诉我，水碓潭北侧原有一间平房，里面装着水碓，每天都有人过来捣米磨麦，村民按照先来后到的顺序排队等候。虽然这里没有专人管理，但如果水碓坏了，会有村民过来修理的。那时候村里人都会捣米磨麦，自己动手，不费工钱。

古道上铺满落叶，路两边长满松树、桧树、枫树等高大的树木。

石良坎岭摩崖题字　李山村民供图

路的南边是潺潺的李山坑，一路欢蹦着向前。路的北侧是高山。从水碓房下行约 100 米，古道的南边出现一个深不见底的峡谷。路的下方由一块块鹅卵石层层垒砌而成，路基外侧还有一块块向上翘起的石块，借以保护路人不小心滑下去。胡奄绍说，村里严禁砍伐路旁树木，有些树木都已有 100 多年的树龄了。

我们继续向前走约 100 米，只见古道的北侧出现一块巨大的面北朝南偏西的岩壁，沿着岩壁底下走，抬头一看，岩壁上有摩崖题记，内容分记事和题名。记事系从右向左横读，有"□甲申礼山胡氏造"字样。"甲"字前面加一个颇为费解的标识造字，每字规格为 64 厘米 ×38 厘米；题名为直读"介山题"3 个字，字径为 50 厘米 ×50 厘米，均为楷书，笔力遒劲清秀，易于辨识。本应为"李山"，这里为何写成"礼山"？谁能回答？

胡奄绍站在岩壁前，看着我，脸上露出绸缎般柔软而明亮的微笑。这笑是发自内心的，是颇为自豪的笑。他告诉我：介山，讳希望，是自己的曾祖父。标识造字应该为：请小心步行。此摩崖题记为胡

希望（后文有对胡希望的介绍）所题。大意是：李山胡氏族众修筑
石良坎岭道路甫成，行人来往众多，此处陡坡峻岭，务请小心步行。
这里的摩崖题记也是李山胡氏乐于铺路的见证。继续往下皆为陡峻
的石阶，因鲜有人行走，只能依稀认出路面。于是我们掉头沿原路
返回。

　　石良坎岭至东溪古道修筑完毕，李山人前往玉壶就方便多了。
挑柴的、担货的、上学的、走亲的，路上行人络绎不绝。李山多山
多柴，20 世纪 60 年代，李山人就挑着柴沿石良坎岭去玉壶天妃宫

石良坎岭

出售，邨其 50 斤 / 元。晴天的早上，天刚蒙蒙亮，石良坎岭上就有人挑着柴在赶路了。到了下午，村民用卖柴所得的钱买了虾米、糖、盐、布料、解放鞋等生活用品，又三三两两结伴沿石良坎岭回到李山。朝朝暮暮，日日年年，从李山过石良坎岭到玉壶，从玉壶过石良坎岭到李山，无断绝也。

时间缓缓而过，时针指向了 1987 年，玉壶—枫树坪—李山公路通车，于是村民大多选择乘车前往玉壶。渐渐地，石良坎岭就少有人来往了。如今路上铺满落叶和杂草，那几片带有时间痕迹的苔藓越发苍翠了。

沿着石良坎往下走，山是李山坑最美的背景；站在山上看，李山坑是山最美的笑靥。风过树林，伴着坑水的欢笑声向前，隐隐地，我似乎听到了石良坎岭发出古老而沉重的嗓音：我在石良坎等你。你不来，我不老去。她在跟谁说话？谁听到了她的话？谁听懂了她的话？

我们回到李山水口，远远看见一块石碑立于地上，上前查看，只见碑身陈旧，阳面正上方刻有"福有攸归"四个大字，其下字迹漫漶，但依稀能看出落款是"清光绪乙酉年（1885）荷月立"。阴面无字。碑高 102 厘米，宽 58 厘米，厚 12 厘米。其下是捐款人姓名和捐款数额。"胡国亮 110 两"的字迹依稀能辨。村民告诉我，这是石良坎岭至东溪的造路功德碑。

站在造路功德碑前方的公路向西南侧望去，映入眼帘的是五棵柳杉和一棵枫树。这些古树均长在路基下方。五棵柳杉拔地而起，直指苍穹，那通直的树身和婆娑的枝叶，让人感受到一种充满力量的阳刚之美。微风徐来，叶子发出轻微的声响，是在倾诉岁月的久远？还是在回应来自古老时空的呼唤？再看看那棵枫树，枫叶尚未落尽，还有些许在风中飘摇。一片枫叶在我身旁坠落，坠落成一个清浅的笑容，仿佛完成了一个重要的使命一般。已然落下的叶子铺满脚下，似一条红色的地毯，踩一脚发出"沙沙"的声响，是在和我打招呼吗？

村民告诉我，李山水口的古树为胡维印于清嘉庆年间所植，族谱上有记载。此地原为毛竹园，间或种有几株古树。2002年，原李山乡校校长胡越从国外回来，砍了毛竹，平成一个坦，又筑了台阶，使之成为公众散步、休憩的地方。

向东北方向前行，就到了李山地主殿。不知哪一年，为了祈求风调雨顺，村民在此建了李山地主殿。此殿原先很小很窄，后经多次修建，成了如今的样子。李山地主殿分前后两殿，里面供奉着佛像。一棵红豆杉长在殿内，高大挺拔，我们三人手拉手，刚好合抱过来。村民告诉我，这棵红豆杉有600多年树龄了，原先长在水口下方。修建地主殿时，地基填高了，红豆杉也相应"增高"了。

这些古树，记下了李山的悠久和沧桑，也使李山的历史具有一定的质感和厚重感。

这样的季节，这样的时间，这样的阳光，这样的温度，很适合与李山人一起在水口的古树下行走，踩着光阴的声音，看着对方脸上的灿烂和徐徐飘落的枫叶，走过马路，沿着石良坎岭往下走，一边沐浴在阳光里，一边悠闲自在地哼着歌儿，一步一步踩着鹅卵石古道，走过石良坎，走过炉基，走过八角潭，走过炭场，走过上垟岭，向玉壶走去……

赌博·禁赌碑

李山水口殿东南侧有一堵石墙，最上方黑底黄字标写着"功德坊"三个大字，其下记录了村里各个时期各个年代所发生的一些大事，以及村民捐资建设公益事业的款项。"功德坊"西侧的那块"修路功德碑"右侧面刻着"永禁地方不准开庄放赌"十个大字。这就是"李山禁赌碑"。这块碑石既是造路功德碑，又是禁赌碑，有着双重意义。禁赌，这到底是怎么回事？其背后又有什么故事呢？

玉壶中村店桥街一带是商业集中之地，清朝中期，就有人在此染布。村民种了棉花，织成粗布、拦腰、布袋、夹被等，再染色。当时染色的原料是靛青。靛青喜欢生长在山高、水好、风凉的地方。李山因为得天独厚的地理环境，长期以来都是种植番薯和水稻之类的农作物。1820年以后，有人开始在李山、林龙等地引种靛青。每年清明前后种植，农历十月前后摘下茎和叶子，挑到玉壶来卖。渐渐地，家家户户都种植靛青，村民手里也有了一些余钱。村民究竟有多富呢？这可以从村口的功德碑上一窥究竟。据记载，当时修筑东溪至石良坎岭古道，总费银400余两，胡国亮捐110两。胡国亮居于山中，能捐出这么多钱，可想而知是靛青的种植使村民富裕了。囿于当时的社会环境，人们有了钱，首选就是买田置地。李山以旱地居多，于是村民纷纷到附近的青田、永嘉和瑞安等地买水田，用于收租。

村民大面积种植靛青后，劳动力不足怎么办？那时候有一个特殊的职业叫"长工"，陈忠实先生在《白鹿原》里就曾写到一个名为"黑娃"的长工。长工长年在主人家里干活，过年了才回家一趟，工钱是按年计算的。李山人除了雇用长工以外，还雇用季节工和短工开垦荒地，种植靛青。年长日久，收入不断增加，一部分李山人富裕起来了，雇用的帮工也越来越多。手头有了钱，农闲时间，村民和帮工聚在一起打赌了。赌赢了，开心得不得了；赌输了，红了眼，老想着去翻本了。就这样，有些人一有空就赌，村里竟然有人以开庄放赌为生。

其间，一位名叫阿友（谐音）的长工在老屋丼胡国宁家里帮工。

话说有一次，一群人又聚在一起赌博，阿友也参与了。也许是手气不好，阿友的钱越输越多。手头的钱全都输光了，他回到主人家里，预支了当年的工钱继续赌。很快，钱就输光了。急红了眼的阿友再次回到主人家里，赊了次年做长工的工钱继续回到赌桌上，没想到钱又输光了。深感绝望的阿友于当天夜里吊死在主人家的厕所里。家里出了人命，这可怎么办呢？胡国宁让人把阿友抬出家门，沿着西北方过岭底的一条小路往山上走，到了一个坪坦，把阿友放在地上，然后派人去阿友家里"报信"：人吊死在坪坦的一棵树上。好好的人去做长工，怎么就死了呢？这总要一个说法吧。赌徒中有人认为有机可乘，急速赶往阿友家中，捏造事实，说阿友被主人谋害致死。该户人家家境富裕，可索赔1000块银圆。死者家属在不明前因后果的情况下，发动邻里亲朋几百人，携带刀枪棍棒集中到李山附近的林寮村，扬言要赴李山拼命。

据《李山禁赌石碑记》记载：得知消息以后，李山人知道了事态的严重。他们一面派人前往当时所属的瑞安县衙门请求调解，一面动员全村力量，积极应对。村里派人到当时的朱雅乡、青田汤垟乡及瑞安桂峰乡、枫岭乡等地，把亲戚朋友全都召集过来，又派人去青田购买生铁，聘请铁匠，赶制土铳40多支、土炮两门以及火药。不仅如此，他们还派人日夜守候在村子附近的交通要道，在玉壶前往李山的必经之地——后坑岭头搭棚，安装土炮，日夜轮流值守。在试炮时，两门土炮同时发射，一声巨响。村民误以为双方已接火，惊恐万分；对方则害怕土炮厉害，不敢接近。为此，李山投入了大量的人力财力物力，付出了沉痛的代价。双方因此对峙了三年之久，最后经瑞安县衙门调解，以李山负责死者丧葬费而告终。

从那以后，玉壶等地村民一说起李山，脑海里浮现出来的就是：李山人"齐脚"，李山人"包骨"（玉壶方言，"齐脚"和"包骨"是

李山"人命坦"

指一旦遇到困难和危险就很团结的意思）。

　　这里插一句，阿友去世后，被抬到过岭底山上的坪坦。那个坪坦，后被称为"人命坦"。为什么呢？人非正常死亡，是出了人命，且为此又发生了冲突，如果没有得到及时的制止，势必还会出人命。故名。

　　经此事件以后，李山人认识到赌博的危害性，决心予以禁止。于是，李山七房每房推选一名有威望的人员，成立一个禁赌组织，制定禁赌条约。要求家家户户遵守，互相监督，如有违反，必定严惩。如发现有人在村内赌博，报信有奖。据《李山胡氏族谱》记载：赌博之害尽人皆知，希望公尤嫉赌如仇，李山一地自光绪己卯年（1879）经公禁绝，以至于今。

在此，请允许我先介绍一下胡希望。村民告诉我，自古以来在李山被称为"相"的有两人，一是胡希望被称为"希望相"，一是胡振甫被称为"振甫相"。我问现年85岁的退休教师余序整，"希望相"到底是什么意思？余序整说，"希望相"三个字，"望"念第二声，相读的是"先"的第三声。这个发音与玉壶方言有差别，应该是李山方言。"希望相"三个字表示胡希望知天文地理，学识渊博，善于谋略，善辨是非，办事公允，属此地有威望之人。时人认为，"希望相"所说的话必须听。现年85岁以上的玉壶人大多知道"希望相"。比如当年的"周胡斗"一事，参与调解的就有"希望相"和玉壶下园的胡如彬，两人都是坐着轿子前往谈阳的。此两人当年在玉壶都有很高的威望。再如，《蒲坑口桥记略》和《禁烟事变》（也称《谈阳案》或《周胡斗》）都是胡希望所写。

胡希望说李山禁赌，村民就坚决支持且延续至今。这不得不让人佩服胡希望高尚的道德情操和决断是非的能力。

日子，素素地过；光阴，慢慢地煮。时间的齿轮渐渐转到了1885年冬，石良坎岭至东溪的鹅卵石路修筑完毕后，刻碑纪念。胡希望请人（到底是请人还是自己刻写，《族谱》上没有记载）在碑的右侧面刻上"永禁地方不准开庄放赌"十个大字。自此，李山村成了远近闻名的"无赌村"。随着时间的流逝，渐渐地，村民们似乎忘了这块石碑。不知道那一年，老屋井的一位村民看到这块石碑，就拿过来当作洗衣板。又过了许多年，一位侨居国外的游子回归故土，得知此消息后，就将此碑拿了回来，做了一个基座，使之立在李山水口边上，成了如今的样子。

我在村里走访时，问起禁赌碑，一位阿婆耳朵有点背，可能只听到了一个"赌"字，就急急地说：李山没人赌博。这里已经100多年没人赌博了。这是人人都知道的呀。

侧面为禁赌碑

　　我坐下来与村民闲聊，所有的话题都围绕着村子里的人，说人说事都没有离开过"勤奋敢闯，本分赚钱，不赌不骗"这样最简单的道德评判。这些世代承袭的衡量标准，一年一年，一代一代，逐渐固化成民风和村规。这种不经意间的世代相沿，成为李山村最简单的伦理和道德。这也是李山村的内涵，让她有了被人仰望的感觉。

　　赌博，纯害而无利。因赌博而发生的打架、斗殴、撕扯、复仇等事件不胜枚举。当年那一场即将发生的剧烈冲突，那一段本应会有血腥气息的历史，居然结束得这么平和。因此，这块石碑上"永禁地方不准开庄放赌"十个字最细微的刻痕，直到今天还完好无损地微笑着。不信，你来看看。

有时我在想，如果时间再回到1782年，德伦四兄弟还是安安稳稳地生活在玉壶后路，免了奔波之苦，免了迁徙之累，他们会怎样？李山会怎样？《肖申克的救赎》里有这么一句话：有些鸟儿注定是关不住的，它们的羽毛太闪亮了。是呀，也许兄弟四人注定是会走出后路，走向大山深处的李山，因为他们身上那种不服输，不安于现状的精神，促使他们开创出一片新天地。

一些遥远的故事在李山上空飘荡着，一种柔软而无形的东西从240年前一直延伸到如今。你只要站到这片土地上就能体会得到——那是李山人不怕艰难险阻，敢闯敢拼的精神。这也是远离故土、侨居海外的李山人那绵绵的乡愁。就像保罗·柯艾略在《牧羊少年的奇幻之旅》里写道：牧羊人喜欢四处游荡，但永远不会忘记他的羊群。我想，李山人也一样。侨居海外的李山人心中始终有一个家园，那就是"总在月圆之夜浮起"的李山。

冬日下午，你如果想去一个遥远的地方，看看山里的风景，听听那些遥远的故事。那就去李山吧。

林龙

坑水蕴故事
青山藏奇岩

这是深冬的早晨，下了公交车，天刚蒙蒙亮，我独自站在林龙这片土地上。在一个交叉路口，看到一块路牌立于地上，上书"底林龙"三个字，箭头直指东北方，我顺着指示方向往前走。远处，雾气蜿蜒于山峦之间，然后断断续续上升到半空中。近处的晨光中，路边的一株株茅草在微风中轻轻地摇曳着头颅，仿佛朝向天际唱着骊歌。其下则是一畦一畦的菜地，包菜绿油油的，油冬菜也绿油油的。隐隐地，我听到了坑水的欢笑声，应该是林龙坑吧。在这个陌生的地方，该往哪里走呢？远远地，一缕炊烟袅袅升起，如这晨曦一般，在远山近水之间弥漫着，似乎在召唤我。那就顺着炊烟的方向走吧。路尽头是一户人家，一位妇人正在院子里烧火煮番薯，见到我，很是惊讶，一脸严肃地问我从哪里来。我说，我来自玉壶，是炊烟把我带到了这里。妇人便满脸笑容，似一位久违的朋友一般，家长里短地与我聊起村里的人与事。

林龙村位于玉壶东北方，由底林龙、外林龙、虎岭脚、后坑、山岩坦、板厂岭和炭窑等自然村组成。这里山环水绕，层峦叠嶂，风景优美。"遥望燕子归洞岩，近观狮子捧球寰。青风吐水泻天下，石猪比武彩云间。龙虎争斗千秋古，知县扬名万代传。自动摇岩戳指力，龙水平滩绕山湾。"《胡氏族谱》里胡克双所作的这首古诗《林龙风光》，形象地写出了这里的地貌特征。

据《文成地名志》记载：明清时期，林龙村属瑞安县嘉屿乡五十都。1931 年，李林建乡时，就取了李山、林龙两村的首字为乡名，林龙属李林乡。1958 年，林龙属李林管理区，后置农业社、大队、行政村。1995 年，李林撤乡后，林龙与李山合并，以跟党走光明大道的"光明"二字为村名并入玉壶镇。2019 年，由于行政村规模优化调整，林龙和枫树坪等自然村合并，称枫林村。村委会驻地龙背村。

底林龙：再无林知县，深深一叹息

底林龙因位于林龙村底侧,故名。后背坑从叶寮坳头流经底林龙,番薯湾从凉水坑奔流而下，两者合二为一，流经底林龙地段被称为林龙坑，从东至西潺潺流淌，在石良坎与李山坑、石洞坑、后坑和交坑汇合，注入东溪。

关于林龙这个村名的由来有两种说法。一种说法是，此地始居者为平阳迁来的林姓人氏，其中有一人在外地当知县，故村里人都称其为"林知县"。林知县住在底林龙上园坦的草寮里，草寮边上有两棵柳杉。因此,这里被称为"林寮"。因为玉壶方言的"寮"和"龙"

底林龙

同音，后人就把"林寮"写成了"林龙"，也就成了如今的村名。另一种说法则与林龙湖有关。传说林知县常年在外地为官，清廉正直，颇得民心。早些年，其家人仍居住在林龙，林知县一年难得回家几趟。偌大的林龙就只有这么一家人，孤独和寂寞深深地缠绕着林夫人。有一回，林知县回家探亲，林夫人愤然曰："住此山头落角（玉壶方言，山旮旯的意思），千年不闻锣鼓响，万年未见划龙船。当什么官呀？"林知县为了安慰夫人，就在林龙水口筑堤蓄水，又去外地找了一只龙船，雇人抬到村里，供妻儿在湖内游乐。"林龙湖"之名由此而来。

拴系龙船的"牛鼻洞"

龙船不用时，需系在岸边不让风吹走，不让水漂走。林龙湖西侧是一块巨大的石壁，林知县就在石壁上凿了两个洞，形似牛鼻孔，上下连通，用绳子将龙船拴系其上。这两个洞至今还在，你有空可以去看看。后来，湖堤被大水冲垮，但林龙湖之名直传至今。

我们继续来说林家。天有不测风云，却不承想这好景只过了几年，林家就遭遇飞来横祸。据说此事还与张阁老（张璁）有关。张璁为明嘉靖年间内阁首辅，曾三度为相。朝堂纷争总是难以避免的，却有对手暗下黑手，派了一个江西阴阳先生到温州一带破坏当地风水。

话说那个阴阳先生在梅山、叶寮一带转呀转，就转到了林龙，发现林龙的风水宝地在底林龙和虎岭脚之间的后畔山上。古时候，后畔山岭一带是山岗。阴阳先生来到林家的草寮与林父交谈，聊起其儿子在外地为官一事。阴阳先生问："作为长辈，当然想儿孙承欢膝下，那您是希望财归？还是人归？"林父想了想说："财归，人也归。"阴阳先生说："一定会让你如愿的。"林父不知就里，还以为阴阳先生乃一番好意。不承想，等来的竟是一场灾难。

过了几天，阴阳先生叫人在后畔山岭挖了一条深沟。奇怪的是，白天挖了，晚上又恢复原样。阴阳先生只得请人杀了一条白狗，把狗血洒在沟里。顿时，林龙上空天昏地暗，伸手不见五指，过了一会儿，太阳出来了，山峦重现，一切又恢复了正常。自此，后畔山岭就出现了一道长长的沟壑，林龙的风水就这样被破坏了。说也奇怪，不久之后，林知县就突然得病去世。其后，林家的五个儿子也莫名其妙相继身亡。于是，在一个阴雨绵绵的日子里，林知县和五个儿子的灵柩匆匆地从外地运回了林龙。这真是一个令人神伤的故事。

去看看林知县的坟墓吧。从林龙水口往南走，约行 30 米，拐向右侧一条小路，再约行 20 米，便见一座孤零零的坟墓立于小山坡上。一块棕黄色的墓碑立于后坎，但字迹漫漶，我无法辨认。北风萧瑟，冬草枯黄，此时唯有一片持续而低沉的感叹，在林龙大地上延伸，犹如那林龙坑静水深流。

林龙人世世代代相传：这就是林知县的墓地。林知县父母的坟墓在五个田，林知县爷爷的坟墓在坟坦墩。家住水口附近的胡绍侃每年清明节和冬至这两天，都会给林知县扫墓、祭拜。村民说，胡绍侃积善积德，因此其儿子个个都能赚大钱，家里也顺顺当当的。

村民还告诉我，五年前的清明节那天，有几个人来林龙找林知县的墓地，说自己是林知县的平阳族人，还到林知县的墓前祭拜了一番。这几年倒没有来了。

归去来兮！来兮归去！生命就是这样，你来我往，熙熙攘攘。在林龙悠久的历史里，林知县及其五个儿子是林龙大地上一声沉重的叹息。青山绿水今犹在，林龙再无林知县。

如今，底林龙居住着胡、张两姓村民，已无林姓村民。胡姓是林龙胡氏始祖胡国怀三子胡德周后裔。底林龙山清水秀，村民男耕女织，平静地过着安稳的日子，一年复一年，一日复一日。因为人丁兴旺，房屋紧张，一位名叫胡明交的村民就在山岩坦（位于底林龙西侧约 300 米的山腰上）建了两层木结构房子，移居到那里。山岩坦在岩壁之上，林木茂密，好种地，胡明交一家人靠着种地、砍柴、卖炭过日子。平时，他们与底林龙人一起，把柴火挑到玉壶天妃宫、陈山砖瓦窑和岭头垟砖瓦窑去卖，换取一些生活必需品。到了胡明交的儿子胡宝兴这一代，又搬回了底林龙。

我们再来说说张家。张家原住玉壶上村，不知道是哪一年，张日角的父亲为了生活一路奔走来到底林龙后面山上，搭了间草寮住了下来，以种田为生。因为张家来自玉壶上村，现所居住的地方也在底林龙上方，村民就将此地称为上村。张日角育有四子，分别为张自泊、张自程、张自铅和张自立。如今，张家后裔大多在国外，也有人在玉壶本地买了房子，搬走了。如今，底林龙上村仅有张维真一人居住。

底林龙老屋井后面是后畔山。我们从老屋井沿着后畔山向上走，约行 200 米，到了一处竹林里，迎面看见一棵柳杉长在路基右侧，通身笔直，亭亭玉立，翁郁葱茏。村民告诉我，这是村里的风水树，村里人对它极其爱护。

村民还告诉我，与柳杉相隔约十米处的左侧路边，原来有一头石虎，鼻子、眼睛和耳朵都跟老虎一模一样。这石虎倒也神奇，白天就是一块石头，每到夜晚就活了。林龙本地人无论白天黑夜经过它身边，它都一动不动地静卧着；如果夜里有外地人经过这里，它就会扑上去把人吞吃了。村民有声有色地说着：很久很久以前的一个夜晚，一个做生意的青田人从玉壶经底林龙回家，途经后畔山时，石虎突然张开大口，青田人来不及逃避，活活地被吞吃了。其后，这事越传越广，除了林龙本地人，外地人都避开此地。再说那个江西阴阳先生来破坏林龙风水时，得知此事后，就把石虎的嘴巴打了下来。从此，石虎再也不能开口吃人了。也不知道哪一年，一位村民建房子时需要石头砌墙，就把这石虎砸开，搬走了。从此，石虎便消失了。

一位村民还告诉我，在底林龙门前垟路下还有一头石猪，其形状就像一只猪卧在地上。石猪守着底林龙入口处，石虎守着底林龙出口处，遥相呼应。有人曾在夜里将一桶分泔（玉壶方言，猪食）放在石猪前面，次日再去看，分泔都没了，这说明石猪能吃分泔。后来，一位村民用锤子将石猪的头部砸了下来。在门前垟路下，我见到了那头石猪，身子跟猪很像，只是已经没有头了。

一指流年处，光阴似箭飞。站在底林龙水口，只见白云天上飘，茅草风中摇，坑水涧里流。那棵立于路边的柳杉，那个石猪的身子，

只剩下身子的石猪

那两个拴系龙船的"牛鼻洞",似乎都还在深情地讲述着底林龙那些遥远的故事。

外林龙：开荒种靛青，"报种"范围广

从底林龙往南走，约行 800 米就到了外林龙，外林龙位于玉壶至李山的公路边上。外林龙因位于林龙村外侧，故名。

外林龙始居者为王姓。据《王氏宗谱》记载，王成榜为双桂乡宝丰村王氏第七世孙，育有四子，分别为邦贡、邦候、邦鉴和邦度。生于清乾隆乙卯年（1795）二月十五日的王邦候是外林龙王姓始祖。

古时候，双桂前往林龙有两条山路，一是过岽口，经大岽、大岽岭、大壤岭、半岭、五铺岭、玉壶、蒲坑口、炭场、枫树坪，再至林龙；二是经岽口、渔局（翻越高山到东坑）、林坑口、木湾、后山岭脚、岭头垟、玉壶，再过蒲坑口至林龙。无论从哪条山路经过，路途都十分遥远。王邦候为什么要经过漫漫的山路来到林龙？为什么选择这里？没有人知道。

继王姓之后前来外林龙的是胡姓。据《胡氏族谱》记载：家住玉壶底村楼里七间屋的胡氏第廿八世孙胡延珠育有两子，长子胡国荀生于清乾隆三年（1738），搬迁至玉壶中村大田，次子胡国怀生于清乾隆十年（1745）。因玉壶本地田地少，胡国怀移居外林龙。刚来外林龙时，胡国怀居住在观音堂，以种地为生。胡国怀生有四子，长子胡德新，次子胡德鸿，三子胡德周，四子胡德音。胡德新和胡德鸿后裔至今仍居住在外林龙，胡德周后裔已移居底林龙。胡德音后裔则先移居湖州孝中，后迁至杭州富阳新埠头，其后还有几位子孙移居余杭。胡德音后裔移居外地后，其房子出售给李山胡维六（胡维六是李山始祖汾河公的孙子）之子胡珍美和胡珍善。

最后来到外林龙的是李家。民国期间，李家从黄坦富岙搬迁至外林龙，现仍居于此地。

林龙人除了种田，还种植靛青。1820 年以后，李山人开始引种靛青。李山与林龙仅隔 5 千米，且也属于高山地区，水好、风清，利于靛青的种植。胡、王两姓村民起早贪黑地上山开荒，下地种田，一时间，山坡上随处可见村民的身影。村民也凭借种植靛青富裕起来了。

19世纪至今，胡家在林龙都是大族。胡家当时有多富裕，种植范围有多广，你只要听我说两件事就明白了。19世纪，在玉壶有一个特殊的名词叫"报种"（书面语为报垦升科）。报种是指某一家族或某一地指定一个区域，本区域的种植即由其来确定，然后向国家缴纳一定的赋税。林龙本地向政府报种以胡家为准。到了胡珊友（林龙人称之为"珊友公"）管理地方事务时，胡家报种范围是：东至叶寮坳头凉水坑分水派流，东南以炉基坑口钓鱼岗为界，南至如今的长丰村龙井坳头，西至金岩村稻桶岩，北至李山解刀岗头。熟知玉壶地理环境的人都知道，这个范围到底有多大——该区域约有10平方千米！其次是民国之前，除了胡姓，别姓人若居住在林龙，一个壮劳力每年收税2块银圆，归智四七祠堂管理。由此可见，当年林龙胡家的影响力很不一般。

历史的车轮轰然向前，慢慢地，玉壶其他地方也富裕起来了。也许是时代使然，也许是家族使然，反正是各种原因的叠加，林龙的报种范围逐渐缩小了：玉壶金山卖给了金埠村民，八了山（指东坑后畔山，也就是杨山）卖给了西龙王家（如今属于瑞安管辖），千盘山也由智廿六后裔接管。后来的后来，林龙的范围越缩越小，小到只剩下如今的地块。

穿越遥远深邃的时空，在积满落叶的小路上，我似乎听到了王邦候和胡国怀匆匆踏响林龙大地那些坚定的足音，沉稳而执着，从春到夏，从秋到冬。有空，你也来外林龙，坐在观音堂前，坐在竹林下，细数一丝一丝丛林间漏下来的日光，静静享受阳光的抚摸，然后听听外林龙人慢慢讲述那些遥远的，曾经被深藏过的记忆。在那些泛黄的故事里，你能感受外林龙人的勤劳、坚韧和曾经的辉煌。

虎岭脚：村民单姓胡，勤劳又踏实

　　虎岭脚在底林龙北侧约 500 米处。我们从底林龙后畔山岭往北走，入眼处是一片茂密的竹林。路右侧是茂密的树木，松树、榉树、杉树高大挺拔，一棵挨着一棵，浓荫密布，满目苍翠。路左侧是一块又长又宽的石壁。村民告诉我，长期以来，底林龙人的番薯丝都是晒在这块石壁上。玉壶人一般都把番薯丝摊放在番薯簸上晾晒。在岩壁上晒番薯丝，我还是第一次听说。我仔细观察岩壁：岩壁深嵌在大山里，约呈 70 度角，其上下左右都是树木。

　　村民缓缓地说，我静静地听。20 世纪 70 年代之前，这里的树木很少，岩壁裸露，每年深秋西风起时，正是挖番薯的季节。底林龙

虎岭脚残垣断壁

人挖了番薯，挑到岩壁前方水流清澈的后背坑去洗。洗完之后，用番薯刨将番薯刨成丝状，然后晾晒到岩壁上。岩壁分成一块块，每户人家都分到一块。每天清晨，岩壁前很是热闹，打招呼、呼儿唤女的声音，与挑番薯时发出的"哼哧哼哧"之声交织在一起。阳光普照，西风劲吹，岩壁上的番薯丝一大片一大片连接着，雪白雪白的，煞是好看。

从岩壁前方继续向前就是后背坑，坑水依然清澈，水声潺潺。沿着那条窄窄的鹅卵石古道往前走，约行 300 米，前方出现一个村庄，屋舍俨然，阡陌交通，路边水田里的稻子已经收割了，稻茬还留着。一条狗见到我们，遥遥地摇着尾巴，似乎在和我们打招呼。沿着块石台阶向上走，只见一处宅院只剩下残垣断壁，墙体斑驳，顶上的瓦片也所剩无几。这是历史的辙痕，让人感受到悠悠岁月的苍凉，我不禁生出了些许感慨：这世上任何人任何事都扛不过岁月呀。一位上了年纪的老伯看我前后左右地转来转去，主动跟我打招呼，说这是虎岭脚二房的房子，如今已经没人居住了，房子也破败了。

我坐下来与村民聊，聊天的内容都是村里的人与事。关于虎岭脚地名的由来有两种说法。一是村庄南侧是后畈山岭，岭上有一头石虎，村庄在山脚下，故名。二是村庄前方有一座山，形似老虎头部。

虎岭脚全村单姓胡，始祖是底林龙"三房三"（也就是第三房的第三个儿子）的胡义甲。因这里山多好种地，胡义甲就搬迁至此开荒种田。

胡义甲生有四子：长子胡明开，次子胡明算，三子胡明成，四子胡明勒。胡明开是牙郎（文成方言，最初人们称牛贩子为牙郎，因为牛贩子可以根据牛的牙齿判断出牛的年龄，然后卖出不同的价格。后来，房屋、田地等买卖也需要中间人，引申开来，其他行业的中间人也被称为牙郎）。做牙郎需要符合以下几个条件：一是能说

虎岭脚至虎岭头古道

会道，为人忠厚本分；二是要有一定的文字功底，熟悉各买卖行情；
三是身体素质好。胡明开是本地人，当牙郎，也算还有一个"地利"
的优势。那时候，虎岭脚种植靛青，东至虎岭头，南至仙人岩，西
至后坑臀，北至大猫摊（摊是玉壶方言，叼的意思）鸡，山坡田地、
房前屋后处处种植靛青。每年十月前后，村民收割了靛青，要有人
在买家和卖家之间"接头"，商谈价格及购买数量等。胡明开先是做
靛青生意的中间人，因此也被称为"靛青郎"。至今，村民仍能回忆

起胡明开当年做靛青郎的样子：肩上挎着一个"散麻袋"（玉壶方言，袋子前后各有两个口子，奄挂在肩膀上，由麻织的布料做成），里面装着一些日常用品。有时候，也有村民托他捎带一点东西给远方的亲人或朋友。这时候，胡明开就要肩挑、背扛、腰缠和手提，天刚亮就出发，沿着林间崎岖蜿蜒的小路一路前行，前往青田、丽水、瑞安、玉壶等地，与染布坊里的人谈好价格以及所需靛青的数量，然后再回林龙和李山一带，跟村民谈好。到了双方约定的时间，村民把靛青送到染布坊里。后来胡明开也做"烟酒"（玉壶方言，也就是烤烟）、房屋和田地买卖的中间人，由此又被称为牙郎。那个年代，香烟很少，村民抽的都是"烟酒"，所以"烟酒"买卖的数量也很大。

遥望虎岭脚

胡明开常年在外，有时候一走就是好几天，等买卖双方谈妥了才回虎岭脚。

"牙郎"一词只属于那个特定的历史时期，独属于那个特殊的年代。那时候，村镇之间、村村之间不通公路，消息闭塞，互递信息只能靠人力完成，不像如今的社会，微信、电话，不要说一分钟，只要一两秒就能将消息传递给对方。作家余秋雨在《信客》一文中写道：信客沉重的脚步，是乡村和城市的纽带。我想，玉壶的牙郎也一样：牙郎在鹅卵石古道上踏响的脚步声，连接起村与村，村与镇，村与城市之间经济和信息的来往。如今，"牙郎"一词已经消失在玉壶历史的深处。我们只能偶尔掀开玉壶历史的一角，才能感受到它的存在。

我们再来说说胡义甲的另外几个孩子。胡明算、胡明成和胡明勒均以种田为生。胡明勒力气很大，村民挖来番薯一般都是放在番薯箩里挑回来，而胡明勒挑着满满两簟箩的番薯，脚步依然轻快，速度还比一般人快多了。晒番薯丝的日子里，胡明勒一个人挖番薯、洗番薯、刨番薯，一天能晒80簟番薯丝。晒过番薯丝的人都知道。80簟，这是一个什么概念？胡明勒力气大，且人又勤劳，开荒种田、种靛青，然后把靛青挑到青田、瑞安等地出售，因此积累了一些钱，之后就到玉壶蒲坑一带去买田置地。当年，蒲坑一带有一半土地都是胡明勒的。靠着收租，胡明勒一年也能得到很多钱。20世纪50年代初期，"土改运动"来了，胡明勒的田地全都被政府收走分给村民了。

接着我们来说说胡家后裔。20世纪初，仅靠种田和做牙郎来维持生活，其艰难可想而知。因为家庭贫困，1935年，胡明开之子胡守弟（生于1919年，后改名为胡仲山，下文皆称为胡仲山）和胡明算之子胡宝珠一起离乡背井，漂洋过海去了意大利。胡仲山身材魁梧，胆识过人，肯吃苦，白天做工，夜里读书。数年后，他便精通意大利语，在米兰闹市区开设"南京皮货行"，又与友人合股开设一间"中华餐馆"，逐步跨入商海，积累资金，扩大营业。1960 年，胡仲山任米兰华侨俱乐部第三任会长。对于家乡的公益事业，胡仲山也是积极支持。1965 年，林龙村创办碾米厂时，他便捐出 3200 元作为建厂的全部费用。

虎岭脚本就是一家人，一代一代之间血脉相连。因为都是沾亲带故的叔伯兄弟，胡仲山便陆续办好劳工手续，将亲人带到意大利。其后，亲帮亲，戚带戚，虎岭脚出国人数逐年增加。如今，几乎家家户户都有人在国外，有的甚至全家移居海外。

虎岭脚，这个居于大山深处的小村落，拥有许多值得解读的记忆和故事，历史的印痕散落在村庄的每一个角落里。无论岁月如何变更，人事如何变迁，虎岭脚人留给我们的都是勤劳踏实、努力向上和吃苦耐劳的生命底色。

奇岩：巨石能摇动，燕子居岩下

林龙四面环山，房子皆依山而建，掩映在翁郁的树木之中，那疏疏朗朗的线条都有时光和阳光以及风雨的沉淀。

林龙有两块奇岩：一是摇动岩，约 30 吨，摇之能动；一是燕子岩，其上是一块巨大的岩石，形似老虎嘴巴，其下住着不可计量的燕子。每年春来，燕子就来；每年深秋，燕子就走。数百年来，人与燕子和谐相处，不惊不扰，犹如朋友。村民这一席话引发了我极大的兴趣，便催着他们带我去看看。

村民胡克双陪我去看摇动岩。从底林龙村口出发，沿东北方前行约 300 米，我们踏上了东南侧的一条山间小路。路两边是郁郁葱葱的毛竹，笔直纤长，犹如一位位青衫雅士负手而立。冬日之风，凛冽、干硬，吹过枯枝杂草，猎猎作响。村民告诉我，每到春天，漫山遍野的春笋破土而出，给林龙带来了勃勃生机。玉壶人开着车前来挖春笋，都不要打招呼，想挖多少就挖多少，能挖多少就挖多少。现在也还有人来挖冬笋。这话说到了我心坎里，恨不得变出一把锄头，顺手就到竹园里挖几根冬笋，尝尝那鲜美的味道。

　　越往前，前方的道路越是时隐时现。胡克双说，20世纪70年代前，家家户户都是用柴火烧饭，山上几乎是光秃秃的。这条路上来来往往的人很多，路也很好走。后来，村民有的出国了，有的外出打工、做生意了，有的搬到玉壶或瑞安等地了，渐渐就鲜有人来了。再加上每年夏季的那几场台风带来了山洪，冲垮了山路，如今这里连路都找不到了。约行300米，前方已没路了，胡克双只好凭着记忆往前走，到了一处杂草和灌木丛中，他一下子掉了进去。我赶快停下脚步，往边上走去，借助沿途的树木和藤蔓攀爬着。终于，我们见到了那块摇动岩。

　　摇动岩由上下两块石头组成，有半间房子那么大。底下的那块石头稳稳地插入泥土里，到底有多重，我说不上来。其上有一块石头骑在它的背上，石头的北面靠在底下那块石头上，南面靠在地上，东西两面则是架空的。石头上长着"岩衣"（玉壶方言，一种苔藓植物），又黑又黄的松树叶子覆盖其上。胡克双告诉我，目测上方的石头足有30吨重。他走上前，双手抓住上方的那块石头，轻轻一摇，石头动了。我走过去，用手指触之，确实动了。这么重的石头，触之能动。真神奇。

　　我想象不出这两块石头是怎么来到这里的，或许它们一直就在这里？它站在这里多久了？几百年？几千年？抑或几万年？无人能给出答案。它看着林知县一家人搬到了这里，最后又魂归这里；它看到王姓、胡姓、李姓和张姓一路奔波，在此落脚，繁衍生息。岁

摇动岩由上下两块巨石组成

月长长又漫漫，时光的历程，让它愈加沉淀，愈加宁静，也愈加淡然。仿佛周围的一切都与它无关，又仿佛都与它有关。

回到村里，好几位村民告诉我，他们小时候都曾去摇过摇动岩，偶尔坐在上方歇歇脚，可有趣了。

现在我们去看看燕子岩。从底林龙村口往东南方向前行，沿着公路向上走约 500 米处，我们转向右前方一条狭长的小道，路过之处的落叶声，清脆地碎去。山间呈现出一种缓慢的气息，带着一种沉静的美。越往前走，小路越发隐匿不见了。我们停了下来。胡克双指着东方告诉我，以前站在这里可以看到燕子岩。如今树林茂密，燕子岩被遮挡了，看不见了。我睁大了眼睛用力看，确实只看到了重重树木。

我们回到了底林龙村口公路边，一位村民指着前方一座山说，这就是燕子岩山，山上的那块石壁就是燕子岩。燕子岩是一块巨大的直立岩壁，有 40 多米高，岩壁上方往外翘出来，形成一个岩洞，就是所谓的燕子岩下。岩壁下是悬崖峭壁，险峻异常。阳春三月，南来燕子常以岩洞为窝，千百成群，俨然燕子世界，地人称之为"燕子岩"。现在是深冬，燕子都飞走了。我无法一睹它们的真容，无法聆听它们清脆的鸣叫声，甚是遗憾。

依稀之间，我似乎听见远方，在树林深处，在枝叶之间，有一种模糊而悠长的叫声，一种拖着噪音的叫声，悠扬地升腾而起又缓缓降落，那是谁？不可能是燕子，那是麻雀？

再等等吧。就像鲁迅先生在《秋夜》里所写的：秋虽然来，冬虽然来，而此后接着还是春，蝴蝶乱飞，蜜蜂都唱起春词来了。我也深信：春光一现，花草尽醒。燕子翩然而来，把林龙的一砖一瓦、一草一木、一物一器统统唤醒。这里的杂草上、树丛下会有翅膀滑过的振动声。经历了春雨的滋润，听过了燕子的歌声，林龙的每一个生命都有了灵魂，每一片叶子都青翠欲滴，每一座大山都开满了鲜花，每一条溪坑都尽情欢唱。

在日已暖，花已开的季节里，我一定要再来这里，看看那群可爱的小精灵——燕子是如何在这块石壁下搭窝，如何养儿育女。不过，我一定，一定不会惊扰它们，只远远地看着，看着。

光阴的长廊里，林龙人一直都安静地生活在玉壶的东北方，静静地演绎着自己的故事：开荒种地，雇长工种靛青，出国打工，回国安居。有人来了，有人走了；有人聚了，有人散了。多少百花齐放的春，多少风扫落叶的秋，都像一页又一页的书一样，被时光之手轻轻地翻过去了。"年年岁岁花相似，岁岁年年人不同。"岁月向前，林龙的历史一直在续写着。

我离开林龙时，已是夜色深沉。黑暗中，北风中，只见路边的几棵柳杉，那丰茂的树冠，翠绿的叶子，兀自在风中舞得忘情，舞得随意。忽而想到：今夜，林知县墓前，摇动岩上，燕子岩下，谁能在梦里听到了后背坑、番薯湾和林龙坑的歌声？

玉壶栋

风风雨雨六百年

能否再立数百载

　　张爱玲的《第一炉香》开头是这么写的：请您寻出家传的霉绿
斑斓的铜香炉，点上一炉沉香屑，听我说一支战前香港的故事。您
这一炉沉香屑点完了，我的故事也该完了。

　　我就套用她的这段话：请您坐在那张老竹椅上，沏上一壶茶，

听我说一说玉壶栋的过往和如今。您的这一壶茶喝完了，我的故事也该完了。

我的故事开始了，您的老竹椅找到了吗？您的茶沏上了吗？

翻开清乾隆十四年（1749）《瑞安县志》，对玉壶栋有如下记载：在玉壶山中，本地大溪自青田县发源，流经此处，高山四起，内多平衍原田，居民亦数百家，遇洪水禾稼尽伤。先年筑有官栋遗迹。明洪武二十七年（1394），为兴利除害事，将本都圩岸夫，就令加筑沙石坚厚。址阔二丈，面阔一丈，南北二带约一千丈。每遇坍圮，居民自行修筑。由是民赖其利。

《瑞安县志》所指的玉壶栋，也有人称之为玉壶防洪堤。该县志对瑞安境内古栋的记载仅此一条。

栋头：溪水从下方流过，给村民带来便利

玉壶的母亲河为芝溪，因其形状为“之”字形，冠之以草字头，名芝溪；又因溪水清澈似玉，雅称玉泉溪。从西北入境，曲流经潘庄、垟头、门前溪、西江、头渡水，至小峃口注入飞云江，从东南出境，为镇内主要溪流。东溪、漈门坑和茶垟坑三条支流皆在本镇内汇入。

玉壶栋的北栋头在垟头宫西北方约 50 米处，由鹅卵石垒砌而成。村民告诉我，北栋头呈龙头形状，寓意吉祥。现存北栋头长约 20 米，约 8 米处下方有一孔，溪水进入，形成一个小水塘。水塘虽小，但水很深。小水塘至上方的道路之间筑有台阶。村民罗启富告诉我：20 世纪 90 年代前，这里的水可以饮用，附近村民都到这里来挑水。每天一早，水桶入水的声音，瓢子舀水的声音，村民挑水时发出“哼哧哼哧”的声音，以及路上互相招呼的声音此起彼伏，衬托了村庄

的宁静，也预示着美好一天的开始。8 点以后，陆陆续续有村妇提着一汤挈（玉壶方言，有柄的木制洗脚盆）的衣服过来了，蹲在小水塘的台阶上洗。因为地方小，所以最多只能蹲两三个人。于是北栋头附近的村民这段时间都不去洗衣服，把位置让出来，让远处来的人先洗，自己却是到了中午或晚上人少的时候再去洗。

　　来这里洗衣服的人很多，不光是本地人，栋头桥附近、上村人和外楼人也过来洗。一些人踩着三轮车，三轮车上是一桶一桶的被子，有时是一辆辆板车拉过来。人们洗好了被子和衣服，晾晒在北栋头上。于是就出现了这样一幅"壮观"的景象，栋头被花花绿绿的衣服和被子遮住了，显得有生活气息，也有活力了。

　　溪水流经北栋头再到垟头垟和上村垟。这片土地上的庄稼因为有了溪水的灌溉，长势很好，每年的庄稼都是丰收的。

从上往下看北栋头

南栋的栋头在哪里？村民告诉我，在茶垟坑和芝溪交汇前方的不远处。我实地走访，但找不到，应该是被改造了。

北栋头一带山环水绕，气候宜人。这里的村民淳朴善良，这里的溪水清澈活泼。年年岁岁，溪水永不干涸；岁岁年年，村民一代又一代繁衍生息。这条从溪滩穿过北栋头的小水沟给这片土地上的村民带来了便利，带来了丰收，也带来了美好的生活。

南栋：栋头栋尚有保留，其余两段已消失

在我童年的记忆里，南栋共有四段：一段是秀潭野（谐音，有人说是守田野，也有人说是秀田野）地段的老栋和下方的栋头栋，中间两段是门前垟地段的横塘栋和外砂栋，一段是西江地段的寨下野栋。

秀潭野位于项埠垟东侧，芝溪和茶垟坑交汇处的西南侧，这里是一片广阔的田地，稻子绿油油的，有的刚抽穗，有的稻穗还没长出来。稻田边上种着番薯、芋和黄豆之类的农作物，成片成片的绿意让人赏心悦目。秀潭野有新、老两条栋：老栋位于里侧，由鹅卵石垒砌，颜色深，看起来有些岁月了；新栋位于外侧，大多以块石垒砌，间或有几块鹅卵石。

一位正在田间劳作的村民告诉我，《瑞安县志》上所记载的栋头栋是里侧的那条老栋，从他记事起，这条栋就一直在这里，很坚固。芝溪多次发大水，可这条栋一直没被冲毁。外侧的这条栋是近几年修筑的：有人在溪边种地，慢慢地就筑起了坎墙，越修越长，逐渐成了一条栋。这条栋筑了又修，修了又筑，已经修了三四次了。

村民称秀潭野下方的芝溪一带为困儿渡澎（"澎"在这里念第四声，这个"澎"为四个"木"组成的字，但无法打字，只好以"澎"

来代替），也有人称之为"空肚澎"。困儿渡澎的南侧是岩壁，岩壁边上有一条路，是连接壶山路、项埠垟和五一村的，称为后畔山路。再往下走，就是栋头桥了。

栋头桥下方至门前溪地段的这片田地就是门前垟，在这个地段上所修筑的栋有两段。在我的记忆里，上一段为栋头桥下方至克木大桥，称为横塘栋。克木大桥至门前溪水竹澎是外砂栋，栋里侧皆为稻田，为玉壶中村基本良田。每到夏季，这里的蛙鸣声此起彼伏。我们在门前溪和茂潭一带游泳，在溪滩边上捉虾和鱼。我有时候捉了一只虾，赶紧跑到外砂栋上，把虾放在石头上晾晒，等太阳把虾烤红了，就一把抓起来塞进嘴里，嘴里连连叫着"好吃，好吃"，接着又爬下栋，跑到溪水里继续捉虾和玩水。到了秋收季节，这里的稻子成熟了，农民在门前垟忙着割稻子，打稻机发出"刚刚刚"的轰鸣声。我们在稻田里捡稻穗、捉泥鳅，累了就爬到外砂栋的堤顶上，看看远处的东山岗，听听门前溪水的欢笑声，甚是惬意。

水竹澎往下就是枫树根墩、高桥、子母宫，这一带不是田地，

门前垟地段的外砂栋　刘小芬供图

是居民区，所以没有筑栋。子母宫下方的寨下野是一大片田地，这一段古栋被称为寨下野栋。这条栋给我留下了深刻的印象。寨下野属于外村，我家的大部分田地都在这里。放学后，我和小伙伴们就经常来这里拔草。有时拔了草，看看天色还早，我们就坐在寨下野栋上唱儿歌："喜鹊尾巴长长，打把大轿抬姅娘。姅娘抬过坑，姨娘养外甥。外甥郎，饼对糖。糖好吃，对篾席。篾席好困，对汤罐。汤罐好上汤，对谷仓。谷仓好寄谷，对大屋。大屋咣咣响，鸡也响，鸭也响，旁头老老娘想粒豆腐鲞……"

有一次，一个小伙伴说，站在水边唱歌，声音会像水一样清亮、悦耳。于是好长一段时间，我们拔完草，就沿着寨下野栋往外爬，坐在外侧的栋脚上唱儿歌："我们欢乐的笑脸，比那春天的花朵还要鲜艳。我们清脆的歌声，比那百灵鸟还要婉转。谁见了我们都要称赞……""有只小青蛙，坐在井底下，整天笑哈哈，把那井儿夸，呱呱呱呱呱呱，我的井儿比天大……"看看夕阳快要落山，晚霞染红了天边，我们慢慢地爬上堤顶，拎着泥箕，有说有笑地在堤顶上走着，走过子母宫，走过高桥，走过枫树根墩，走过外楼樟树下，回到家里。

如今的南栋，只有秀潭野地段的老栋和下方的栋头栋还基本保持完整，横塘栋、外砂栋和寨下野栋都已消失了，取而代之的是新防洪堤，是由块石垒砌而成的。

"旧游无处不堪寻。无寻处，惟有少年心。"宋代章良能《小重山（柳暗花明春事深）》里的这句话深深地道出了我们的无奈，曾经天真无邪，曾经如影随形的小伙伴，如今都已走在各自不同的人生轨道上，那些单纯清脆的笑声，那些无所顾忌的歌声，那些忘不了的青葱岁月，都已飘散在风中，那是独属于我们这一代人的记忆。回不去了，回不去了，回不去了，就像那已经消失的横塘栋、外砂栋和寨下野栋，她们只能存在于我们的童年记忆里了。

北栋：宫后栋正被拆除，即将难见其身影

玉壶栋的北栋由宫后栋、上村垟栋、外野栋和底村新栋四段组成。

如意桥下方至垟头垟一带的古栋称为宫后栋，因其位于垟头宫后方而得名。宫后栋下方至栋头桥一带的田地，属于上村地带，故称上村垟。上村垟南边的玉壶栋被称为上村垟栋。我查看了实地，宫后栋位于垟头宫的西南方。

垟头村一罗姓村民告诉我，宫后栋非常坚固，根据历史记载，应该是明洪武二十七年（1394）修筑的，后来也有重修过。1986年农历八月十六日，由于连续下了几天大雨，芝溪水暴涨，大水冲过

宫后栋由鹅卵石砌成

宫后栋和上村垟栋，漫过垟头垟和上村垟，垟头本地很多房子都进了水，有些人家里的脸盆、瓢子之类的生活用品都被冲走了，甚至连菜橱都被冲了出来，但宫后栋却安然无恙。而宫后栋下方的上村垟栋却基本上被冲毁了。1990年夏季的一天，也是暴雨如注，芝溪水也漫过宫后栋和上村垟栋，宫后栋依然完好无损。

家住上村的一蒋姓村民说，上村垟栋被冲毁后，上村十个生产队商量修筑上村垟栋。他们测量了上村垟栋的长度，平均分成十份，分给每个生产队修筑。队员们常常天还没亮就出发了，顶着日晒雨淋，把石头从溪滩上抬回来，又去购买了一部分块石，花了很长一段时间才筑好。如今上村垟栋的堤顶已经浇上了水泥，可以骑自行车，板车也可以推过来。

前几天，我站在如意桥上望向东南方，只见一条新堤坝矗立在宫后栋的前方，块石垒砌，究竟有多长，我说不上来。我下了如意桥，走上宫后栋，到了秀潭野对面地段，发现此处的宫后栋堤顶被挖了，下方的堤基还在，堤坝西北侧的前方浇筑了钢筋混凝土，看样子是在修筑新堤坝。继续往前，发现宫后栋被挖了200多米，前方至上村垟栋那一段还是完好的。垟头村民罗先生说，垟头村民对宫后栋的感情很深，认为应该保护老栋，新的防洪堤可以修筑在老栋外侧，但有关部门不允许。村民也没办法。

栋头桥下方的上村垟栋还留有一截，不过，堤顶已缺了几块石头，番薯藤、丝瓜藤爬上了堤顶，几乎遮住堤坝的身子。

继续往下就是沉龙潭、克木大桥和茂潭，这一带是狮岩堂的岩壁和居民区，因此没有老栋。茂潭下方就是外野。外野的东侧是杨村垟，这一带田地肥沃，适于种植水稻、番薯之类的庄稼。外野与杨村垟之间的这条栋就是外野栋。在我的记忆中，这条栋很高，很坚固，由大块的卵石铺就。中村村支书胡兴虎告诉我，外野栋是由堂号为"余东昌"的家族所筑。玉壶余家始祖余玉钦从平阳榆垟迁徙玉壶，其后代"余东昌"一房经商，因为诚实守信，赚了一些钱，得知杨村垟一带的田地受灾，出资修筑了外野栋。玉壶本地也有修栋师傅，可余家却请了外地师傅来修栋，很多玉壶本地人都不相信这师傅能修好这条栋，都赶过来看。众目睽睽之下，师傅也不着急，慢悠悠地抽了一筒"烟酒"，把"烟酒"灰磕到一块石头上，然后告诉在工地上抬石头的农民，这块石头放这儿，那块石头放那儿，这块石头的边角切下几厘米，那块石头要劈成两半……结果这些石头所在的位置都是恰到好处。外野栋修好之后，无论经历多大的洪水都安然无恙，玉壶人都服了那位修栋师傅。

外野栋还在，堤顶加宽成了马路，马路的东边砌了一条墙。我来到外野栋东侧，只见栋身爬满了番薯藤和丝瓜藤，但那一块块刻着时光印记的鹅卵石还是一如原样。

外野栋下方原先是矴步，如今是寿星桥。继续往下就是底村新栋了，底村新栋的东北侧就是杨村垟。杨村垟的田地属于底村所有，儿时的我经常跟着表哥一起来杨村垟放羊。我们俩把羊赶到外野西侧的溪滩野（这里没有庄稼），然后就坐在底村新栋上扔扔石头，讲讲故事，或看看村民在田里劳作。

底村新栋全没了，新筑的防洪堤是由一块块的块石垒砌而成的。

站在曾经的底村新栋旧址上，我远望三港殿和西江。又是落叶之秋，微风徐来，不禁感慨我们的指缝太宽，而时光太瘦了，不经意地一挥手，时光就已经漏掉了几十年。那些曾被我赶过的羊，那些曾在田里劳作的人，那条曾给我带来无限快乐的底村新栋都已经成为时光深处的影子。我的双手已经抓不住这些影子了。

行文至此，我还是有点心痛那段堤顶被拆了 200 多米的宫后栋。我担心她的岁月被缩短了，担心她余下的光阴已经屈指可数了。宫后栋，她最后会不会也像外砂栋、底村新栋一样，也归于寂寂大荒，一切了无痕迹？

　　宫后栋，她与蓝天碧水已相伴 600 多年，风霜雨雪的洗礼更坚定了她的目光，她见过倭寇退出玉壶的溃败之象，她见过玉壶人民与天与地与大自然抗争不屈的身影，她也见证过玉壶人民从贫穷走向富裕的历程。不知古栋待何人，碧空相望依芝溪。她老了，我们不如对她说一句："去吧，祝你一路平安，前方水流平缓，河床舒适。"抑或用温和的目光轻轻地将她抚摸，柔声地说："继续站在这里吧，继续欣赏玉壶的山水风光，继续感受日月星辰的变化，继续增添沧桑的经历，继续享受年轮的增长。"

狮岩寨

寨门寨碑断墙瞭望台　都付与了悠悠岁月

当五月的清风浸透心灵的时候，我们从玉壶车站出发，沿壶山路，过栋头桥，又向东走了约100米，然后转向北侧的一条山间小路前行。路两旁，林木繁茂，古藤缠绕，偶尔传来几声鸟鸣，更增添了几分幽深的感觉。拾级而上，呼吸几口清新的空气，顿觉神清气爽，不知不觉之间，已到狮岩寨西寨门前。

据《文成见闻录》记载，狮岩寨在玉壶镇玉壶街东北隔溪对面。山高约百米，北连大山，南临玉泉溪，东西皆为谷地。临溪一面是峭壁巉崖，险峻异常。岩间龙藤虬树，郁然深茂，俨似狮首，东山伏伸像狮尾，当地人以形取名为"狮岩山"。山上筑有寨城，故又名"狮岩寨"。玉壶人则称狮岩寨为狮岩堂。

站在狮岩寨的寨门和断墙前，不禁感慨：起起伏伏的悠悠岁月让她变得深邃厚重，即便在夏日的阳光下，我也觉得她像是披了一身秋色，处处流露出悠远与沧桑。

寨门：结实坚固，拒敌寨外

站在狮岩寨西寨门前，只见寨门两拱壁前面地上长满了箬竹。箬叶表面光滑，翠绿，韧性好，越是严寒，其叶片越显翠绿、坚韧，玉壶人又称之为棕箬，喜欢用它包粽子。千蒸万煮后，棕箬仍散发出缕缕清香，犹如革命志士的高风亮节。

上前仔细查看，发现两拱壁由块石垒砌，依然完整，呈"n"形，南边顶上的几块石块已松动，有几块已经脱落，拱顶上有一长条石，稳稳地撑住拱门。细细观察，只见南北拱壁上还各有一个大孔，应该是门闩孔吧，我们猜测着。既然有门闩孔，那就一定有门，当年这扇门一定很结实，很牢固，玉壶民众就是凭借这扇门和边上的寨墙，将外敌拒于寨外吧。

走过西寨门，约行30步就到了狮岩禅寺。走进寺内，我们在一处台阶下发现了一块石碑，上刻：西寨门原建于明嘉靖三十一年（1552）。至今城堡已废，仅留西寨门，块石垒砌，高2.9米，宽1.6米，

西寨门

基脚厚1.4米，拱顶厚0.88米。寨门两拱壁凿有两个门闩孔。至此确认，我们所见寨门两拱壁的大孔为门闩孔。

在寺院内一路东行，前方出现了两座老屋。走近一看，西侧的老屋只有一层，卵石砌墙，顶上铺有瓦片，一棵李子树守在房子的西边，一棵柚子树默默地站在房子的北边，它们是在守护这间房子吗？这房子究竟是什么时候所建？不知道，看样子已经有些岁月了。东侧的房子为两层，块石垒墙，屋顶也铺有瓦片，看起来显"年轻"一些。狮岩禅寺住持释师父告诉我，这两座老屋都是当地护林员所建，先建了西侧的老屋，因为家里人口众多，后又建了东侧的房子。

从老屋边上的小路往北走，就到了北门边上，两扇大铁门紧锁着，边上开了一扇小门。我们来到北门外，一眼望去，地上满是油桐花，几棵油桐树静静地站在高坎边上。树上繁花似锦，树下落英缤纷。忽然之间，我想起了宋代陈翥《西山桐十咏·桐花》中的两句诗："华白含秀色，粲如凝瑶华。紫者吐芳英，烂若舒朝霞。"这一簇簇，一枝枝，粉红透白，满枝满丫的油桐花夹杂着一股浓浓的乡土气息。一阵风吹过，一朵油桐花轻轻地从枝头飞旋而下，宛如一声叹息。它在这里站立多少年了？它看过这里的寨门是怎么垒砌的吗？它看到这里的民众是怎么筑寨墙的吗？它看到外敌是如何撤退的吗？油桐树不语，我们也不语。

寨碑：文字漫漶，记载史实

从北门往南走约 20 步后，又沿着一条坡道往下走，在一间房子前面的门台上，我们看到了一块石碑，碑底垫着几块砖块，碑高 153 厘米，宽 67 厘米，周边饰有花纹。石碑有阴阳两面，阳面刻《新建壶山狮岩寨壁颂德碑记》："邑嘉屿乡玉壶山，去城（指瑞安城，玉壶在明、清时属瑞安县嘉屿乡五十都）西南一百八十里。其地宽广，里人俭而勤穑，素称富庶。闽括强徒窃发，海寇纵横，每觊盘据焉。里人恃地有狮岩山，雄踞溪浒，道隘不可登为险，正统戊辰年（1448），闽括寇千余，入境不能害而去。成平日久，古观已圮……"正文直书 15 行，每行 18—44 字不等，计 634 字。落款为：嘉靖乙卯（1555）仲夏既望，邑门生秦激顿首谨撰。因年代久远，字迹漫漶，若干字已残缺。

石碑阴面上半截刻《瑞安县编甲立堡告示》："相度人众多寡，从宜立堡。又将排门入户，以二十二人为一大甲。内才干力量者一人为总甲。十一人为小甲，管领人户二十名。每名下开注脚色（指

寨碑阳面

出生履历），照发去牌格式刊刻其牌，即于总甲门首悬挂。每五牌共一百一十户，共推殷实能干者一人为堡长，俱令置造防患器械，无事互相戒约，遵乎礼让，遇警并力同心，防御寇盗……"正文直书19行，每行7—29字不等，残存约350字。下半截刻《建造狮岩寨捐资题名》，有捐资造寨者姓名29行，合捐银1109两4钱7分，约950字。

　　一行人仔细辨认着石碑上的文字，为自古以来玉壶人的勤和俭而感动，正是因为他们的勤劳躬耕，此地才称富庶。也正是因为富庶，闽寇千余才会入境。因狮岩寨的地势险要，里人的万众一心，玉壶终得安好。

不知怎么的，我眼前恍然出现了这样一个场景：男男女女、老老少少来到玉泉溪边，用手提、用肩扛，将一块又一块鹅卵石搬上狮岩寨，披星戴月，昼夜砌墙、筑门。寨门筑好了，寨墙筑成了，他们的辛勤劳动得到了回报，于是，黧黑的脸庞由焦虑、忧愁、疲惫、不安转为欣喜和欢悦。接着，他们又制械练卒，有备无患。忽然，凄厉的哨声响起，这群衣着单薄的民众拿着自制的器具从寨房里飞奔而出，分散到城墙边的各个点上，双眼死死地盯着下方的路面，一副"寨亡我亡，寨存我存"视死如归的样子。敌方知晓我方有备，下令撤退。于是，民众欢欣鼓舞，奔走相告……

石碑默然肃立，我们放轻脚步，离它而去。就让它静立于此地吧，我相信，明天，不，或许后天，一定会有村民和游人来到这里，逐字逐句地解读这块碑文，并记住这些曾用生命去护卫玉壶安宁的人。

寨墙：设险防御，寇不敢犯

我们去看看寨墙吧。寨墙寨墙，沿着寨门边上走，不就是寨墙吗？于是，大家返回西寨门，果然，看见寨墙了。这一处寨墙不高，五六十厘米，下可站人，寨墙上长有络石藤，那青青的藤蔓肆意地生长着，遮挡着寨墙，不仔细看，还真看不出墙上的石块。前方没有路了，于是我们原路退回，来到台阶上。

走过狮岩禅寺门前，沿着台阶继续向前，前方出现一堵高高的寨墙，都是鹅卵石垒砌而成的。东南方的寨墙已在路的下方，古樟、古松和苦槠树站在路边，那茂密的枝叶聚成绿色的穹窿。地上的蕨菜、茅草和芒萁一片绿油油，风吹过，它们便俯了俯腰身。到了东边的一个亭子边上，我们朝东北方向走，只见路两边种着长豇豆、芋之类的农作物。猛然间，我们发现已经站在寨墙上，低下头，只见下方虽然杂草丛生，但可以看出都是鹅卵石垒砌的。是的，的确是寨墙。寨墙顶上还种着刀豆呢。继续向前走，只见路上铺满了油桐花，这花混杂在草丛中，白绿相间，分外耀眼。

　　站在寨墙上，一阵风吹过，抹过油桐树，抹过古松，抹过古樟树，抹过苦槠树，令人想起了遥远的明朝。翻开《文成县志》中的《壶山狮岩寨壁记》，得如下记载："岁嘉靖壬子（1552），海寇登劫，远

狮岩寨寨墙

迩震惊，我邑侯吴门刘公先事筑城开濠，制械练卒以防不测。迨寇至，被衄。乃遁，内备既修，下令乡都俾各编保伍，设险防御，莫不仰承德意，举行惟格。父老胡文轩计费出资，以劳先人，里中感悦，率力来偕……越几卯春，闽聚强徒飞檄入境，声势可畏。里人莫知所出，悉奔寨垒，老幼无虑万数。族别而区分之，咸得厥所壮者。各从保伍分御险隘。复会邻乡之旅，相为掎角。贼知有备不敢犯……"《文成文史资料》（第二十六辑）亦记载："胡文轩辈谕众，筹集筑壁城，高二丈，址阔一丈五尺，顶宽九尺，中构寨房二十余区……"

从东北方一直往前走，到了西北侧的寨墙前，只见这里的寨墙完好无损，比别处高了许多，目测应该在三米以上。继续往前就回到了西寨门，目之所见依然是青翠的箬竹，那么随意，又那么执着地散发着清香。

寨墙和寨门都找到了，寨房的遗址在何处？想想，还是算了吧。不必找了，岁月已经将它湮没了。我们只要知道它曾经在这片土地上就够了。当年，寨房是民众的庇护之所，可一旦大敌当前，有多少人从寨房里飞奔而出，欲与敌决一死战……

是呀，自古以来，玉壶人爱国爱家之情一直没变：玉壶有难，所有生于斯长于斯的人民都会奋起而卫之。于是，当温馨的万家灯火就要被战火取代，当袅袅上升的炊烟就要被狼烟淹没，当宁静祥和的画卷就要被海寇毁灭，当壶山即将被黑暗吞噬时，有一种名为"保卫玉壶"的情愫正沁入老百姓的心田，在每一个玉壶人心中千回百转，丝丝缠绕，化作一种力量，呼之欲出：如若有人胆敢肆意蹂躏这片与我们血肉相连、灵魂相依的土地，所有玉壶人都将以这身傲骨为凭，势必血战到底，将其撵走，绝不屈服。壶山如此多娇，岂容贼人践踏？

瞭望台：地势险要，观望敌情

看过寨门和寨墙，现在去看看瞭望台吧。过狮岩禅寺门前，到了南侧的寨墙边上，前方有一条小路往南方延伸，走了约二十步，拐向西方，路面窄得仅容一人通过，继续往前就发现前面有一片空地，说也奇怪，空地上的草是干枯的。两边的树木郁郁葱葱，西南侧有一块大石头。我走上前，站在这里可以清楚地看到垟头、项埠垟、栋头桥、壶山路、门前垟、狮岩堂下的公路，清清的芝溪水呈"之"字形缓缓地向东流去。这里是绝佳的瞭望远方的好地方，只是如今边上长了一些高大的树木，挡住了视线。我又站到空地的南边向前方眺望，透过层层叠叠的枝叶，依稀看到东背、茂潭、三角地和东山岗等地段。我想，当年这里的树木应该不会如此茂密，只有几棵可以蔽身而已。人站在此处，向远方眺望，敌情一清二楚。

此处是否就是瞭望台？释师父告诉我，他于1998年来到这里。当年，一位八十多岁的当地村民告诉他：此处原本有一个瞭望塔和一个碉堡，是用于查看敌情的，后来被废弃了，至于哪一年被拆，也就无法得知了。

凝视良久，耳边似乎隐隐传来军队的集结声和队伍开拔的脚步声。据《中共文成历史》（第一卷）记载，1930年，在国民党军优势兵力的"围剿"下，红十三军的活动受到很大的限制。9月22日，郑贤塘、陈卓如率领400多名红十三军战士，从瑞安陶山进驻玉壶狮岩寨休整，红十三军在此强化军事训练，总结交流经验，提高作战能力和政治水平，具体研究和部署对敌武装斗争。其间，战士们深入当地向群众宣传革命道理和发动青壮年参加红十三军等活动。9月26日，获悉当地民团企图阻击包围红十三军，红十三军折回东坑寨下。

狮岩耸立，古树参天，绿草萋萋。革命的硝烟已然散去，红十三军的故事却口口相传，经久不衰，犹如西寨门前的箬叶，青青的、香香的，让人不想离去……

站在狮岩寨这片土地上，一种古老的气息扑面而来——寨门、寨碑、断墙、瞭望台，这些无疑增加了玉壶的文化底蕴和历史厚度。恍惚间，我想起了电视剧《三国演义》的片尾曲《历史的天空》，毛阿敏那略带沙哑的苍凉而又沧桑的嗓音在我耳边轻绕着："黯淡了刀光剑影，远去了鼓角争鸣，眼前飞扬着一个个鲜活的面容……"

是呀，那些遍布刀光和剑影的日子，那些充满激情和热血的时刻，已离我们很遥远了。历史带走了兵荒马乱的日子，带走了那一串串熟悉的姓名，留给我们的只有玉壶无恙，山河安好。世事沧桑多少年，狮岩寨依旧站在这里，蔑风霜而抗雷电，渺四野而越百年，等着，候着，只是她再也等不到那群筑城开濠、制械练卒的明朝军民，也等不到那400多名来这里开展武装斗争的红十三军战士了。她只能这样默默地守着，把无尽的思念化作漫山遍野的青翠和清香。有空，你也来这里走一走，抚一抚寨门上的块石，摸一摸寨墙上的络石藤，看一看化入狮岩寨骨髓里的那份沧桑和久远吧。

天妃宫

台上台下都是戏

前尘往事说不尽

　　总想着，有那么一个晚霞映红天边的黄昏，吃过晚饭，肩上扛着一条长凳，慢悠悠地走到天妃宫，放下凳子，静静地看戏台上正在上演的《红灯记》；总想着，有这么一个清风拂面的午后，挑着一担谷子到天妃宫戏台后方的碾米厂，里面依然传来"轰轰轰"机器声；

天妃宫戏台和广场　胡晓文摄

总想着，有那么一个阳光灿烂的上午，悠闲地踱着步子，来到天妃宫戏台前的广场上，只见边上停着一担担柴火，有人吆喝着："菵其1元15斤，快来买。""柴爿1元12斤。""松树枝（松树的叶子和枝干）1元13斤。"

　　一切的一切，都已在回忆中。那时候，天妃宫给我带来无限的快乐，是我们游玩的好去处。据《壶山今古》记载，天后宫又名天妃宫，坐落于玉壶镇中村闹市。清康熙丙申年（1716），天妃宫由下新屋始祖胡乾如航海遇难脱险归来后所建（据传天妃娘娘常在海上抢救遇险渔民），木结构，地坪捣石灰坦，由正殿、闲间、天井、横轩、戏台和戏间等组成，总计约1000平方米。1912年，玉壶镇小办学创始人余钟麟在此办学，历时30多年。20世纪30年代末，戏台被拆；20世纪50年代，天井两侧横轩被拆；1957年，由蒋步月首事，在宫前再建戏台，变宫前为人民广场，凡演出、集会均在此举行；1986年，老宫和广场建成天妃宫综合市场；1987年，再建天后宫于大坟墩；1988年，天后宫迁建于上村垟大栋底。

戏台：上演过多少场悲欢离合

据以上记载，我童年时见过的天妃宫戏台为 1957 年所建。在我的记忆里，天妃宫戏台分上下两层：下层由几根柱子支撑着，用于存放稻秆、豇豆扦和郎其之类的东西；上层的戏台是用木板铺就的，东西两侧有木栅栏。

那时我七八岁，在学校里同学们就会互通信息：今晚天妃宫做戏。回到家里，我和姐姐就催着母亲快点做饭。吃完饭，我们选了家里最轻的那条长凳，姐姐在前头，我在后头，两人蹲下来，把凳子扛在右肩上，走过门台、道坦、前坦，然后向天妃宫走去。天妃宫广场上的凳子可多了，我们就选稍偏一点的位置放下凳子。台上演的是什么内容，那都不重要，重要的是看到有穿着戏服的人出来，头上戴着凤冠，身上穿着戏袍，咿咿呀呀地唱着，我们就开心得不得了。有时前面的人站起来，我们看不到了，于是站在凳子上拼命地踮起脚尖，伸长脖子，从人缝里往前看。偶尔看到边上有小孩骑到大人的脖子上看戏，我和姐姐都羡慕得不得了。因为父亲去外地了，母亲要照顾弟弟，还要管一家人的生活，她是从不来看戏的，所以我没有坐在父母肩膀上看戏的经历。

记得那时候天妃宫戏台经常做戏，有《红灯记》《梁山伯和祝英台》《碧玉簪》《红楼梦》《追鱼》等，有时候是县里的剧团过来演的，有时候也有外地的剧团过来。每年正月初，天妃宫戏台一连十几天都有做戏，我们每天跑去看，一次也没落下。

看戏时，小伙伴们如果有吃的，也会分给我们一些。记忆中最深刻的一次是住在我家隔壁的阿井叔叔递给我一个瓶子，说是糖精水。于是我拿起瓶子就喝，阿井叔叔一个劲地说："半口，每个人只有半口。"是的，就像鲁迅在《社戏》里所写的：真的，一直到现在，我实在再没有吃到那夜似的好豆，——也不再看到那夜似的好戏了。我也一样，一直到现在，我实在没喝过那夜似的糖精水，——也不再看到那夜似的好戏了。

　　一次，我和姐姐抬着长凳经过道坦时，一位名叫教婆的妇人（妇人没姓名，老公叫阿教，因为辈分大，大家都管她叫"教婆"）正坐在自家门台上，用玉壶方言问我们："黄昏天妃宫做什么戏呀？"姐姐说："《梁山伯和祝英台》。"教婆已有八十多岁，耳朵有点背。她反问："啊，《两三百人挎灯台》？"然后转过身，自言自语："两三百人挎灯台？哪有两三百人挎灯台？"我和姐姐笑得上气不接下气，一边走，一边念着："《两三百人挎灯台》，《两三百人挎灯台》，黄昏天妃宫做戏，做《两三百人挎灯台》的戏……"到了天妃宫，我们把这

天妃宫市场　余序整供图

件事告诉小伙伴们，一个个笑得前仰后翻。教婆是这样使我们开心，天妃宫也是这样令我们快乐。还有一次，教婆又问我晚上做什么戏，我告诉她是《红灯记》。她侧着耳朵大声问："啊，《馄饨蒂》？"过了一会儿，又问我："哪有做《馄饨蒂》的戏的？"一群小伙伴"哄"的一声哈哈大笑，随即高声叫起来："黄昏天妃宫做戏，做《馄饨蒂》的戏，《馄饨蒂》，《馄饨蒂》……"

如今每当见到天妃宫，我还会想起当年和姐姐一起，抬着一条长凳一路走一路笑的情景，还会想起站在长凳上踮着脚尖看戏的样子，还会想起教婆念着《两三百人挎灯台》和《馄饨蒂》的样子……

另据《壶山今古》记载，1929 年，玉壶街一个名叫余式顺的文艺爱好者创办了少年京剧团天蟾舞台，经常在天妃宫戏台上演《黄龙反》《狸猫》《走麦城》《探阴山》《黄忠代箭》《周瑜归天》《夺印》《小放牛》等京剧，演员有 30 多名。"文革"期间，天妃宫戏台还上演过"样板戏"：1967 年 8 月 4 日，首场预演在天妃宫戏台举行。当年 8 月 6 日，《沙家浜》在天妃宫戏台正式演出。演员是由教师、干部、工人和农民组成的"毛泽东思想宣传队"，共计 30 多人。

天妃宫戏台，不知上演过多少悲欢离合的故事，不知见证过多少代玉壶人的盛衰荣辱。那一场又一场不同的戏，那一个又一个不同的演员，那一群又一群不同的看客，都已深深地刻印在玉壶的内心深处，成了永恒的记忆。

碾米厂：碾压过多少担谷子麦子

碾米厂在戏台后方的矮屋里，玉壶人称之为天妃宫绞米厂（玉壶方言，碾米厂），在我童年的记忆里，这里每天都是尘土满屋，碾米师傅包着一块头巾，眉毛上挂着白白的灰尘。

当年，我家附近的碾米厂有四个：一是外楼的小宗祠碾米厂；二是天妃宫戏台后方的碾米厂；三是岩坦碇枫树下边上的江松碾米厂；还有一个是玉壶华侨电影院下方约20米处水沟边的那个碾米厂。小宗祠碾米厂、江松碾米厂和水沟边碾米厂规模都较小，一旦来人过多，就要等上好长时间。母亲大多选择戏台后方的碾米厂碾米。

秋收后的谷子都已经入了谷仓，如果要碾米，就要打开谷仓，用谷簸把谷子从谷仓里盛出来，倒在簟箩里，然后挑过去碾米。母亲身材高大，但毕竟是女人，挑着半簟箩的谷子一路晃晃悠悠地往天妃宫赶，嘴里呼哧呼哧地直喘气。

到了戏台后方的碾米厂，人们按照先来后到的顺序排队等候。过了一些时间，终于轮到我们了。师傅叫我母亲把谷子倒入机器上方的一个斗里。接着，他把一只插手柄插入柴油机里，手用力地上下摇动，柴油机发出"铿铿铿"的声音，表示柴油机已经在工作了。柴油机带动发电机，发电机和碾米机之间有两条皮带，皮带立即急速地转动起来。随着"轰轰轰"的响声，粗糠从机器的后方出来，米和一部分细糠从前方的一个漏斗里出来。这样重复碾了三次，米就碾好了，然后拿到碾米机边上一个叫作风扦的机器上，把米和糠分离出来。

碾米厂除了碾米，也碾麦子。麦子也要碾三四遍，等麦麸和面粉完全分离才结束。麦麸有点硬，不好吃，但因为家里缺粮食，母亲会把麦麸混在面粉里烙饼。手里拿着麦麸饼，我老是想：等我长大了，就拼命赚钱，不给我的孩子吃麦麸饼，一定要吃面粉饼。

那时候，我很少吃到白米饭（弟弟比我小两岁，白米饭要让给他），只有逢年过节才能吃上一两顿，平时吃的都是番薯丝，偶尔能拌上一点白米饭。记忆中，每次母亲去天妃宫碾米，我就很开心。因为刚碾了米，做第一顿饭时母亲会多放一些米，番薯丝拌饭就更好吃。

可是到了第二天，又是番薯丝居多，米只有一点点。

天妃宫碾米厂虽然灰尘飞扬，但我们还是觉得很好玩。我们常常在满屋灰尘和"轰轰轰"的巨大声响中玩捉迷藏游戏。大人忙着碾米，我们就在广场上到处逛。天妃宫有两条水沟，水流清澈。我们经常下到水沟里，洗洗脚，玩玩水，站在水沟里走来走去。记得在天河巷路口的水沟上面，我曾见过一块石碑，上面刻着"清同治"字样。后来，这块石碑不见了，有人说，天妃宫浇筑水泥地时，石碑被压在地底下了。有人说，石碑被人抬走了。这块石碑刻的是什么内容？现在何处？没人说得清。但我希望它还躺在某处，不久的将来，会出来与我们见面的。

随着年龄的增长，我们离童年越来越遥远了。但小时候那琐碎的回忆反而越来越清晰，也越来越亲切了。多少年后，当我拿着钱去买一袋袋雪白雪白的米时，脑子里依然会出现天妃宫那间低矮的碾米厂和满屋弥漫的灰尘，以及那位眉毛都挂着白色粉尘的碾米师傅。这记忆，穿过40年的岁月，依然流向天妃宫这间矮屋，流向矮屋里的机器……

广场：停放过多少担葤萁树枝

大妃宫广场是一大片空地，店桥街十字街口、店桥岭、水井坦、天妃宫路、玉壶华侨影剧院门前都有路直通这里。这里人流密集。因此，人们也喜欢在这里买卖或集会。

那时候虽然已经有了玉壶华侨影剧院，但有时也会在天妃宫广场放露天电影。有一年，外村一位村民在西江寨下野种西瓜，但经常被偷，后来就立了禁约。一连几天傍晚，有人拿着一面铜锣在玉壶本地一边敲，一边喊：如果有人偷西瓜，罚款40元。不久，果然有人偷西瓜被抓住了，于是被罚了款。一天下午，我们得知消息，这偷西瓜被罚的钱用于放电影，晚上可以看电影了。傍晚，我约上同学一起去天妃宫广场看电影。两条竹竿子搭建，一块白色的幕布，放映员架好放映机，灯光一亮，我们就站在凳子上挥舞着小手，做出各种怪状，投映到幕布上。不一会儿，开始放电影《铁道游击队》，那些战斗场面，激起了我们极大的兴趣，一边看，一边问身边的大人："这个是好人，还是坏人？"看完电影，小伙伴们一路唱着歌回家了。

除了放露天电影，广场还是卖柴买柴的场所。只要是晴天，这里的空地上就会停着一担担柴火，柴火前靠着一条冲担，卖柴人站在前面，几乎每人手里都拿着一条毛巾擦汗。卖柴人以金山（金埠）、炭场、樟山、林龙、后山、岭头垟等地居多。柴火有郁其、树枝、柴爿等。

1982年，父母去了外地，家里没柴火，我就到天妃宫广场买。第一次去买柴，我找了外楼四面屋的一位阿婆一起去。到了天妃宫广场，那些卖柴的人就一直盯着我们，希望我们能在他的柴火前停下来。阿婆教我买柴的知识：金山人的柴比较好，所以在买柴前问一问对方是哪里人，然后把手伸进柴火的最中间部位，摸一摸，有没有湿柴，有没有泥和石块。如果有，不能当场叫出来，要默默地走开。如果是满意的，就要和对方谈价格。谈好价格，对方就会把柴挑到我家里。前往我家的路上，他们偶尔会告诉我：早上六点就起床，挑着柴翻山越岭，涉水过桥，汗流浃背，希望早点卖了回家去，家里等着用钱。有一次算账时，多了半斤柴，那位卖柴的阿姨不收我的钱，说是送给我，我当时感动得不知道说什么才好。记得我买了最便宜的郁其价格是1元15.5斤，松树枝是1元13斤，柴爿是1元12斤。我也曾去米笠岭、荒唐山、朝青山和塔平砍柴割草，但所割的柴草不如买的好烧，于是每个月我还是去买柴。随着经济的发展，

天妃宫市场　余序整供图

柴火的价格也上涨了。到了 1988 年，葤萁是 1 元 10 斤，松树枝是 1 元 8 斤，柴爿是 1 元 7 斤。1989 年，我外出求学，此后便很少去天妃宫买柴了。

天妃宫广场还有两个篮球架，平时一些社会团体的篮球赛在这里举行。有时，村与村之间也会在这里举行篮球赛。天空、篮球、年轻人、欢笑，这时的天妃宫广场满溢着欢乐，也充满了活力。

如今除了天妃宫路老屋，这里已很难再找到从前的痕迹了。张爱玲在《更衣记》里有这么一句话：回忆这东西若是有气味，那一定是樟脑的香，甜而稳妥，像记得分明的快乐。是的，回忆很美，天妃宫戏台下的广场给我带来无穷的快乐，那是年少时单纯的快乐，是那些卖柴人的善良给我带来的温暖。走了很多路，见了很多人，经历了很多事，但当年从天妃宫广场买回的柴火带给我的温暖和快乐，就像樟脑的香，纯纯的、稳稳的，一直温暖着我前方的路，我总也没有忘。

"戏如人生，人生如戏。"天妃宫戏台上演的是戏，戏台下柴米油盐的生活也是戏，而戏里戏外所说的皆是五味杂陈的人生。流年匆匆，我们都被岁月老去了容颜，而天妃宫也几经变迁，戏台没了，戏台下的碾米厂没了，那两条可以下去挑水、洗菜的水沟也在地底下了。广场也由原来的卖柴、放露天电影，变成现在的卖衣服、卖水果了。踏上天妃宫这片土地，看着身边匆匆擦肩而过的行人，我努力找寻熟悉的脸孔，可发现大部分笑脸是我没见过的。

总想着，有这么一个晚霞映红天边的黄昏，吃过晚饭，邀约一帮好友，肩上扛着一条长凳，慢悠悠地走到天妃宫，放下凳子，以最单纯的目光，以最深情的眷恋，安安静静地坐在长凳上看戏台上正在上演的《红灯记》；总想着，有那么一个阳光灿烂的上午，悠闲地踱着步子，来到天妃宫戏台下的广场上，看着一担担的柴火，与卖柴人再讨价还价一次，再听听他们叫我一声"因"；总想着，玩累了，再跑到天妃宫广场的水沟边，撸起袖子，卷起裤管，下到水沟里，感受那澄澈的水与身体相拥的清凉感……

筏运

小小竹筏江中游
玉泉溪水向东流

　　"小小竹排江中游，巍巍青山两岸走。雄鹰展翅飞，哪怕风雨骤……"想起竹排（即竹筏），我心中就涌起一股暖流，耳边似乎也隐隐传来歌曲《红星照我去战斗》的旋律……

　　据《文成交通志》记载，玉壶的母亲河玉泉溪发源于南田区十源乡叶山岭头村，流经十源、金星、吕溪、东背、玉壶、上林等地，至小峃口注入飞云江，全长 38 千米。玉壶镇至小峃口 20 千米航道可通筏运。清乾隆、嘉庆年间，玉壶商业兴起，物资靠肩挑背负已不能满足人民的生活需求。玉泉溪筏运业的开辟，促进了货物流通。

玉壶有句俗语：西江人撑排，金山人担柴。这话就是说玉壶筏工大多住在西江。西江在玉壶镇外村水口，村庄前面就是芝溪。家住水边，西江人大多水性好，善游泳，适于撑竹筏。20 世纪 50 年代，玉壶有专业运输筏工 23 人，西江就有 12 人（其中 3 人因为不会游泳，转为搬运工）。

制竹筏：购买新竹入深山，东坑师傅巧做成

竹筏是原始的水运工具。玉壶没通公路之前，货物的流通一是靠肩挑背负，二是靠竹筏运输。肩挑背负靠的是力气，竹筏的运输能凭借水的助力，因此 20 世纪 70 年代前，玉壶的筏运显示了其特殊的作用。

竹筏是怎么制成的呢？现年八十四岁的玉壶筏工胡希密告诉我：做一只竹筏要花费一定的本钱和心思。

制竹筏的原料是新竹，也就是当年生当年长的竹子，不能用老竹，时间是霜降后冬至前。因为过了冬至，竹子老了，容易开裂。玉壶本地的竹子长势不好，不适于制作竹筏。泰顺与文成交界的山底竹子又高又壮，于是，玉壶筏工就去泰顺购买竹子。

玉壶至大峃的公路是 1973 年通车的。在此之前，玉壶人外出要么是坐竹筏，要么就是走路。那时候，筏工去泰顺大多选择走路，几个人结伴从玉壶出发，经五铺岭、半岭、胡峇桥、岭头宫、大壤岭、

大岜岭、大岜、西坑、石垟林场、叶胜林场，然后到了文成和泰顺交界的山底，在沿途村民家里歇息、住宿，每夜住宿费 0.3 元。从玉壶到山底，约需要三天时间。到了泰顺，他们就住在熟悉的旅馆里，然后与当地村民联系，自己上山选好直径为 10—12 厘米以上的毛竹，截头去尾，用篾刀去掉竹子表层的青皮（每根竹子底部要留几寸苦皮，为的是增加毛竹的坚韧度和光滑度，防止过浅滩时与石头摩擦而损伤竹筏底部），使竹筏减轻重量增加其浮力。卖家负责将竹子通过溪水运送到营前（从山底经胜坑、大家、叶山岭脚、珊溪、岜口至营前），一根毛竹 5 元钱。筏工去营前将竹子捆扎好，经玉泉溪运回，停放在溪滩上。

　　玉壶本地没有制竹筏的师傅，而瑞安东坑的制竹筏技术很好，筏工们就步行去东坑请师傅。制竹筏的地点在溪滩上，用锯子将竹子锯成同等的长度，然后将柴爿烧起来，把竹子放到火上熏烤，趁热拉直竹子。排头的那几根竹子要压弯呈弧形，排尾的那几根竹子拉直就可以了。接下来就是串竹筏：先在竹子上打孔，然后选用拇指粗的小杉木穿过去，串联起来，这些小杉木就是所谓的排钉。前一节竹筏称为筏娘，长 7.3 米，阔 1 米，由 10 根毛竹串成，每只载重约 0.5 吨。后一节竹筏称为筏狗（挂筏），用 11 根毛竹串成，长 5.4 米，阔与筏娘同。拖挂筏狗的竹筏载重量倍增，宜在浅水小溪里运输。做一只竹筏要付给师傅 10 元工夫铀。

　　接着就是做竹筏中的必备工具。排梭是用杉木做成的，长约 1 米，用于在浅滩推竹筏时所用。推竹筏时，排梭的一头系在排头上，另一头靠在筏工的肚子上，用力往前推，竹筏就向前移动。排凳一般是用木头做成，排凳上置放两根排杠，排杠是用竹子制成的，货物就堆放在排杠上。撑篙是由竹子做成的，长度为一丈三。撑篙底部套上一个"P"形的铁环，上部铁环部分包住毛竹，防止撑篙尾部与石头摩擦时裂开，铁环细尖部位插入石缝能防止撑篙滑动；其次能增加撑篙的重量，使之轻松入水。这个撑篙头，筏工也称之为撑篙珠。就这样，一只竹筏就制成了。

一只竹筏的使用年限仅为一年，期限一到，竹筏就较为沉重，推不动。做完竹筏，废弃的竹节可以做成一节节竹筒，用来盛饭、盛水。用来盛饭的竹筒，玉壶人称之为排竹筒，用来盛水的竹筒被称为汤滚（玉壶方言，指从汤罐里舀水的器具）。筏工还要在玉泉溪水域内的浅滩上"做"出一条"水路"，便于推竹筏。

现年七十岁的木湾筏工胡奶麻告诉我，当年即使天天去放竹筏，生活依然很艰难，两个孩子的学费需要六元，家里实在拿不出来，只能去借。

儿时，不谙世事的我们经常去门前溪溪滩捉蟋蟀、放羊，看到那一只只停靠着的竹筏，总感觉很好玩，会绕着竹筏追逐嬉戏，殊不知，靠着竹筏过日子的筏工是很辛苦的。风里来，雨里去，那苦，那累，只有亲身经历过的人才说得出来，也才能真切体会得到。还好，

林坑口地段水域

那样的日子，那样的生活已经过去了，不会再回头了。我们也只是在回忆玉壶历史的时候，才从记忆中将这一段拎出，拍拍上面沉积的灰尘，感叹它留给一代人至深的回忆。

撑竹筏：天寒地冻浑不怕，浊浪滔滔显身手

玉壶筏运埠头在外楼门前溪枫树根墩下方，外楼人称此地为岩坦碇。一块巨大的石头从枫树根墩水底伸出来，石头的东西两侧淹没在水底，中间部位突出水面；东侧的石头在前方的溪流中，西侧的石头与堤岸形成一个水塘，竹筏的停靠点就在水塘边。

1952年之前，玉壶筏工没有粮票供应。一次，县里的一位领导坐竹筏去外地，一名筏工拿出排竹筒，指着里面的番薯丝和番薯叶说，家里没米，但劳动量大，肚子很饿。为保证筏工队伍的稳定，该领导向上级部门反映玉壶筏工的真实情况。不到一个月，县里就批示：给23名玉壶筏工每人每月43斤粮票，工资仍然是按劳取酬。那时候，一斤粮票加9分钱就能买到一斤米。筏工的生活得以改善。

胡希密家住西江，十五岁加入筏工队伍，由于年纪小，撑起竹筏尤其辛苦。早上三点起床，带上一排竹筒的饭，四点出发来到枫树根墩，把竹筏从溪滩拉到水里，装上货物（从门前溪至营前是顺流而下，叮装800—1000斤），经子母宫、寨卜野、二港殿、东溪木口、石壁、石冲潭、头渡水、大澎步、木湾、上店、林坑口、瑞安东坑、瑞安市高楼镇岩头村外宅垟潭，最后到达营前。工人从竹筏上把货物搬运到岸上，又从营前粮管所和供销社仓库里把货物搬运到竹筏上。筏工终于可以停下来好好吃饭了，吃完饭，继续拿着撑篙撑竹筏，沿原路返回。一般情况下，下午4—5点回到岩坦碇。从营前回玉壶可谓是"逆水而行，不进则退"，货物一般不能超过500斤。从玉壶

至营前，每 100 斤货物运费是 0.35 元；从营前至玉壶，每 100 斤货物的运费是 0.5 元。年轻力壮的筏工一天能赚 4—5 元钱，体弱者则 2—3 元不等。从玉壶运往营前的货物主要有桐油、粉丝、皮油（乌桕油）、豇豆干、刀豆干等，运回玉壶的主要有七星扣、鱼扣、海蜇、白鱼、黄鱼、白糖、红糖、盐等。

说起撑竹筏，最吃力的一段路是在大澎步，这段水路有 100 多米，是浅滩。每到此处，筏工们就一人在前面用排梭推，另一人在排尾推，嘴里喊着"嗨呀，花呀"，将竹筏拉过大澎步。然后是第二只竹筏，第三只竹筏……我小时候在陈前代割柴，路过东溪末口，经常能看到筏工用排梭推着竹筏费力前行的样子：每人的腰间都围着一块拦腰，身子前倾，排梭靠在肚子上，脚用力地蹬着。如果遇上汛期，浊浪滔滔的时候，那些技高胆大的汉子就站在竹筏上，手上的撑篙不停地点着，嘴里大声唱着玉壶方言："嗨呀，花呀，花呀，嗨呀……"那气势，那声音，尽情地展示了男性的雄壮和大无畏精神。

20 世纪 50 年代，还没有广播，只能凭肉眼观察天气变化，有时早上出门天气好好的，午后突然刮起风下起雨，因此撑竹筏的危险是无时不在，无处不在的。一个二月天，20 只竹筏从玉壶前往营前，到了上条潭时，筏工胡希算的竹筏翻了，800 斤谷子（4 只麻袋）都沉入了水底。水很深，一支撑篙探不到水底。追赶上来的其余筏工都停下来帮忙，大家把两条撑篙用绳子接起来，先探测到水底谷子的位置。然后，由水性好的胡希密下水，把谷子一袋袋拖上来。那时恰是初春，可谓春寒料峭。胡希密爬上竹筏后，全身颤抖，嘴唇都发白了。到了营前，"排头"（撑排的头人称为"排头"，什么时候出发，什么时候回家，由"排头"统一管理）带着胡希密来到一家店里，叫店家热了一大碗家酿红酒，外加一大碗白米饭，让胡希密吃下去。然后，"排头"又带着胡希密坐在锅灶凳上烤火，把寒气逼出来。这一招真好，胡希密身子渐渐暖和起来，居然没感冒，第二天照常出发撑竹筏。在激流中撑竹筏，最能考验一个人的技术，一不小心，竹筏翻了，人也就掉到了水里。夏天还好，太阳晒晒，衣服也就干了；要是冬天，被水浸透的衣服经寒风一吹，那股冷劲可是直入骨髓的。

　　只要天晴，筏工们几乎天天在竹筏上。20 世纪 60 年代末一个冬天的早晨，冷空气南下，天寒地冻。筏工们想，这么冷的天怎么能下水呢？于是大家都躲在家里烤火取暖。到了八点多，远远地听到有人在溪滩上叫着筏工的姓名。大家出来一看，是玉壶供销社的工作人员，说是红糖没了，盐没了，带鱼也没了……这可怎么办呢？"排头"听了，转身对着大伙儿招招手，说："走，今天我们照常放竹排。"大家转身回到家，拿上放排必备的工具又出发了。从玉壶至营前的路上，还是顺风顺水的。回来的时候，竹筏装上了货物，到了大澎步就举步维艰了。冰冷的溪水没过大腿，耳边是呼呼的北风，一位二十多岁的筏工放声大哭起来，哭声伴随着风声，在溪滩上空飘荡着，

大澎步水域

很多人都受到了感染，也低声啜泣。这时，"排头"带头唱了起来："嗨呀，花呀，花呀，嗨呀……"大家都不由自主跟着一起唱。终于，竹筏过了大澎步，进入头渡水。

我家（外楼四面屋）离枫树根墩大约200米，儿时的我经常跑到那儿去玩。枫树根墩至岩坦碇之间有一条约20级的鹅卵石台阶。那时的岩坦碇很热闹。枫树根墩的石凳上、台阶上坐着乘凉、聊天的村民；岩坦碇东侧的石头上，妇女在洗衣洗菜；岩坦碇西侧的石头上，竹筏停靠着，搬运工把货物搬下来，挑工们把货物装到番薯箩里，颤悠悠地挑着走上台阶，送到供销社和粮管所仓库。也有"担行贩"的人用番薯箩来挑带鱼和白淡扣、七星扣、剥皮鱼、海儿肉等海鲜。

由于岩坦碇至上方的石子路有台阶，挑东西不方便。到了20世纪70年代中期，竹筏停靠点就选在外楼矴步下方的水竹澎边上，因为这里是一片泥地，可以用板车推拉货物。

20世纪70年代初，从门前溪至营前，沿着玉泉溪溯溪而上，时常能看到一条条随流而下的竹筏，与两岸连绵起伏的青山构成了一道美丽的风景线。竹筏上的各种海鲜，尤其是那一篓篓虾皮的香气馋得我们直流口水。

如今的枫树根墩，古枫依然张开怀抱，安静地看着孩子们玩耍嬉闹；前方的玉泉溪水依然静静地流淌，奔流向前永不停歇；村民依然坐在枫树底下晒晒太阳，东家长西家短地聊着。有空，你若有空，请约上我，我们一起坐在枫树根墩，回忆那些老去的时光，回忆那些遗留在时光深处竹筏的影子，以及那些在竹筏上与风雨搏击的不屈身影。

谋出路：公路通车货源少，江西奉新"做木头"

据《文成交通志》记载，玉壶民国期间有竹筏 30 只，1949 年增加到 56 只，筏工 56 人。1953 年，玉壶成立了"竹筏运输协会"，实行拍单、调派、货源的统一管理。1960 年属于"困难时期"，货源少，筏工无法维持生活，部分筏工响应国家号召，回农村参加农业生产，只剩下专业运输竹筏 22 只（木湾 8 只，西江 14 只）。据 1963—1964 年统计，年货运量均在 3000 吨以上。

筏工胡义挑说，1973 年，文成至玉壶公路通车，筏运被淘汰，筏工生活无着落。1974 年春，经县革委会和交通局同意，由胡克义带领全部筏工到江西省奉新县当伐木工人。伐木工人的工作就是我们平时所说的"做木头"，到山上将树木砍下来运到乡镇上，再由车子运送到外地。砍树一般都是先用锯子，有时遇到大树难以锯倒，只能抡起斧头砍。寒冷的冬季，冰雪往往能将人的各个关节冻僵；炎热的夏季，蚊子、蛇等动物也让筏工们望而生畏。危险无处不在，他们经常听到邻近的工区有人被树砸伤了，甚或有人连命都没了。虽然每月能赚到 30—40 元钱，但人生地不熟，他们还是决定回玉壶。1975 年 5 月，玉壶筏工全部返回，18 人成为搬运站工人，只剩 4 人从事专业筏运，但仍无法营生，1976 年转为办企业（交通三厂），玉壶区专业筏运终止。筏工们补交了一笔养老保险金，退休年龄到了，就可以领取退休金了。

20 世纪七八十年代，玉壶筏工退休，子女可以顶职。胡希密的次子胡从淡就这样入职了，但因为专业筏运已经停止，他又自谋出路了。如今，胡希密每月能领到退休金 5100 元。

是呀，历史在发展，人类在进步，有些东西，有些景物注定会湮没在历史的进程中，除了"回忆"，谁也不会留，谁也不会记得。

瑞安市高楼镇岩头村外宅垟潭

来了，走了，就如人生在世，草木一秋，只是一个过程而已。我们能够寻觅到的，只是当年曾经遗落在玉泉溪上的影踪而已。恍惚之间，我想起了刘基《声声慢》里的一句词："无踪无迹，难语难言，依依只在心曲。"事去也，人去也，物去也，此景已不复当年。

玉泉溪的水，玉泉溪的潭，玉泉溪的浅滩，西江人和木湾人的竹筏，那两岸的青山，那与风与雨与洪水与浅滩与深潭拼搏的身影，都已载入了玉壶的历史。筏运，这是烙在岁月身上的一道影子，随着时代的进步和经济的发展，这道影子已经模糊了。

　　站在外楼枫树根墩，望向曾经的岩坦碇，那块巨大的石头已经完全没入水底，不见踪影了。停靠竹筏的水塘已经与外侧的溪水连成一体，从枫树根墩通往岩坦碇的鹅卵石台阶也没了。溪水平静，清风拂过水面，泛起点点微波。当年竹筏停靠时热闹和喧嚣的场面已经消失了，不知有多少玉壶人还能记得那些在玉泉溪上飘忽而过的竹筏，不知有多少人还记得岩坦碇的历史，谁还能记得枫树根墩的鹅卵石台阶？

　　玉壶竹筏，迷失在岩坦碇的历史中；岩坦碇，迷失在玉壶的历史中。

下新屋

雕梁画栋三百年
一声惋惜叹不休

　　初秋的早晨,风已略带凉意。没有忧喜的心情,没有匆匆的行色,我就这样静静地站在玉壶中村下新屋胡氏民居的道坦上,盯着脚下拼花的鹅卵石图案,不期然一片树叶飘飘然坠落于我面前。抬头看,近处是一棵柚子树,树上结着几个碧绿的柚子,在阳光的照耀下闪着诱人的光芒。我走上前，用目光将每一个柚子都抚摸了一遍。

　　玉壶人称下新屋胡氏民居为下新屋四合院，简称下新屋。我是来寻故事的，找下新屋的故事的。

建筑：雕工精细，古色古香

　　下新屋在中村洗埠头巷上，从店桥街十字路口向外山头方向走，约50米就到了。据《古韵寻踪》一书记载，下新屋为清早期建筑，原为前后三进两楼合院式木结构，现仅剩第二进正屋及局部厢房。第二进正屋面阔七开间，屋面悬山顶，铺小青瓦，明间进深九柱十五檩，明间为过堂敞厅，中部设屏门，屏门间柱与后进柱间置有少见的四层穿枋,枋间坐斗向前出翼形拱。前后廊均为船篷轩形式，柱下设圆鼓状莲瓣边木础和圆鼓状莲青石础，檐口施勾头、滴水。

　　下新屋在洗埠头巷11—15号之间，没有门牌，按数字顺序，应该是洗埠头巷13号。从门口进去，抬头只见一个门台，门台上方屋檐上铺着青瓦，地上铺设着正方形石块，石块大多已断裂，只能依稀看出是青色的；北侧墙上钉着一块牌子，上书"文成县不可移动文物""下新屋胡氏民居"等字。我向前走去，进入第一进道坦，只

北侧墙上的牌子

见鹅卵石拼成的花形图案犹在，边上却已被泥土和杂物遮盖，已看不出原来的样子。再往两边，则是一片荒草萋萋地蔓延着，给人荒凉的感觉。

走近一间房子前，只见房门紧闭着，轻轻推，开了一条缝，可见里面的裸土地面，屋内是一些破碎的瓦片和几根腐烂的橼子。继续往前就是上间了，如果是完整的老屋，上间的顶部是铺有瓦片的。而我所站立的地方，头顶上空空如也，抬头北望，只见墙体是用木柱、榫卯和木板垒成的。柱子下方是圆鼓状青石磉子和木磉子，其上还有人工雕刻的花纹，雕工精细，古色古香。以前玉壶人盖房子，喜欢在栋柱底下用石磉子和木磉子垫脚。因为栋柱顶地，而地面潮湿，容易烂也容易蛀，就叫打石师傅打了石磉子，或让木匠做一个木磉子，垫在柱脚底下。

老屋西侧的一堵墙壁上，各式各样的榫卯将一块块短木料层层叠起来，它们数百年前便严丝合缝。木头之间斜撑交叉，互相制约，如两双有力的手臂，紧紧拥抱，互相包容，互相承受，历经300多年的磨砺，依然相互依偎，挺立不倒。再往西看，墙壁上可遮风挡

上间的石磉子

榫卯结构的木梁

雨的屋檐没了，瓦片没了，榫卯就这样裸露着，任风雨吹打。几株落葵薯开心地爬到柱子上，开了花，在风中摇曳着。

继续往前就是第二进了，南边的房子都没了；西边房子檐口的勾头和滴水已残缺，柱子上方的雀替雕工精美。道坦上种了些丝瓜，瓜蔓爬满藤架，几根丝瓜垂挂下来，享受着阳光的照耀。西侧的房子仍倔强地站立着，但也可以看出，有几处柱子和屋檐都已不同程度地腐烂了，它们难以承受风雨的洗礼了。

第三进已是一片空地。

宅院实在有些残破了，屋檐上残缺的瓦片，倔强挺立却无奈倾斜的柱子，裸露着的经风历雨的雕花窗棂，以及那几片见证了岁月沧桑的苔痕，似乎都在诉说着时光是如何流淌的。她们静立于此，淡看着时光。这座老屋还能在风雨中站立多少年？还能看尽多少人世沧桑？我不知道。我能看到只是她那倔强的身躯，以及潜入她骨子里的那份久远。

突然之间，我想起画家李乾朗。他花了20多年的时间，在风风雨雨中走访了许许多多的古建筑，并拿起笔画了下来。他说："每次看到一处几百年的建筑时，都会跟她敬个礼，因为她要躲过多少劫数才能留到今天。"想到这里，我站直身子，恭恭敬敬地面对着对接工整的榫卯、高大的柱子、雕花的磉子和那残存的瓦片行了一个礼，表示我的敬意。

胡家：乐善好施，子嗣绵延

据《胡氏族谱》记载，下新屋胡宅由胡延济所建。胡延济，字乾如，号健斋，钦授正八品，生于清康熙丙辰年（1676）。胡乾如洒脱不拘束，善筹算，有大志，一生经营农业和畜牧业，富甲乡里，乐善好施，常济贫。贫者无力偿还，即焚债券，遇有公益事，必出资相助，从不夸耀自己。家设私塾，请先生教读子弟。

瓦上四季，檐下人生。细碎的阳光从残缺的瓦片间洒漏下来，像是抖落了一束束陈年旧事。村民告诉我，胡乾如在玉壶本地威望极高，受人敬重，时人尊称其为"乾如公"。乾如公是"张己命"。当年，乾如公带着一群人在桐油炉（原属东背乡管辖，在东头乡、东背乡和朱雅乡三乡交界处）炼铁，能将铁炼成铜。铁怎么能炼成铜呢？有人说，桐油炉的矿产很多，刚开始，人们只是提炼了铁。一次，乾如公看到铁块上有黄黄的一层东西，于是就请人进行鉴定，确定为铜。他高兴极了，于是请来炼铜师傅，真的就炼出了铜。就这样，乾如公不仅炼铁，也炼铜，由此，他赚了很多钱。

　　有了钱，乾如公就想办法盖房子。他选好了中村下新屋这地块。从那雕花的窗棂，从那圆鼓状莲瓣边的石礅子，从那鹅卵石铺成的拼花图案，从那雕工精美的雀替，我们可以想象到当初曾有多少技艺高超的工匠聚集在这座房子里，构图、设计，讨论这里该放一块长条石，那里该置一个雕花的礅子。房子建成时，缺了一根栋梁，乾如公看上了桐油炉树林里的一块木头，于是叫十八个小伙子将木头从桐油炉抬到下新屋。说也奇怪，这十八个小伙子无论怎样使劲，木头就是稳稳地躺在地上，一动也不动。乾如公一急，直接坐到木头上，叫了一声"起"。十八个小伙子一用力，木头就被抬起来了。一群人抬着乾如公和木头，从桐油炉出发，经过黄泥寮、大坪、坪岩、三枝杨梅、赵基、孙山、龙背，然后进入玉壶，到了下新屋。我曾去过桐油炉，这一路的艰辛只有亲身经历过的人才知道：从桐油炉至坪岩都是崎岖的山间小路；而从赵基至龙背这条山岭可谓是"硬岭"，空手下山，可谓轻松，但抬着一条栋梁前行，况且是十八个人要步调一致，那真的是举步维艰。我很难想象他们是怎样翻山越岭，涉水而行的。那条栋梁如今还在吗？我抬头仔细寻找，可不知哪一条栋梁是他们费尽心思劳力、历经千辛万苦抬来的。

　　关于下新屋还有这样一个传说，当年乾如公外出做生意，越做越红火。这一代人都过上了好日子，下一代呢？下下一代呢？于是，乾如公想了一个办法：把一镬黄金填埋到地底下，让下一代或下下一代去挖吧。在玉壶中村，民间至今还流传着这样一首歌谣："三步上，三步落（下），金一驮（大）镬，造路过大岙。"这个传说是真的吗？一大镬金子到底埋在下新屋地底下的哪个位置？会不会已被人挖走了？谁也说不清，谁也道不明。

　　玉壶人都念着乾如公的好，皆因他的乐善好施。传说有一年乾如公外出做生意，在海上航行时，遇上了台风，船沉了，同行之人皆溺。昏迷中，乾如公感觉有人牵引着他登岸。醒来后，发现自己躺在一座庙宇前，庙里有天妃娘娘的塑像。回到玉壶，乾如公独资在中村闹市处建了一座庙宇，这就是天妃宫。20世纪，天妃宫用于办学、集市、做戏、放电影，给玉壶人留下了美好的回忆。

　　村民还告诉我，洗埠头巷曾有很多对旗杆夹（其中就有下新屋的）。"文革"期间"破四旧"时，有的旗杆夹被移到别处，有的被填到地底下，后来又浇筑了水泥地，如今这里已看不到一对旗杆夹了。旗杆夹是家族的骄傲，是几代人的骄傲。如今，这骄傲何在？真希望在一个阳光灿烂的日子里，这旗杆夹会从地下破土而出，宣告洗

远看下新屋

埠头巷光辉的历史。

家有善人，福气自来。一代又一代，如今胡家子嗣绵延，人丁兴旺，经商、出国、工作，各行各业都有。

这院落里还有多少不为人知的故事？这棵柚子树上是否还留着母亲嘱咐即将远行子女的叮咛声？这拼花的鹅卵石曾见过多少道背着行囊走向远方的身影？老屋静默，我也不语。

记得一位作家曾说过这么一句话："建筑是凝固的音乐。"细细品之，深以为然。下新屋这座旧色的屋子，她曾经在历史的长河中低吟浅唱过，她曾有过辉煌，如今却只剩下沉寂了。是呀，沧海桑田，有谁，有哪座房子逃得过岁月的覆雨翻云手？

余家：行侠仗义，人才辈出

清乾隆年间，玉壶余家始祖余玉钦从平阳榉垟迁徙玉壶，在店桥街设药铺，号"余泰宁"。后因人口众多，余家二房购买了几间下新屋的房子，从此下新屋居住着胡余两姓人。

据《壶山今古》一书记载，清道光年间，武术名师余光元在下新屋设拳坛教习弟子，师徒们夜点清油灯，日食菜油饭，通过教习培训了一批武林强者。余光元从小喜欢舞枪弄棒，曾跟一位江南武学名师学艺十年，练就一身硬功夫，刀枪棍棒件件娴熟；轻功极好，能平地一跃，跃上丈余高的围墙，为时人所传颂。此外，他还有一手绝技，是师传秘法——袖箭、口针，临危能致敌于死命。余光元为商贾镖师，飞云江上有舟载货，但凡有打着"余泰宁"旗号者，盗贼均望而生畏，销声匿迹。浙南地区至今仍留下余光元虚心好学、行侠仗义的故事。

余光元是我曾祖母余彩绿的祖父，我的曾祖母就出生在这里。

至今在我的老家——外楼四面屋仍流传着下新屋余氏五兄弟的故事（我爷爷有五个舅舅）。玉壶人有"请舅舅"的习俗：如果家里的兄弟姐妹有财产和口角争议，就必定要请舅舅来裁决。我爷爷和阿公两兄弟分家时，就去下新屋请了余家五位舅舅过来，坐在外楼四面屋的上间。而此时，曾祖母就退了出去。余氏五兄弟将胡家的房子、灰铺和山林树木以及家里的一切家具之类的物件均一分为二，以抓阄的形式来确定归属。就这样，我爷爷和阿公兄弟俩分家一事很快就完成了。后来，每当兄弟俩有什么争议之类的事情，余家五兄弟都同时过来调解。因此，在外楼四面屋里，余家五兄弟享有很高的威望，人们都会喊其为"舅舅""舅公"。

我正在院子里逛着，一位长者走了过来，笑着问我是谁。我说，我是外楼余彩绿的曾孙女。对方上下左右地打量着我，然后"哦"了一声，说那是他的三姑婆，并执意领着我去看看我曾祖母的闺房。到了一块空地上，长者有点遗憾地说："我的三姑婆闺房在第三进上间边的楼上，可惜房子已经倒塌了。当年住在这里的人可多了，每天欢声笑语的，孩子们跑来跑去，大人们各忙各的。邻里之间相处得可好了。后来呀，为了生活，出国的出国，经商的经商，工作的工作，都搬走了，现在这里没人住喽。"说话之间，长者脸上露出落寞的神色。

据《文成县志》记载，清咸丰时期，此屋出过武举人余明瑞。

走访期间，一村民还告诉我这样一件事：2011年初秋，出生在下新屋的余云良和余序芬兄妹俩相约回下新屋看看。1958年毕业于同济大学的余云良，服从国家分配，成为贵州省贵阳市交通医院内科主治医生。其妹余序芬是华东纺织工学院（现为东华大学）副教授。兄妹俩站在下新屋的道坦上，看着在时光辗转中那些残存的瓦片、那些雕花的门窗、那些斑驳的墙壁和大门，不禁热泪盈眶，喃喃自语："这是生我养我的地方呀。"是呀，故土难离，难离故土，此时的我能感受到他们对家乡的那份眷恋，那份思念。无论在天涯，还是在海角，每个人心中都有一间老屋，让我们日思夜想，魂梦相依……

表叔余序整告诉我，玉壶余家历代子孙人才辈出，仰承懿德，恪守遗训：行医则救死扶伤，执教则诲人不倦，务农则俭朴勤劳，仕宦则廉洁爱民，经商则童叟无欺，对内则团结互助，对外则克己待人。

走访中，一位老人告诉我们，下新屋已有 300 多年历史，经风历雨，已不堪重负。屏门倒下了，青瓦、勾头、滴水也残缺了，破旧斑驳的墙壁开裂了，窗棂落漆了。曾经的雕梁画栋已成为如今的"陋室空堂，衰草枯杨，蛛丝儿结满雕梁"的凌乱凄凉之景了。故人已不在，春夏秋冬，风霜雨雪依然侵袭。长此以往，将来的将来，这里的一切痕迹都将消失，唯有流传于民间关于胡余两姓的故事，可与时间同沧桑，至久长。

晚霞将最后一抹嫣红涂满天边。院子里，虫声渐起。这歌声是排遣寂寞？是练嗓子？是思念？是召唤？是等待？今夜，月亮之卜，草丛之中，胡余两姓可有人在梦中听到这歌声？有谁能听懂这歌声？

如果你有空，趁时光未老，趁秋风微凉，趁下新屋还"站着"的时候，去看一眼吧！看一眼吧！看一眼吧！

华侨影剧院

有过多少往事

仿佛就在昨天

　　我时常想起玉壶华侨影剧院，想起那扇被阳光照耀的铁拉门，想起那道从放映机射出来投到银幕上辉映成画面的光，想起那束从查票人员手中射出来的手电筒光线，想起电影院门口此起彼伏卖冰棒的吆喝声……

　　王朔在《看上去很美》一书中写道："真希望在电影里过日子，下一个镜头就是一行字幕：多年以后……"而我则希望这一行字幕是：40年前……如果能再回到40年前，那些美好、温馨的画面便会依次缓缓地重回到我们面前。

　　据《文成县志》记载，玉壶华侨影剧院建筑面积有1400多平方米，902个座位。1972年动工，1974年落成，由侨胞胡志光倡议，荷兰、意大利等地95位侨胞响应，捐募集资76577元建造。玉壶人称玉壶华侨影剧院为电影院。

　　家住玉壶底村的胡淑英告诉我，电影院所用的砖瓦都是从陈山砖瓦窑挑过来的。当年，她每天早上7点挑着特制的砖夹从家里出发，经店楼墩、高桥、子母宫、米笠岭和塔平，来到陈山挑砖，一次挑30块，可得0.18元，一天挑9次。挑砖的人很多，男男女女都去。电影院就是这样一砖一瓦建成的。

玉壶华侨影剧院全景

窗口：有恐惧，也有期待

电影院离我家约 70 米，其正门朝向西方，最中间的位置是两扇铁拉门，观众是从这两扇铁拉门进场看电影的。左右两边又各有一扇铁门，这两扇铁门是电影散场时才开的。铁门两边还各有两个房间。从我记事起，右边的那个房间是售票处。左边的房间是闲置的，有一段楼梯通往楼上放映房。

从正门进去，北侧是一堵墙，墙上有铁栅栏，栅栏上有一个"n"形的小窗口。那时候，玉壶本地最热闹的地方就是店桥街、天妃宫和电影院，我经常来这里玩。右边的房子有一扇朝北的门，进了门就是售票处，每天都有售票员坐在里面售票。南侧的那堵墙上有一个售票口，如果有人来买票，就将钱从售票口递进去。

北侧窗口曾给我留下了恐惧的回忆。那年我五六岁，有一次，姐姐和小伙伴一起去电影院门口玩耍，我也跟着她们。她们想甩开我，就跑到电影院北侧的那间房子里，爬上窗户，沿着窗户上那个"n"形的窗口爬了进去。我也跟着往里爬。她们跑上二楼，转了一圈后，觉得没什么好玩，就下了楼，又沿着那个窗口往外爬。我长得矮，爬上窗户有点困难，再者我是最后一个，心里害怕，爬上窗户后，身子横在那里，怎么也出不去。我大为惊恐，大声叫着"姐姐，姐姐"，可她们早走远了。说也奇怪，那天电影院里没有一个人。我大声号叫着，越紧张越出不去。我的身子就在那个"n"形的窗口上扭来扭去，不知道过了多久，我发现自己的头部稍稍出去了一点点，于是继续扭，终于，我的脚也出了窗口。我大汗淋漓，满脸泪水，大声哭喊着跑回了家。多年以后，读到美国作家莫顿·亨特的文章《走一步，再走一步》时，我对作者趴在悬崖上，上不去又下不来的那种恐惧感是深有体会的。那是一种极度紧张、极度无助、极度恐惧的境况。从那以后，我再也不敢爬那个窗口了。不知道哪一年，北侧的铁栅栏被拆了，窗口也被封闭了。

对于南侧窗口，我是有所期待的，因为这里总会售出一张张令人心仪的电影票。每到傍晚，这里就聚集了很多买票的人。人们把钱放到窗口上，售票员拿了钱，又将电影票和零钱放回窗口。买票的人会叫道："要中间的座位，不要两边的，一定要中间的位置。"售票员会说："中间的位置没了。我帮你选前面一点的，就在走廊边上。""还好，还有一张中间位置的，给你。"每天晚上，到了快要放映的时间，售票口前面的空地上可谓是人山人海，人人争先恐后地挤进去，希望买到一张心仪的电影票。有时会听到有人叫喊："我多了一张票，谁要买？"立即有人凑上去，一个，两个，三个……那场面，

玉壶华侨影剧院正门　胡绍超摄

简直就像看戏一般，人人都把头往前凑。

时光的列车穿梭而过，缓慢地离开那只有黑与白交替的时代，售票房里售票姑娘那灵秀的面庞，那一张张两指宽的电影票，那嘈杂而热烈的喧闹声，连同那两个已经失去了作用的窗口，都消失在时间深处了。但在我的记忆里，这两个窗口在那儿，还在那儿，一直在那儿，永远在那儿……

剧院内：有高兴，也有悲伤

20 世纪 70 年代，娱乐活动少，电影院和天妃宫是人们娱乐的好场所。记得第一次跟着姐姐去看电影时，我们是抬着凳子去的。那时候楼上已经装好凳子，楼下却还没有。于是人们一进电影院，都往楼上跑。而我们跑得慢的，根本就抢不过别人，只得带上凳子，坐到楼下。

文成电影院放映员郑圣倘告诉我，20 世纪 70 年代，每放一场电影，放映员可以得到 1.3 元补贴。那时候都是胶片电影，胶片有大有小，有 35 毫米、16 毫米和 8.75 毫米。放映时，光线打到胶片上，经过镜头，投射到银幕上，就成了影像。

20 世纪七八十年代，放电影和演戏的通知都是通过广播发出来的。1982 年，李连杰主演的武打片《少林寺》席卷全国，那段时间，人人都在谈《少林寺》。一连几天的中午和傍晚，外楼四面屋上间额枋边上的广播都会用玉壶方言播放通知："玉壶广播站下面播放一个（则）通知，该天黄昏（今天晚上）玉壶电影院为大家人（玉壶方言，大家）放映国产武打片《少林寺》，请大家人前来观看。电影有两场，第一场放映时间为 6 点半，第二场放映时间为 8 点半。"声音传出老远老远。再加上一些已经看过这部电影的人渲染，我就非常渴望能去看这场电影。终于有一天，老师告诉我们：学校包场看《少林寺》，学生票8分，平时不包场每张票是1角，能省2分钱。这消息令人振奋。于是我拿着钱交给老师。过了一天，终于轮到我们学校了，我们排着队从学校出发，来到电影院，找到自己的位置。看着电影里的那些武打动作，我高兴极了，总想着，如果哪一天，我也有这样一身好武功，也可以去惩治坏人了。回到学校，我经常与同学们比画着，嘴里哼着："少林少林，有多少英雄豪杰都来把你敬仰。少林少林，有多少神奇故事都来把你传扬……"在家里，我和表哥看到边上有扫帚或棍子就拿过来，上下左右地甩着。外婆和舅舅看到我们这样子，就会呵斥。

　　电影院的围墙是鹅卵石垒砌的，有4米多高。这对于年幼的我来说，那是不可攀的高墙。但比我大一点的男孩子都能从玉壶广播站对面的围墙爬进电影院。一次，我跟着阿井叔叔和几个男孩子来到这里。只见一个男孩子蹲下来，另一个孩子骑上前面那个男孩子的脖子，他们走到围墙下方，第一个人直立着，第二个人双手扒住围墙，站立在第一个人的肩膀上，脚用力往上蹬，上了围墙顶部，再下到电影院里。他们就这样一个个进去了。阿井叔叔叫我也站到他的肩膀上爬进去。我怕会掉下来摔着，无论如何也不同意，转身就跑回家了。阿井叔叔告诉我，他们都进去看了一场电影，这让我很羡慕。

　　那时候，电影院每晚都放电影（有时白天也放）。1977年，电影票每张4分钱，一个大人可以带一个1米以下的小孩（电影院进口处有一条标记1米的横线，小孩子进场，站在那里量一下身高才能带进去）。每次都是姐姐买一张票，我和她坐在一个位置上。后来，我长到1米以上，按规定要自己买一张票，但家里没钱，遇上好看的电影，姐姐走在前面，我蹲下身子，趁着人多的时候挤进电影院。

开始放映以后，会有工作人员过来查票，姐姐就叫我躲到椅子底下，她用双腿遮住我。等工作人员过去了，我就从椅子底下爬出来，继续坐在椅子上看。有时候，没钱买票，但又很想看电影，怎么办呢？一个小伙伴告诉我：等到大家都进场的时候，我们就站在铁拉门边上，看到哪个大人没带孩子，就轻轻地扯着他的衣角后方，趁工作人员不注意，溜进电影院。我就凭着这个方法，进去看了好几场电影。不过即使进了电影院，也还要过查票这一关。我们往往都是躲在一楼最后一排的角落里偷偷地看，等工作人员拿着手电筒过来，我们立即跑到另一个角落里躲起来；工作人员走了，我们再出来。

如今想想，那时候看过的电影还是挺多的，有《铁道游击队》《木棉袈裟》《神秘的大佛》《庐山恋》《小花》《自古英雄出少年》《知音》《红牡丹》《地道战》《平原游击队》等。记得《平原游击队》电影有这样一个场景：夜深人静时，一位更夫独自巡逻，一边敲着梆子，一边叫："平安无事喽。"于是我们玩游戏时，经常来一句："平安无事喽……"然后大家咯咯咯地笑。那时的电影采用单机放映，映完一本拷贝，必须停歇换片，然后才能继续放映；后来采用了双机放映，就不要换片了。

到了1990年7月，电影《妈妈，再爱我一次》在玉壶引起了轰动。一天，大姑妈告诉我，她所在的学校包场看这部电影，叫我跟着她的学生一起进去。大姑妈叫我带上两块手帕。当看到女主角黄秋霞将儿子小强送到父亲家里，黄秋霞转身离开，小强在客厅里拍着玻璃，呼喊"妈妈，妈妈"时，电影院里响起了一阵阵哭泣声。我的两条手帕也全被泪水浸湿了。30多年过去了，我依然记得那哭声，那酣畅淋漓的哭声，也能记得那首耳熟能详的歌曲《世上只有妈妈好》："世上只有妈妈好，有妈的孩子像块宝。投进妈妈的怀抱，幸福享不了……"

　　那时候没有手机，如果有人在看电影，家人有急事来找。放映室里就会传出呼叫声："某某，请到电影院门口，有人找。"

　　儿时的电影院，带给我们多少温馨的回忆，我们为剧中人物的高兴而高兴，也为那些好人的不幸遭遇而悲伤。电影院内那嘈杂的声音，那浓重的汗味，那拥挤不堪的人群，如今都已成为遥远而又模糊的回忆了。那声音，再也听不到了；那气味，再也闻不到了。

剧院外：有辛苦，也有快乐

　　为了能买到电影票，我和姐姐就去卖冰棒。姐姐比我大两岁，她背得动冰棒箱子，而我则拿着饭盒，饭盒里有一两枚硬币，摇动饭盒，就会发出"叮叮叮"清脆的响声，吸引人们来买。每到周末，我和姐姐就到壶山路那里的冰棒店提冰棒。店主是一位三十岁左右的男子，每次看到我们进来，他就笑眯眯的，很和善。我们提了20根冰棒（饭盒、冰棒箱子和包冰棒的薄被子是由店主提供的），钱可以先赊着，卖完冰棒，再去结账。每根冰棒从店主那里拿过来是5分钱，到了电影院门口可以卖6分钱，如果背到米笠岭、岭头垟、蒲坑、上村垟、西江寨下野、底塘垄一带可以卖7分钱。于是，天气越热，我们越开心，姐妹俩背着冰棒箱子，一路走，一路叫卖，我们还去项埠垟和垟头一带卖过。到了夜晚，我们就在电影院门口卖冰棒。有时一天能赚2角钱。有时冰棒卖不出去，甚至融化了，可以退还给店家。

　　记得有一次，我们把卖不了的冰棒还给店主时，我一直盯着那些冰棒，渴望能吃到一根。店主送了一支已经融化的冰棒给我们，我和姐姐拿着冰棒，你一口，我一口分着吃。是呀，多少年过去了，有些记忆却一直鲜活着，存在我们的脑海里，永远永远……

　　因为电影院门前的人太多了，离下一场进场的时间还远，有些年轻人就去门前溪溪滩上坐坐，我们也就背着冰棒箱子到溪滩去卖。那时候，玉壶本地很多小孩子都卖过冰棒。每到夜晚，电影院门前就响起硬币敲击饭盒的声音——叮叮叮，叮叮叮，还有我们的吆喝声："冰条哎，冰条哎……"（玉壶人称冰棒为冰条）卖冰棒虽然辛苦，但我们用自己的劳动所得买了铅笔、橡皮、本子，有时还可以去看一场电影，心里还是非常快乐的。

　　从许多年前的人人挤电影院，到如今的家家有电视机，甚或有人都有自家的电影院了。假以时日，我们该拥有的东西都拥有了，该到达的地方也到达了。只是在内心深处，还会有浓浓的电影情节。玉壶电影院门口那如水的月色，电影院内那一排排的凳子，那黑压压的人群，那"咿呀咿呀呀"的唱腔，总能勾起我们心中那片无法

玉壶华侨影剧院捐资纪念碑

排遣的美好回忆。是呀，就像木心在《伊斯坦堡》一文中所说的："凡事到了回忆的时候。真实得像假的一样。"我们这一代人，对电影院的记忆很真实，但也依稀了，模糊了，旧了，破了，再过 30 年或 40 年，也会真实得像假的一样了……

　　我已有 20 多年没去玉壶电影院看电影了。前几天，我又来到这里，想再找回一点点记忆。只是沧海桑田，有些东西已经改变了。在大门口南侧的墙上，我看到一块华侨捐款纪念碑，其上刻有捐款人住址、姓名和捐款数额。再看电影院的内部构造，可谓是"物非，人也非"了。那总被阳光照耀着的铁拉门没了，那"n"形的售票口没了，那楼上楼下一排排的座椅没了。凝视着大门上方的"玉壶华侨影剧院"这七个大字，我还能依稀找回那份曾经的记忆。是呀，时光之刀嗖嗖地掠过我们的脸颊，掠走我们稚嫩的脸庞，留下额角的皱纹；掠走我们鬓角的青丝，还以缕缕白发。时光之手也把那些胶片电影带走了，那些在电影院门前集聚的人群也已散落天涯，赶往下一站去经历那里的戏剧人生了。一场又一场，有些人有些事都已成为过往了。

　　站在中村办公楼顶楼，遥望着电影院的房顶，我耳边似乎隐隐响起李娜那沧桑的嗓音："有过多少往事，仿佛就在昨天……"我遥遥地想着：玉壶电影院，她站在光阴的那一头，隔着 20 多年的匆匆岁月，依然向我们传递着岁月也无法更改的温馨和快乐。只是，我们都已回不去了，回不去了，再也回不去了。

澋门坑水库

挥洒青春与汗水

收获电灯和光明

　　初春，风不再料峭，天渐有暖意。我们从玉壶外楼出发，经龙背，过大江样，沿徐坪岭前行。路两边林木茂密，枝头长出了翠绿的小嫩芽。菝葜（玉壶人称之为金刚刺）枝条抽出了芽儿在风中摇曳着，地上铺满松树叶子。到了上方一块小平地上，继续往前走，抬头望向 100 米开外的漯门坑大峡谷，漯门岩头石壁林立，可谓是刀劈斧削，那鬼斧神工般的线条，与云天间的光色和山色辉映着，让人感慨大自然的神奇。

　　沿着林间小路前行，路外侧虽长满各种树木，但仍可看出岩壁的陡峭。我想靠近路外侧拍摄漯门岩头石壁，心里还是有点战战兢兢的感觉，于是退向路里侧几步，继续前行约 500 米，只见一条大坝出现在我们面前。站在大坝的心墙上，北侧就是漯门坑水库，宽阔的水域像一面巨大的镜子，平铺在群山之间，青山绿树倒映其中，犹如一幅不加渲染的水墨画。南侧的外坝则由块石砌成，其上标写着"漯门坑水库"五个大字。当年玉壶第一盏由水力发电的电灯所需的电就是从这里输送出来的（玉壶第一盏电灯是 1958 年由玉壶粮管所的砻糠蒸汽机发电的），这里见证了玉壶人从火薎、油灯的年代走向有电灯的时代，这里曾给玉壶人带来光的明亮和希望。

漯门坑水库

火蔑油灯：历史深处的记忆，模糊的烙印

时间回到 20 世纪 60 年代前，玉壶还没有普及电灯。人们用来照明的工具一般有火蔑、油灯和火箭等。

我出生在 20 世纪 70 年代，那时候已经有火柴，但童年时也见过用来点火的火石。住在我家（外楼四面屋）北侧对面的一位阿婆很节省，她认为一盒火柴用不了几天，所以她家烧火做饭是用火石点火的。火石是一块石头，但不是普通的石头，具体是什么材料，我也说不上来。阿婆烧饭时，先准备好一把"纸蓬"（一种糙糙的纸）或"稻草蓬"（一种稻草）撕得细细碎碎的，然后把火石放置其上，拿起火石刀，对着火石用力一划，划了好几下，冒出火星，"纸蓬"或"稻草蓬"就起火了。阿婆又拿出一支"煤头纸"（用粗纸卷成手指一般大小的纸棒），引火点火蔑、点灯或做饭。

在农村里，老百姓使用最多的照明工具是火蔑，因为火蔑的原材料是毛竹，省钱。那时候，农村的劳动力每隔一段时间就要上山砍毛竹，竹青加工成竹制品，竹黄可制成火蔑：按个人所需截成一节一节，长短不一，长的有 1 米多，短的只有十几厘米，用刀劈成篾条，一捆一捆扎起来，放在水田或烂水塘浸泡，约一周后，捞起来洗净，放在太阳底下晒干，这样制成的火蔑耐烧、火力大。

其次是清油灯、茶油灯、菜油灯和煤油灯。其所需的是乌桕籽油、菜油、茶油和煤油。那时候，玉壶本地有很多乌桕树，杨村垟、米笠岭、朝青山、底塘垄等地都有乌桕树。深秋，乌桕树叶转为深红，叶子落尽，树上便挂满了雪白的乌桕籽。人们便摘下乌桕籽，拿到有油扦或炮扦人家的家里，打出清油。清油、茶油、菜油只能放在"灯盏"里，配上灯芯（灯芯草的芯）引火。灯盏一般是放在灯台上，下面是一个底座，边上竖着一根约 30 厘米长的小木柱，小木柱两侧附娄雕花

纹的"灯台翼"加以固定，其后有一枚钩状的铁钉，可以把灯台挂在高处。油灯可以自制，也可以买，不过我们家的煤油灯都是自制的：拿来一个墨水瓶，洗净，在瓶盖上钻一个孔，用棉线或纱线制成灯芯，往瓶内倒入煤油，用火柴点燃灯芯，就可以照明了。那时候，玉壶本地可以自制清油、茶油和菜油，煤油则需凭票去玉壶生产资料门市部购买。

煤油灯也可以买。买回来的煤油灯比自制的漂亮多了，且有一个玻璃外壳（也称十字灯），夜里，拿着这种煤油灯外出，风吹过来也不会熄灭。而自制的油灯因为没有玻璃外壳，挡不住风。在昏暗的油灯下，孩子们写作业，妇女纳鞋底、纺棉花，男人们则在切番薯叶子或劈火篾。童年的记忆里，我就是在这样的油灯下写字，有时实在忍不住打瞌睡，前额的头发就被油灯烧着了，那"吱吱吱"的声响惊醒了我，回过神来，赶紧拍拍前额，用力按住正在燃烧的头发，火灭了，继续写作业。

还有就是火篮。火篮是铁制的，其上方是一个直径约12厘米大小的铁圈，有一只约15厘米长的铁柄，与一条长木柄连接。其下是由铁丝编织成一个形如大口杯的网状结构的篓，平时我们把枞明（也称松明，就是松树枝干中间有油的那部分，晒干了，一点火就能燃烧）放置其中。枞明多放一些，所发出的光就亮一些；反之，就暗一些。平时，村民提着火篮去捉鱼或去番薯坦，火篮便于夜间干活或走亲访友。

20世纪五六十年代，玉壶人民向往的美好生活是：点灯不要油，犁田不要牛。然而这些都只是美好的梦想，是天方夜谭，是遥不可及的神话。在那个没有电灯的年代，生活上的各种不便是显而易见的，玉壶人对电灯的渴望是可想而知的。

火篾、油灯、火篮是那个科技落后年代里的照明工具，如今，它们都已经走远了，走入了历史深处，纵使我们费力去寻找，也仅仅只是从记忆深处找回一点点痕迹，像那帧挂在墙上的曾祖母的画像，模糊而又遥远。油灯去了，那抹昏黄留了下来；历史去了，那份记忆留了下来。

建造水库：激情燃烧的岁月，无悔的青春

20 世纪 50 年代，漈门坑大队由三个生产队组成：东坪生产队、双寮生产队和勤路岗生产队。漈门坑自然村群山簇拥，徐坪岗、勤路岗、楼坪山、花甲岭、岩落坑岭、双寮岭、稠树岗在这里汇合，大坑底、岩坦学和项坑三条溪流在东坪生产队前方的一个大水塘里汇合，然后继续往前，奔向漈门坑，前方的漈门岩头峭壁林立，水流往前，发出了巨大的声响。翻开胡志林主编的《文成历代诗文选》，其中就有一篇清代胡莱（贡生）的《漈门瀑布》：飞瀑悬流下漈门，劈开混沌凿天根。峰前倒泻珠千斛，林外遥闻马万屯。由此可见，漈门坑飞瀑一泻而下，怒似惊雷，其威力之猛，气势之大，前人已有记载。

据原文成县水利电力局 1986 年 10 月编写的《水利科技档案》记载，漈门坑水库位于玉壶镇东背乡漈门坑村，属飞云江流域玉泉溪支流漈门坑。集雨面积 5 平方千米，主流长度 3 千米，是一座发电为主，结合灌溉的小（二）型水库。1959 年冬动工，1961 年春一期完工，一期工程共完成土石方 0.51 万立方米，投放劳力 3 万人，共用经费 2.5 万元，其中国家投资 0.5 万元。二期工程 1964 年 12 月 27 日开工，国家投资 2.88 万元，1966 年完工并投入使用。建设该水库主要是为了解决下游 1500 亩左右农田的灌溉，使其达到保收田地的要求，其次是利用灌溉水量发电，保证短时间内的正常供电，为

水库沿岸 400 多亩农田设立的临时发电站提供电源。

现年八十一岁的金星乡浅垟村村民朱际梅告诉我：当年工地总指挥是黄守彬，金星公社角山人，住在漆门坑水库边上的蒋运道家里。金星公社、朱雅公社、李林公社、上林公社、东背公社、玉壶公社、大壤公社、周南公社、吕溪公社、东头公社总计 10 个公社，每个公社下属的每个生产队都指派两名社员（民工）参加漆门坑工地建设。技工则由玉壶木器社、竹器社、打铁厂等相关集体企业按要求指派。工地上成立了领导班子，每个公社、大队都有骨干干部负责带队监督，东头的吴作灯、上林的吴常作、东背的周洪国等人就是当时的负责人。朱际梅当年作为第一批参建人员赶往漆门坑。出发那天，他和刘际突、阿洋三人起了个大早，背着被子和锄头板，带着番薯丝从金星出发，过金村岭、吕溪、潘庄、栋头石板桥、东背、大江样、徐坪，终于赶在中午之前到达漆门坑工地。这时，从各个公社赶过来的人相继到来，吃过午饭，大家就投入工作。

1962 年 4 月 20 日漆门坑工地指挥部写给县委的《文成县玉壶漆门坑水库工程前阶段工作情况与今后工作意见的报告》中记载，当时的民工和技工都是自带粮食、自带工具、自带资金。初到工地的民工和技工，看到这里"头顶青天，脚踏霜芽"，睡的地方四面通风、寒风刺骨，而且食堂、办公室、材料室和寝室都在一处，难免消极畏难，不安心工作，后来学习了石油部的工作经验，大大鼓舞了他们的信心。大家睡在茅草屋，吃在岩头滩也不叫苦。工地上形成了一种生气勃勃的拼搏精神和奋斗干劲。

为了提高大家的积极性，工地负责人也大抓宣传工作，通过黑板报、简报等方式及时表扬积极肯干的人，并且获奖人员还能得到一大碗点心。与此同时，工地负责人还认真商量对策，改善民工和技工的生活质量，免费为他们蒸饭，还适时供应饭菜点心。

大坝分为迎水坝、心墙和外坝，里面是一层层的黄泥。稠树岗在大坝东侧，这里的黄土黏稠，于是，一部分民工用锄头板挖黄泥，把黄泥扒到泥箕里，再挑到大坝上。启闭机房设在迎水坝侧上方，水库里的水要从岩壁深处通过并到达下方的电厂，就必须打通稠树岗东南侧岗尾的岩壁。岩壁坚硬，于是先用炮钎打孔，一人扶住炮钎，一人用力敲打锤子，硬是在岩壁上打出了一个个孔，然后由专人将炸药放到炮钎孔里，将岗尾炸为两段。与此同时，大坝上有人用抬锤捶打黄泥。抬锤有四条绳子，绳子和抬锤之间用铜钉钉实：六人一组，两人在边上拉着绳子，四人抬着抬锤，一边嘴里喊着"嗨呀花呀，嗨呀花呀"，一边夯实泥土。人站成一片，黑压压的。

如今的我们已经想象不出那是怎样一个热火朝天的场面：有人在砍树，有人在砍竹子，有人在打泥箕，有人在打番薯籍，有人在打铁，有人在给抬锤钉铜钉，有人在做抬锤，有人在挑沙子，有人在挖黄泥，有人在打炮钎……每个人都使劲地干，汗流浃背也不歇一歇。

另据《文成县水利科技档案·漈门坑水库》记载，那时候去漈门坑工地的大多是年轻人，没有家庭负担，干起活来很有劲。因为是公社化，所以大家砍了树，割了草，用稻秆打成一爿爿草爿（玉壶方言，指用茅草捆扎成类似板壁一样的可遮风挡雨的草批），然后搭成草棚。冬天草棚里很暖和。因为搭茅草棚需要很多材料，于是一些民工和技工就分散居住在村民的上间和楼中间，都是打地铺，早上五点半起床，吃完饭就去挖黄泥，挑黄泥，打炮钎，抬锤等。与此同时，工地上还配有统计员记工分，如挑一担黄泥就能拿到一小片竹片，一天的劳动结束了，每个人都把小竹片交给统计员，记下多少工分，劳动最"落力"（玉壶方言，尽力）的人一天记了14工分，少的也有8—9工分。到了年底，社员就拿着这些工分到自己原先所

稠树岗被劈成两半

在的生产队去分口粮。在这里必须要着重说明的是：所有的民工和技工都属于义务工，没有工资。

有一次，要赶在汛期来临前将地基上的黄泥用抬锤捶实，需要加夜班。工地负责人从区里调来几盏汽灯，悬挂在林间的树木上，工地上一片明亮。黄守彬用玉壶方言给大家鼓劲："安全生产第一。大家人要落力，把漈门坑大坝保质保量修好，漈门坑电厂就能发电了。以后玉壶人就点灯不要油，犁田不要牛啦。落力呀，落力呀……"大家都受到了鼓舞，个个不怕困难，6 人一组，抬着抬锤用力往下捶。当晚就完成了任务，人人兴奋异常。其间，有人烧了点心送到工地上，一时间，处处欢声笑语，人人笑逐颜开。

据《漈门坑水库工程前阶段工作情况报告》记载，1961 年冬，东背公社双岩大队社员蔡绍金共出勤 31 天，一直坚持到农历十二月廿九日离开工地。蔡绍金说："我们辛苦造水库，不仅为了我们自己的幸福，也是让子孙后代幸福。"大南公社马山大队离漈门坑有 25 里路，79 户出动 80 人，每天早上 6 点赶到漈门坑工地。金龙大队的胡桂芬一天运石头 210 担，计 1.8 方，加上夜工，一天一夜运石头 2.5 方。工地日投工也从原来民工 200 人，增加到 1000 余人；技工从原来的 200 人，增加到 340 人。当年这里的每一个人都很平凡，但都有一颗赤诚之心，眼里有希望，心中有光明，辛苦的日子也能散发出热气腾腾的向上的力量。

漈门坑本地的沙子少，民工就到玉壶东溪末口和茂潭去挑沙子，一路上人来人往，很是热闹。因为路途遥远，100 斤沙子挑到漈门坑可得 0.5 元钱。挑沙子也有学问，番薯箪有空隙，要淋湿以后再装上沙子，这样就不会漏沙子了。

工地上需要日常用品，一个名叫杨步顶的男子从玉壶本地雇人将盐、油、红酒、手电筒、电池等生活用品挑到漈门坑，每 100 斤

漯门坑地主爷殿

货物挑到漯门坑可得 0.5 元人民币。当年的漯门坑地主爷殿在如今的水库底，杨步顶就将货物堆放在地主爷殿，人们都过来买。后来迎水坝和外坝快要修筑完毕了，地主爷殿不能淹没在水库底，于是人们拆了地主爷殿，把材料搬到稠树岗尾，依山势建成了新的地主爷殿。如今，一些漂泊在外的漯门坑人，每到过年回家的时候，还会来这里看看，点一炷香，感谢家乡水土的养育之恩。

　　那个年代，烧火做饭要用柴火，漯门坑本地虽然山林茂密，但毛竹都被砍了做成泥箕，树木被砍了做成抬锤，而且这么多人烧火做饭天天都要用到柴火。本地柴火缺少，于是附近一带的农民都挑着柴火卖给工地。尤其是桐油炉、黄泥寮等地的村民，一大清早挑着柴走了约 4 小时来到这里，葫萁的价格是 1 元 70 斤。做饭的是一个名叫陈成地的男子，其妻子也在工地上帮忙。

据原文成县水利电力局《水利科技档案》记载，1963年，漈门坑水库工地每天出勤500人，至1964年2月增加到1500人。

在无数人汗水和辛劳的浇筑下，漈门坑水库终于建成了。时光打磨的光阴，总是来也匆匆去也匆匆。当年十七八岁的小伙子，如今都已上了年纪。六十二年的岁月无声，有些往事已经淡忘，纵然白发苍苍，当年工地上的那份友谊却保留了下来，并在岁月的积淀中如陈年老酒般愈发浓郁。朱际梅告诉我，当年在漈门坑工地与徐坪的胡克永、周墩的胡庆笑和炭场的胡永斗关系很好。胡永斗现居福建，有一次回玉壶，刚好在路上面对面遇到了。当时，那份高兴劲儿不知道该怎么形容，两人回忆起在漈门坑的往事，非常感慨。如今，朱际梅很挂念胡庆笑和胡克永，不知道他们两人身体咋样？

当年，漈门坑村民腾出自家的上间、楼中间给建设者使用，把田地无偿转让给漈门坑水库，我的文章应该为他们的无私奉献精神留下一笔。写到这里，我想起一位受访者对我说过这样一句话："你的文章里一定要留下'黄守彬'这个姓名，他对玉壶的水利水电事业做出的贡献是不可磨灭的。"是呀，不可磨灭。黄守彬这个姓名应该被漈门坑水库永远铭记，还有许许多多在这里挥洒过青春和汗水、付出辛劳的人，以及漈门坑村民，他们都应该留在玉壶的历史上。因为当年他们把"建设漈门坑水库"这份责任沉甸甸地压在肩头，一旦扛起，就再也放不下。总有些东西留在玉壶人的生命里，比如责任，比如不畏难，比如信心，就像我们听过的某首歌一样，永不腐朽。

我们一行人站在心墙上，远望水库，明净无尘的天空划过几只小鸟，衔着云影，撩拨水心。西侧岸边，芦花静立，大坝已是旧物；青草萌发，春风已不似当年。太阳下山了，远处，勤路岗的余脉沉沉地埋入地平线。

"我们去里面看看吧。"有人喊我们。是的，当年热火朝天的场面已然过去了，如今的漾门坑是寂寞的，我们不应打扰，我们也不该打扰，就让这里的四野沉寂吧。

造福玉壶：肩挑背负的机组，明亮的电灯

1966 年，漾门坑水库二期工程完工后，购买了水轮发电机组，准备投入使用。该怎么把机组抬到漾门坑呢？玉壶至大峃的公路于1973 年通车，在此之前，要想把外面的货物运到玉壶，一是靠竹筏运送，二是肩挑背负。水轮发电机组重 3 吨，竹筏根本就承受不了。于是，40 个年轻力壮的玉壶小伙子一路走到大峃，硬是一步一步凭着自身的力气将水轮发电机组抬到了玉壶。现年八十二岁的原漾门坑电厂职工周守甲告诉我，每次是 32 个人上前抬，其余 8 个人歇歇力，有人抬不动了，立即换人。当年功率 60 千瓦的发电机和变压器已经在千盘山了，玉壶派了 8 个小伙子，沿着崎岖的山路，一步一个脚印抬到了玉壶。还有水轮机、机座、飞轮和转轮则是能拆则拆，然后 8 人一组，轮流抬到了玉壶。

如今的我们，很难想象那是怎样一个"落力"的场面：32 个人，右肩上是结实的冲担和抬棍，左肩是棒挂，机组在"嗨呀嗨呀"的呼喊声中被抬起，一路上他们流了多少汗，肩上落下几道伤痕，已经无人知道。我们所能知道的是，那一步一个脚印，走过大壤，走过五铺岭，走过玉壶，走过徐坪岭，终于，水轮发电机组在漾门坑安了家。从此，玉壶人民有了电灯。

1964 年，周守甲退伍回家，因为家就住在漾门坑自然村，公社安排他到漾门坑工地上班，工资是每月 15 元。到了 1984 年，工资增加到 50 元。1985 年，他出国了。漾门坑电厂属于集体企业，20

世纪八九十年代，父母退休，子女可以顶职，周守桥退休后，其儿子周友池成了潦门坑电厂职工，如今依然坚守在这里。

潦门坑电厂投入使用后，发电量是 60 千瓦时，供应玉壶本地四个村庄（外村、底村、中村、上村）和东背的龙背村，潦门坑本地因为没有线路，所以不能享受电灯供应。有电灯的用户每户一盏 15 瓦，每月一户人家收电费 0.45 元，机关单位、农业和工业用电则按电表计算，机关单位 0.275 元/度，农业 0.05 元/度，工业 0.12 元/度。

到了 1971 年，五一村、五四村和西江村通过各自的努力，相继用上了电灯。那时候，外村外楼等地已经有电灯，而西江因为与外楼隔着一段距离，线路没有通到西江。西江人也渴望能用上电灯。西江有一位名叫胡义者的村民在浙江舟山某部队服役，时任营长职务，得知这个消息以后，到处奔波，想方设法自己掏钱购买了电线，并通知西江村里派人去温州接运电线。高兴至极的西江人立即雇人赶到温州。胡义者雇了一辆大卡车，把电线从舟山运到温州。西江人雇了一辆卡车到温州把电线运到大峃，在县前街把电线卸下来，然后由人工一担一担挑着电线沿着大峃岭、大壤岭、岭头宫、胡岙桥、半岭、五铺岭、潘山桥、三官亭、外楼子母宫，最后到达西江，一路翻山越岭，路程的遥远可想而知。有了电线，还要有电灯柱。于是，西江人又雇人开采石头，请打石师傅打了几根石柱用来牵引电线。就这样，西江人用上了电，实现了"点灯不要油"的梦想。

随着时代的发展，到了 1973 年，许多地方装电线杆用上了水泥柱。

据《文成县志》记载，1971 年 10 月至 1980 年 5 月，潦门坑两台水轮发电机组安装完成，投入运行。1978 年 8 月，发现涵管漏水严重，漏水处距进水口约 16 米，涵管底部空洞较大。1978 年冬，填塞原涵管，另开挖隧洞。1979 年春完工，1981 年冬保坝。1985 年 7 月，漈门坑电厂接入玉壶变电所，同县电网相连。

　　1966—1994 年，漈门坑电厂属玉壶区管辖，故也称玉壶区电厂。1995 年，漈门坑电厂供电由文成县供电公司直管，发电则由文成县水利局直管，因此被称为文成县漈门坑电厂。如今的漈门坑电厂归文成县水利局直管，自负盈亏，有 3 个正式职工和 2 个临聘人员。漈门坑电厂所发的电并入大网，输送到全县各地。

　　漈门坑水库几经修建，成了如今的样子，一种沧桑在时光里弥漫着。往事已去，当年民众"落力"的场景已经不在，那段激情燃烧的岁月里长出的记忆也已模糊，只有昼夜不息的漈门坑水沉淀着历史的重量，漂浮着岁月的馨香。是的，纯净的汗水一定会沉淀，沉淀成一种"造福玉壶"的情愫并源远流长。

　　我们沿着公路继续前行，发现在茂林修竹之间，几间房子已破败，杂草丛生。现年八十二岁的东坪村村民周守光告诉我，20 世纪 60 年代，这里居住着 400 多人。而今，偌大的漈门坑村仅有一个村民居住着，还是去年从国外回来的，认为这里空气好，阳光好，土地肥沃，利于耕种，适合饲养家禽家畜，生活闲适，所以打算在这里住一段时间，以后也还是会去国外的。

漈门坑水库，当年有多少人为了建设她而来到这里，如今又有多少人因为思念她而重回这里。在这来来回回之间，那么多离去的背影，都渴望再度重来。只是，来者已改容颜，而漈门坑水库，也让当年建设者的故事滋养着，身上漫溢着历史的陈香，年年岁岁，岁岁年年，一怀风骨依旧温润如初。在这里，历史是漈门坑水库的过去，而漈门坑水库又成了历史的追忆。那么多的故事随着坑水悄然流去，那么多辛勤劳作的背影被一代又一代玉壶人所珍惜。这么多年，漈门坑水库一直站在玉壶的北方，平和地感受着光阴迢递，静看漈门坑村民的离合悲欢，她的心境已如清水一般从容淡定。

　　漈门坑水库，越过遥远的时空，玉壶人民从没有忘记她；而她，也无须玉壶人民记住，只要玉壶岁月静好，人民幸福，她就满足了。

木器社　相逢一笑话当年

　　美国建筑师弗兰克·劳埃德·赖特曾说过这样一句话：木头是最有人情味的材料。为什么？因为木头质感细腻温润，有极强的亲和力。对此说法，我也深以为然。

　　多年前，一位长者告诉我：从前，木制品与我们的生产生活须央不离，挑水要水桶，烧饭要锅盖，洗脸要木盆，洗脚要汤挈、脚盂，吃饭要木桌木凳，耕田要擂榾（玉壶方言，一种木制农具，用于滚平水牛犁过的田地）和犁，住木房睡木床。水桶、锅盖、木盆、汤挈、脚盂、木桌、木凳、木房和木床都是木制品，如此这般，木匠所处的社会地位也是可想而知的。

　　玉壶木器生产历史悠久，一直处于个体分散的状态中，从最初的纯手工生产逐渐发展到半机械化的生产模式，时代在发展，生产模式也在不断地变化着。1953年11月，赵沛士、吴克席等人在县城创办大峃木器生产合作社。随后，玉壶、珊溪、黄坦、南田、西坑、峃口等地也相继创办了木器生产合作社。

　　据《文成县二轻工业志》记载，玉壶木器生产合作社（以下简称木器社）于1954年12月创办，初称木器供销生产组，组长胡从炯。1958年10月，并入玉壶人民公社农械厂。1961年11月，因经济体制调整，按《手工业三十五条精神》恢复手工业体制，称玉壶木器生产合作社，胡从炯为主任。木器社主要生产木农具和木家具，职工17人，年总产值在2万元以下;1977年初，增设金工车间，

俯瞰上村木器社

改名为玉壶木器机械厂，胡克模任厂长，职工 22 人，以制造仪表车床为主，年总产值 3.69 万元；1979 年起生产输油泵，总产值增至 9.43 万元；1986 年起，输油泵销售业务不景气，年总产值由 1986 年的 3.78 万元降至 1988 年的 1.2 万元；1989 年停产。

开端：从三人组合到三迁社址

木匠又叫木工。玉壶的木匠大多是土生土长的本地人，他们的手艺有的是祖传，有的是亲戚之间互相帮带的，也有的是师徒之间传授的。据《古韵寻踪》记载，底村直路 46 号的上金垄胡宅建于清雍正年间（1723—1735），为玉壶第一座木构建筑的四合院，直棂窗和门窗上缠枝花纹的镂雕古朴而雅致，榫卯结构的梁柱牢固且精美，这些都是木匠的劳动成果。在那个年代，木工是普遍受人敬重和羡慕的行业。

说起玉壶木器社，这多少还与大峃木器作坊有关。1950 年 4 月，金邦杰和赵沛士创办大峃木器作坊，1953 年转为木器生产合作社。此后，各个乡镇相继以合作社的方式成立木器社。

1954 年 12 月，文成县手工业管理科工作人员郑玉林来到玉壶，找到了胡从炯、夏福定和胡义显（又名胡连成）等人，要求成立木器社。刚开始，许多人不愿意入社：1954 年，按天计算，木器社职工一天的工资是 0.7 元；而挑着工具箱走村串户去做木工，在玉壶本地管吃不管住，在乡下则管吃又管住，一天的工资都是 0.71 元。同样的时间，同样的劳动强度，不入社每天能多得 1 分钱，且能解决三餐问题，于是一些年轻力壮的木匠便不愿入社。而一些年岁稍长的木匠却觉得挑着担子到处跑，不安稳，还是入社好。经过再三考虑，胡从炯、夏福定和胡义显三人认为一旦入社人多力量大，互相之间能帮带一把。就这样，他们仨组成了木器供销生产组，地址在玉壶街尾夏福定家里（现为玉壶街100号），这是1.5间两层木质结构的房子。

说起和木工的渊源，可上溯到胡从炯的父亲胡希早。胡希早是老木匠，其木工手艺在玉壶是出了名的。我来说一个故事，你就可以看出胡希早做木工的严谨态度：有一次，一户人家请胡希早来家里做水桶。那时候，主家请师傅来家里做木工是管饭的。那天早上，胡希早在主家吃过早饭，准备动工。主家拿出做"水桶扮"（玉壶方言，水桶柄）的木料，胡希早拿出"范"（玉壶方言，此处即指"水桶扮"的样板）一画，发现木料太直，不够弯。主家说，木料不符合标准，可以将"水桶扮"做直一些，过得去就行了。胡希早却坚决不同意，说："我不做这样的水桶，今天已经吃了你家的早餐，明天会把米送给你，补足今天的早餐。我先走了。"话刚说完，胡希早就挑起工具箱自顾自地走了。这就是木匠精神，宁可不要工钱，也不做有缺陷的木器。

有其父必有其子。胡从炯从小看着父亲做木工，父亲那种"宁缺毋滥"的精神也被他看在眼里，记在心上，无论做哪一种木器，都必须全心全意去做，尽善尽美，绝不凑合就算了。胡丛炯的儿子胡克运也会做木工，做事也非常认真。三代人都是木匠，可谓是地地道道的木工世家了。

我们再来说说胡义显。胡义显生于1895年，家住玉壶外楼矼步头，因为会做木工，二十九岁那年跟随朋友前往新加坡、日本凭手艺赚钱，后回国买田地置办家业。胡义显利用自己的木工手艺，在外楼矼步头附近建造了两处水碓：一处在今寿星桥西侧桥头边上，为顺鳞碓（玉壶方言，指顺轮碓），也就是水从水碓上方冲下来，带动水碓捣米磨麦；一处在矼步头下方的水竹澎（澎在这里念第四声），此处为倒鳞碓（即倒轮碓），水从门前溪引进水沟，从倒鳞碓下方冲过来，水碓倒转起来捣米磨麦。时人纷纷称赞：顺鳞碓随处可见，但倒鳞碓却是闻所未闻。别处有没有倒鳞碓，我不知道。我能知道的是：玉壶的倒鳞碓是胡义显创作的，且是独一无二的。

　　玉壶人在评价胡义显的时候，说得最多的一句话是：思维敏捷，富有创造性。木器社许多"冷门"的木器，他都喜欢去琢磨，去探索，并且都能做成功。有一年，玉壶大旱，山背村一架抽水灌溉农田的水车坏了，许多职工都找不出是哪个部件出了问题。胡义显独自一人拆了水车，结果发现是龙骨出了问题。胡义显找到了根源并进行修理，又对水车进行改造，把下坎的水抽到了上坎的田里。村民都啧啧称奇。

　　还有就是夏福定。夏福定祖籍在青田万阜，会做圆木和大木（即盖房子）。其父先搬到玉壶九了，后搬迁至底头。其子夏雅眉自打记

俯瞰明五公宗祠

事起，耳边就充满了劈、凿、刨之声，年纪稍长一些，就跟着父亲帮忙劈木料，学习木工手艺。夏雅眉之子夏昌朗和夏昌奎也学会了木工手艺。一家三代都会做木工，夏家也算是木工世家了。

　　介绍了三位最初入社者，我们再来说说木器社。不久，木匠胡从用和退伍军人叶圣勒也加入木器社。叶圣勒是会计，负责登记、结算木器社的收入和支出。又过了几个月，胡满通和胡志弟等人也加入了木器社。随着人员的不断增加，街尾巷的房子显得太窄小了，于是木器社搬到了玉壶外楼和底头的交界处——明五公宗祠（又名底头祠堂）。明五公宗祠中间有一个道坦，可以堆放木料，经风历雨，木料的水分就去除了。而且，祠堂宽敞，木匠在此得以"大显身手"。

　　1957 年，国家兴起"大炼钢铁运动"，上村庄三宗祠西北侧的菜地上竖起了高炉，用于炼铁。到了 1960 年初，"大炼钢铁运动"结束了，

上村木器社旧址

高炉被拆除。人们就在这里围了木栅栏，上方铺盖瓦片，建成了简易厂房，玉壶铁器社和木器社搬到了这里。刚开始，铁器社和木器社是合并的。不久，两者又分开了。

这几天，我沿着木器社三次搬迁的住址走了一遍：如今的玉壶街100号已是五层砖混结构的房子，门楣上标写着"美金美容"四个大字，显示这里已是一家美容店了。

明五公宗祠也已旧貌换新颜：在我的记忆中，当年明五公宗祠住着三户人家，北侧有上下两道木门，中间有一个道坦，外楼第四生产队的一头牛关在东南角的一个牛栏里。如今，一切都没了当初的模样，当年那黑色的瓦片如今成了琉璃瓦，石头垒砌的围墙已成了砖混结构，铝合金大门紧闭着。我无法进去一睹其容颜，只能遥遥地盯着看了几眼。

我又来到上村，沿着庄三宗祠上方的一条小巷西行，走了10多米，一抬头就看见了木器社：一排一层的矮房在周围高楼的包围中，显得有点"单薄"。木栅栏都没了，边上砌上了黄色的粉墙。木器社的房子依稀还有昨日的痕迹：斑驳的门窗，陈旧的瓦片，不知道见证了多少木匠青春的故事，也见证了木器社的兴与衰。

来了，聚了，走了，散了。又是秋天，上村的天空中有秋风与落叶在窃窃私语，似乎在隐隐诉说着当年木器社的那些经年往事。

发展：从精做家具到兼修农具

一块有温度的木头，需要一双有温度的手来打磨，才能成为精致的家具或农具。木匠就承担起了这份职责。

20世纪50年代，入社当学徒每天工资是0.2元，一个月6元。三年后出师，就可以按件取酬了。夏昌朗于1958年转为正式职工，每月有 30 斤粮票，工资则是按件取酬的。1962 年 2 月，年仅十六岁的洪才虎辍学来到木器社当学徒，拿起了凿子和斧头。"家财万贯不如薄技在身"，那个年代里，这种思想根深蒂固地存在于普通老百姓心中。当学徒要从推刨、解板（玉壶方言，锯木板）、凿眼等基本功练起，经过几个月的勤学苦练，洪才虎逐步掌握了基本功，慢慢地懂得了其中的"门道"，就开始学着划墨线。

1954—1962 年，职工每天工资都是 0.7 元。那时候，社员去生产队劳动是按记工分来考量劳动强度和分粮食的：劳动一天，满分是 10 工分。木器社的职工做完一只汤挈，验收合格后记 5 工分，相当于 0.35 元。做一个衣橱记 70 工分，一个菜橱（玉壶人称菜橱为间橱）记 80 工分，一只木箱记 8 工分。农具不能自由买卖，做好的农具要交给玉壶供销社，价格由政府制定；家具可以自由销售。在这里要附带说明一句：锅盖也是家具，但不能自由买卖，也是由玉壶供销社统一销售，至于个中原因，也没有人能说清楚。

汤挈、衣橱、菜橱之类的家具做好以后，还要进行油漆。油漆用的是桐油，也就是桐子油。桐子油要煎熟才能上漆，煎桐油最难的是"扣"火候：煎得太老（也就是时间稍长了），就会连成一片；煎得太嫩（即未到火候），油漆干不了，所以煎桐油要由有经验的木匠去做，一般人无法胜任。

1964 年之前，木器社的木材主要来自金星、朱雅等地的林场和山区，其中以朱雅公社坳头下大队茶园生产队为主。平时，木器社根据需要派人到茶园生产队买下树木，用锯子锯倒，再按木器的要求去锯树木：比如水桶和用桶（玉壶方言，尿桶）的木料厚 1.8 厘米，菜橱的木料厚 3.5 厘米，菜橱的"脚"厚 5.5 厘米……锯好以后的木料层层叠放在露天处，经风历雨。约两个月后，再雇人把木料挑回玉壶。

那时候职工下乡，需要自己带番薯丝和菜。在茶园生产队待了一段时间，按要求完成任务以后，他们就可以回家了。为了省下挑工费，每位职工都要挑上做好的多只用桶回玉壶，从朱雅到玉壶，一路沿着大南垟、小南垟、花甲岭、双寮岭、漈门坑、徐坪、大江样、山背往前走，有40多里路。这一路可谓是山高水远，道路崎岖，挑着用桶上岭下岭，路途的艰辛可想而知。

1964年，文成县成立了木材公司，玉壶、黄坦、珊溪、南田等地的木材由县木材公司提供。木器社雇人到木材公司肩挑背扛着木料，沿着大峃至玉壶的古道一路前行，到达玉壶。这里就涉及一个问题：周南和大壤这一带，如果木材先挑到玉壶，做好以后再挑回去，这样既费时又费力。不如请做木师傅到大壤，集中在一个地方去做，做好了家具和农具就可以直接搬走了。于是，胡从炯、胡克模和洪才虎等人挑着被子、衣服和番薯丝等来到了大壤，集中到大壤仓库做木。做得最多的是用桶和用勺（玉壶方言，尿勺），一只用桶记4工分，一只用勺记2.5工分。一般的职工每天能做2.5只用桶，也有体力好、出手快的人一天可以做3.5只。其中做得最好，出手最快的是胡克模，每天能做4只用桶。

除了做家具和农具，还有就是修理农具。春耕到了，木器社修得最多的是犁和播楒：因为那时候生产队要种田，耕田犁田都要用到犁，犁后梢的那条"木"很容易坏。其次是修播楒。犁完田，要用铁耙把地耙一遍，再由播楒把地打平。播楒的芯一般由梧桐树做成，梧桐树木料轻，不怕蛀，但容易磨损。因此农民经常拿着播楒来修理。后来，做木师傅也采用了杉树木料，不怕烂且耐用。还有就是修风扦（玉壶方言，风扇）。割了谷子，晒好，要用风扦先将秕谷扇出去，留下谷子；其次是已经碾好的大米，也要经风扦把糠和米分开。风扦难做，这是众所周知的，风力太大，谷子会被扇出去；风力太小，秕谷与谷子就无法分开。

1968年，玉壶手工业系统革委会成立，黄守彬任主任。

1970年之前，玉壶还没有生产打稻机。秋天到了，稻子成熟并收割之后，农民就搬出一只稻桶，把一只打谷梯放到稻桶里，然后用一张很大的谷簟把稻桶围起来。这样，农民就可以拿着稻把，对着打谷梯一上一下地甩着，谷子就脱离了稻把。打谷梯和稻桶都是由木器社所做。

1970年，木器社、犁锅小组、五金小组联合组建玉壶农械厂（又叫农机厂），增设金工车间，黄守斌任厂长，外聘了车工林圣楼、周守光，钳工董希群、周友岁，刨工胡守放，电焊工蒋运钱。

做车床、打稻机和碾米机等机械产品需要有做铸件的模型，也就是木模。木模的制作是机械设备的第一道工序，也是技术含量最高的一道工序。既然跟木器有关，就由木器车间来解决技术和工艺问题吧，比如车床的铸件，车头、车身、拖板等铸件模型都与几何知识有关。洪才虎和蒋美金自告奋勇，主动接受这一任务。其间，蒋美金曾去文成县农机厂（即104厂）参加木模制作培训。洪才虎买了《木模基本知识》一书，慢慢琢磨如何做木模。两人通过钻研和实践，互相配合做出打稻机、碾米机和车床等铸件的木模，解决了这一技术难题。在此基础上，1971—1977年，玉壶农械厂主要生产打稻机、碾米机、电焊机和车床等机械产品。

文成电机厂（厂址在珊门）以生产电动机为主，1972年，厂里缺木模技术人员，要求借用洪才虎。就这样，洪才虎被文成电机厂借用一年。多年以来，洪才虎和蒋美金为当地的铸件木模解决了诸多制作难题。如阀门铸件、玉壶电影院的座椅铸件等木模，都是他俩设计并制作的。

车床生产出来以后需要外销，需要与外界对接的推销员。一般情况下，推销员都要选择能吃苦且语言表达能力强的年轻人。那时候，出差在外去吃饭要用到粮票，在本省，可以用"浙江省粮票"；到了外省，就要用"全国粮票"。玉壶农械厂职工分为两种：一种是正式工，享受粮票供应；另一种也是正式工，但不享受粮票供应。如果是没有享受粮票供应的职工出差，则要拿番薯丝去玉壶粮管所换取粮票，1.4斤番薯丝可以换取1斤粮票。

去外地推销产品，可以说是苦并快乐着的。1975年7月，玉壶农械厂派洪才虎和余序浪到甘肃甘南推销C617车床，这是最简单最原始的车床。他们一起坐车到温州，经金华，然后坐火车到甘肃。当时正值夏天，他们只带了两件衬衫，到了甘南，天气突然一下子冷起来。那个年代属于计划经济，买衣服买布料都要用布票，而且是当地的布票，他们两人根本就无法买到衣服，只好把两件衬衫都穿在身上，但还是冷得直打哆嗦，实在没办法，就去晒太阳和用力奔跑。付出总有回报，他们去厂里找厂长，厂长被他们的真诚所感动，很快就签了销售合同。这一次的差事也算是圆满完成了。

木匠干的都是很辛苦的活儿。1975年之前，玉壶还没有解板机（锯木板的机器）。锯木头基本上都是人工操作，遇到粗一点的树木，就要由两个人来完成：大锯的前后各站一个人，两人有节奏地拉锯，把树木锯倒后，再从中间锯开，分成两片、四片……1975年前后，玉壶木器社从大峃购进一台简易（二手）的锯板机，从此，电锯代替了人工操作。同时，厂里先后又购进了锯料机、打孔机和车木机等半机械设备。1979年8月，玉壶农械厂从瑞安新城购买了一台大型的解板机。解板机要有电才能操作，怎么办？于是，漈门坑水电站到了深夜12点，准时关闭玉壶所有的电灯，把电量供应给玉壶农械厂。有了电，职工立即动手锯木板，到早上6点停止。漈门坑水电站再为村民供电，周而复始，天天如此，年年如此，直至玉壶木器社停办，这样的"照顾"才停止了。

木匠最乐意做的是嫁妆。那时候女儿出嫁是件很风光的事情，嫁妆也就成为娘家实力的象征，主家一般都会把木匠请到家里做嫁妆。在木匠干活的这几天里，主家每天都会好酒好菜招待，不敢怠慢。这样，木匠干起活来，也会格外"落力"、认真。那时候的嫁妆有衣橱、柜子、木箱子、四方桌、四尺凳等。算好了工钱，双方就互不相欠了。到了女儿结婚那一天，这些嫁妆就由伴郎肩挑背扛或几个人抬着前往夫家，一路上，沿途的人们会争相来看，并评价嫁妆的精细程度，啧啧称赞。

前几天，我在一农户家里看到一张犁和一只稻桶孤独地躺在地上，灰尘满面，一天天地陈旧，一天天地腐朽。其时，我仿佛感觉自己正置身于那只有黑与白交替的时代，也似乎看到了一个个低头劳作的木匠身影，看到了他们挥汗如雨的面颊。只是，时代使然呀。当年曾是"得力"的农具，如今已失去了其应有的作用，被忽视，被弃用。时代向前，有些东西注定会消失在其中，有些东西注定会被淘汰，因为它们已经失去了原有的价值。

挑着做木的工具箱跋山涉水，两人手握锯子来回拉着锯木板，敲敲打打做衣橱、打谷梯、稻桶、打稻机、风扇、木锅盖、木桶、木脸盘、搔榈、犁……所有与木器社有关的一幕幕都已渐行渐远。走远的，还有那些生命和记忆里无法抹去的木头的香味，以及我们对那些木制品的温热回忆。

结局：从转型升级到人走人散

1977年初，木器社从玉壶农械厂分出来独立核算，增设金工车间，改名为玉壶木器机械厂。胡克模任厂长，主管金工车间，主产仪表车床。木器机械厂聘请了车工蔡银富，胡建乐、胡允样等人则边学边做。其间，通过一位温州供销员的介绍，胡克模得知有一批大庆油田输油泵生产合同。玉壶木器机械厂职工都渴望能接到这笔业务，但鉴于当时厂里的技术力量薄弱，他们又担心完成不了：当时的大庆油田是全国著名的企业，一旦出现技术上的问题，谁敢承担此责任？此时，洪才虎已是玉壶手工业办事处负责人。他认为这是一个难得的好机会，值得一试。洪才虎说："我们努力去试一试，万一出现什么问题，我是第一责任人。"就这样，在洪才虎的鼓舞下，玉壶木器机械厂和大庆油田签订了《输油泵生产合同》。

合同签订了，接下来就是生产过程了。在胡克模的带领下，职工们在技术上攻克了不少难题：一次次试验，一次次失败，输油泵的零件制作以及装配都没有达到预期效果。但他们不灰心，反复试验，最后终于成功了。比如在"淬火"这一关上，玉壶乃至文成都无法完成。洪才虎有一个朋友在瑞安陶山的机床厂工作，于是，胡克模把相关零件送到陶山"淬火"，成功了。最后一关是调试油泵扬程，试验地点在玉壶后畔山，以水代油，进入油泵，产生压力。经过多次试验，最后一次扬程达到了10多米，输油泵生产成功了，参与制作的所有职工都欣喜若狂。是呀，所有的努力都得到了回报，他们怎能不高兴呢？

为了与大庆油田保持合作关系，必须有一位专业推销员，但厂里没有合适的人选。于是，玉壶木器机械厂打破陈规——公开向社会招聘，终于招到了一名优秀推销员。此后，玉壶木器机械厂与大庆油田多年保持着合作关系。1979年，厂里的年总产值达到9.43万元。同年，胡义显退休，其孙子胡志积顶职进入厂里。

历史的车轮匆匆向前。玉壶是侨乡，20世纪初就有人前往新加坡、马来西亚等地。其后亲帮亲，戚带戚，许多家庭都想方设法把孩子

做木　蓝溪摄

送到国外。20 世纪 80 年代初，"出国热"在玉壶掀起，木器机械厂也深受影响，一部分职工在亲戚朋友的帮忙下前往意大利、荷兰和法国等西欧国家，蔡银富、胡建乐、胡允样等一批技术骨干相继出国。随着改革开放的不断深入，商品也越来越丰富，不需要凭票供应了。木器机械厂渐渐变得不景气了。

与此同时，一些职工纷纷自谋出路，胡志积、夏昌朗和胡志亩等人在玉壶新街头买了一块地，搭起了一个简易木棚，用来解板，时人称之为新街头解板厂。当时，正是冰心街和芝水街兴建之际，搭架子板、做木门、做家具所需的板块大部分都送到这里来锯开。1989 年，木器机械厂停产。1991 年，胡志积也出国了。后来新街头解板厂的生意也渐渐萧条，随之也关闭了。

玉壶木器社的一代代木匠，将技艺凝于双手，将匠心沉于木器中，在悠长的历史文化中汲取养分，结合自身的经验激发灵感，创作出精美的木器和木模。如今的我们穿过岁月的层层叠叠，仍能感受到他们当年的那份激情、那份坚韧、那份钻研、那份执着和那份努力。

面对时代的洪流，面对消逝的时光，我们的双眼，我们的双手都显得那么苍白，苍白到只能适应，苍白到无能为力。那段历史，我们无法挽留。我们能做的只是在时间的长河里珍藏或记下那么一两个小小的片段，聊慰自己，赠予后人。

"历史有时候会健忘，朝花总是等待夕拾。"用这句话来形容玉壶木器社，我觉得还是恰当的。是呀，再不记下来，若干年后，木器社就会消失在历史的记忆里，无人能说出它的曾经了。岁月带走了木器社的容颜，也带走了那一个个挑着工具箱翻山越岭、走村串户做木的身影，却带不走一代代木匠用汗水和辛劳书写的青春故事。因为有些记忆已经长在玉壶的历史上，与玉壶融为一体，无法抹去。

　　时间倥偬前行，季节起承转合。如今我们再回首那个计划经济的时代，还是有几分感慨，几分无奈：木器社也与人一样，经历了几许灿烂，几许落寞，得与失夹杂在一起，辛劳与快乐掺和在一处，那是一段历史，那是一种美好，那是一份记忆，只是那都是我们永远都回不去的岁月深处了。

竹器社

谷箩谷箕番薯篰

悠悠往事君记否

　　从古至今，竹子与我们的生活息息相关，有着千丝万缕、无法割舍的紧密联系。如果时光倒回50年，你会发现，在农村里，竹器占着极其重要的位置，小到吃饭的筷子，大到竹棚、竹床、竹椅、篾席、簟箩、番薯篰、谷箩……竹制品在生活里可谓是无处不在。

茶篓头　文成县二轻公司供图

20 世纪 70 年代，如果有人给姑娘做媒，父母会问：男方有没有手艺？
会做篾吗？会做木工吗？会打铁吗？如果男方会其中一种手艺，是
很"吃香"的。

　　玉壶手工业历史悠久。1954 年之前，玉壶手工业属于个体经营，
大多集中在乡镇。合作化时期，大峃、玉壶、珊溪、黄坦、西坑等
地一些个体手工业者纷纷组织成立各种形式的手工业组织。玉壶竹
器社应运而生。

　　据《文成县二轻工业志》记载，玉壶竹器生产合作社（以下简
称竹器社）于 1954 年 12 月创办，主任为王建楷。1958 年 10 月并
入玉壶公社农械厂，1959 年总产值 2.72 万元，1960 年增至 8.79 万元。
1961 年 11 月因经济体制调整，王建楷留任，主要生产经营竹农具，
职工 29 人。20 世纪 60—80 年代，生产总值在 3 万元左右。1983 年，
毛竹停止供应，竹器社因原材料供应困难而停办。

入社：不同的家庭，不同的形式

竹器社创始人王建楷家住原东背公社下东溪村寮里自然村，家中有四兄弟，其排行老二。因家境贫穷，1937年，十二岁的王建楷来到玉壶老街胡诏告家里帮忙放牛。胡诏告家附近有一个名叫志学的做篾师傅，空闲时，王建楷时常站在一旁看志学如何编菜篮、筛子等竹器。慢慢地，王建楷也帮忙劈竹篾、打番薯簾。附近还有一位名叫志秧的人，也会做篾。志秧为人和善，看着王建楷聪明伶俐，也会叫王建楷来"搭把手"。久而久之，王建楷学会了做篾。

1954年，国家走向合作化道路。同年7月，大当竹器社创办。同年11月，时任玉壶公社书记的蒋运飞找到王建楷，说玉壶手工业组织要成立竹器社，请王建楷来参加。王建楷不答应，说自己家在下东溪，在玉壶没有房子，还不如在农村里种田。蒋运飞说，加入竹器社，做篾手艺就能展现出来，前途会更好；况且进了竹器社，就是公家的人了，可以住在社里。王建楷想想还不错，就答应了。是年12月，玉壶竹器社得以创建，周克香（因家住寨后，又称寨后香）、益孟、连钦等十多位职工入社，社址在玉壶底村胡克添家里。

周符香的入社与老公王建楷有关。周符香是山背人，1959年经媒人介绍，十九岁的周符香嫁给了王建楷。王建楷没有房子，婚房就在胡克添家一楼的一个小房间里。说是小房间，以前却是一个牛栏，很小很窄，改造了一下而已。当年，漈门坑水库正在兴建，竹器社按要求指派人员去做义务工。因社里抽调不出技工，婚后第二天，周符香就被派到漈门坑工地做义务工，这一去就是半个月。

20世纪60年代初，竹器社搬到上村村民胡希柳家里。胡希柳有五间房子，其中有三间房子为竹器社所用。20世纪60年代中期，竹器社搬到了上村蒋氏祠堂。蒋氏祠堂原为玉壶粮管所仓库；玉壶粮管所建成后没有仓库，蒋氏祠堂被充作粮管所仓库。其后，玉壶粮管所兴建了仓库，竹器社就搬到了蒋氏祠堂。

现年七十四岁的蒋作书是竹器社职工。1962 年，经人介绍，小学刚毕业的蒋作书来到竹器社当学徒。当年入社的还有胡希电、蒋运管和胡作签。蒋作书的师傅是王建楷。前三个月，学徒专攻劈篾。劈篾也是一门技术活，每根篾丝的长短厚薄都马虎不得，篾劈得好，才能进入编竹器这一环节。

蒋作逢的入社却是与其父蒋运良有关，蒋运良是竹器社职工，家住蒋宅。蒋作逢十五岁时，竹器社已经搬到蒋氏祠堂。蒋氏祠堂离蒋宅很近，蒋作逢有空就跟随父亲到社里帮忙劈篾，偶尔帮忙打番薯簏。久而久之，蒋作逢的做篾手艺有了很大的长进，会自己编背箕、谷簟和簟笋了。1978 年，蒋运良去世，蒋作逢顶职成为竹器社职工，但不享受粮票供应。其工资是按劳分配的，也就是多劳多得。早上 7 点上班，中午 11 点下班；下午 1 点上班，傍晚 5 点下班，一天记 10 工分。

到了 20 世纪 70 年代，竹器社搬到了门前垟水碓头（也称上垟水碓）。水碓头东侧有一条水沟，水是从栋头桥下首引出，流经横塘栋边上，进入水碓头，再经酒厂东边进入天妃宫。上垟水碓可以捣米，可以磨麦子。后来，随着社会的进步，有了碾米机，上垟水碓也就失去了作用，有人在水碓头边上又加盖了几间房子，竹器社就搬到了这里。

当年有三户人家住在水碓头，一户是住在东北方的洪玉进一家人，一户是住在东南方的王建楷一家人，还有一户是住在西北方的胡志教一家人。洪玉进和胡志教是棉棕厂职工（到了 20 世纪 70 年代，棉棕厂和竹器社合并），会弹棉花和串蓑衣。

在我的记忆中，水碓头位于稻田之中：从玉壶酒厂西北方往前走，稻田中间有一条鹅卵石路，路的尽头就是水碓头。水碓头的房子进口处是砖木结构，有两层，中间是一个宽敞的道坦，道坦上叠放着一层层的竹子。道坦的东北两侧都是木结构的房子，我时常看到职工在一楼劈篾、刮片、编制，那些编好的竹篮、番薯篰就放在一边。有时他们也编或补谷簟，一般都是好几个人围在一起进行的。淘气好奇的我们觉得大人们老是做篾太无聊，就来到水碓头东侧的水沟里捉蚌壳、玩水。

如今，我再一次走在水碓头的旧址上，一切都已不复存在：横塘栋没了，水沟没了，水碓头没了，稻田没了，有的只是一栋栋高楼矗立在曾经的横塘栋、水沟和水碓头上。

竹器社里的那些事一直还在，我无须俯下身子去捡取；竹器社里的那些人挥之不去，我无须回过头去回忆。这世上有些繁华，有些热闹只存在于一个时间段里，时间一到，它终究会随光阴悄悄走远。请让我抓取些许经年的时光，拂去尘埃，留一点淡淡的文字给后人吧。

原料：不同的产地，不同的运输

玉壶本地竹子不多，且长势不好，竹器社的原料一般来源于两处：一是泰顺和西坑交界的山底，那里住户少，山高林密，土地肥沃；二是朱雅等地的林场。

我们先来说说山底的毛竹是怎样运到玉壶的。玉壶至大峃的公路于 1973 年通车，在此之前，山底的毛竹进入玉壶有两种方法：一是肩挑背扛，二是竹筏运输。我们来说说肩挑背扛。不借助外力，单靠人力来完成，势必要把重量减轻到最低程度。玉壶至山底路程长，刚砍下来的毛竹水分多，较重。于是，竹器社就派职工去山底劈好毛竹，去除篾黄，把篾青挑回玉壶。选了个晴朗的日子，竹器社几个职工结伴从玉壶底村出发，经五铺岭、半岭、胡峦桥、项山、大壤岭、大岜岭、大岜、西坑、石垟林场、叶胜林场，然后到达山底。职工上山选好毛竹，谈好价格，再由当地人砍下毛竹，"溜"到一处空旷处。做篾师傅在这里摆好两张凳子，用篾刀劈好毛竹，分开篾青和篾黄，篾青留下，篾黄扔掉。然后把劈好的竹青"墩"成一团，一团一团叠放上去，捆结实了，再雇人挑回玉壶。雇人挑竹青也是按路段算工钱的。从大岜挑回玉壶，每 100 斤的工钱是 1.3 元。

在此过程中，劈篾、砍毛竹和运毛竹是同时进行的。稍有不慎，意外还是避免不了的：毛竹长在高山上，利用山的坡度把毛竹从山上"溜"下来，这样既快捷又省力。一天早上，做篾师傅周克香正和同事在山底的山洼里劈毛竹，一根毛竹"溜"下来时偏离了原有的方向，直向人群冲了过来。来不及躲避的周克香大腿被贯穿，顿时血流如注。大家迅速用衣服简单地包扎周克香的伤口，把他抬到竹椅上，做了一副担架，然后由几个人轮流抬下山，送到最近的医院进行救治。因为救治及时，周克香在床上躺了几个月总算能下地了。

我们再来说说竹筏运输。竹筏运输有一个优点：运输量大。1973 年之前，山底的毛竹砍下来运到溪坑边上，捆扎好，由熟悉水性的筏工沿胜坑、东湾坑、珊溪、岜口、营前、东坑、林坑口、木湾、头渡水、石壁、西江，然后到达玉壶门前溪，再由人工背到竹器社。1973 年之后，玉壶至大岜有了公路，山底的毛竹经水路运到岜口后，在岜口桥下方的水域把毛竹拉到浅滩上。此时竹器社的两位师傅已经在此等候了，他们用篾刀截下竹顶，把毛竹一层层整齐地叠放在浅滩上。因为玉壶至大岜的公路刚开通，是机耕路，坡道多，陡坡多，当时玉壶区有一辆大型拖拉机专门用于运输毛竹。拖拉机装载着毛竹沿着岜口、樟台、麻山、大壤、周墩、半岭、五铺岭，然后进入玉壶。有一次刚下过雨，蒋作逢跟随拖拉机回玉壶，机耕路潮湿泥泞，坑坑洼洼，高低不平，尽管师傅开得小心翼翼，但还是免不了颠簸，如小山一般的毛竹随着拖拉机来回晃荡。有好几次，车轮在机耕路上来回打滑，蒋作逢的心都提到了嗓子眼。终于，拖拉机回到了玉壶，惊魂未定的蒋作逢才长出了一口气："太险了，太险了。"

蒋作逢因为年轻没有家庭负担，所以经常被派到峃口渡（峃口渡建于清嘉庆年间）看管和运送毛竹。有一次，蒋作逢和胡希朗一起去峃口渡接收毛竹，这一去就是 50 多天。出差一天不仅有 1.5 斤粮票补贴，还能记 10 工分（一个壮劳力劳动一天记 10 工分，妇女和孩子则视劳动强度记 5—8 工分，年底按人口与工分之和分粮食或财物），因此大部分职工还是乐意出差的。白天，毛竹不间断地从珊溪"放"下来，他们把毛竹从水里拉上来，堆放在毛竹桩上，玉壶供销社派一辆大型拖拉机每天来拉一至两趟。为了省钱，也为了看管毛竹，蒋作逢和胡希朗晚上就睡在峃口桥下方。夏天有蚊子，冬天冷，其中的艰辛，我们也能想象得到。因为有粮票，一天三餐就去峃口招待所解决，每顿吃半斤饭（0.5 斤粮票加 5 分钱能买到半斤饭），加一两个菜，这样一天的费用是 0.3—0.5 元。那时候 10 工分可折合人民币 1.3 元，出差一天能赚 0.8—1 元，虽然辛苦，但还是值得的。

因为上村没有公路，毛竹就运到天妃宫卸下，再由人工一根根背到门前垟竹器社。那时候，只要听说"大妃宫有毛竹"，土壶本地的男女老少纷纷走出家门，涌到天妃宫，看到毛竹就扛起来，沿着玉壶老街十字路口、大田、酒厂门前，然后到达门前垟竹器社。一路上可谓是人潮如涌，因为多背一趟，就可以多得一点钱。

我们再来说说朱雅等地林场的竹子是怎么"来到"竹器社的。据《文成交通志》记载，玉壶至吕溪公路于 1986 年 11 月 13 日通车，在此之前，金星、朱雅、吕溪等地的货物要想进入玉壶也需要筏运或肩挑背扛。朱雅树林阴翳，盛产毛竹，毛竹的长势虽不如山底，但毕竟离玉壶近，所以竹器社还是派人去山里劈好毛竹，把竹青和竹黄分开，再雇人把竹青挑回玉壶。

人世间，最是无情乃岁月，匆匆流去，也带走一些属于那个时代特有的记忆：如今，山底的毛竹再也不会通过竹筏运送到玉壶了，人们也不会到朱雅等地去挑竹青了。

做篾：不同的器具，不同的编法

玉壶人称编竹器为“做篾”。王建楷做篾手艺很好,是“大老师”（玉壶方言，大师傅）。婚后，周符香偶尔也会搭把手，学着劈篾、打番薯簾胎（也就是番薯簾框架）。玉壶本地有些村民自家有毛竹，但不会打番薯簾胎，就把毛竹扛到竹器社，请王建楷、连钦等人打好番薯簾胎。那时候，帮忙打一个番薯簾胎的工钱是 0.19 元。

学做篾，没有三五年的时间，很难出师。刚开始学，篾劈得有粗有细，这样的竹篾只能用来打番薯簾，慢慢地，掌控好劈篾的力度了，劈出来的篾条厚薄、长短均匀，就可以拿来打谷簟、背箕、谷篋等竹制品了。有一次，蒋作书编了一只谷篋，不知怎么的，整体感觉很“松”，不结实。蒋作书就去问社里的一位师傅，师傅说：“打谷篋，篾钉要打在谷篋‘滚’里，位置要稍稍偏下方，如果太靠上方就松，稍靠下方就实。有些知识要自己琢磨，如果我把经验都告诉你，你就可以去买门前垟的田地了。”

徒弟打好了竹器，要由师傅来验收，验收合格，才能记工分。一担番薯篰记 10 工分，两担泥箕记 10 工分，三爿番薯簾记 10 工分，一张（玉壶人称谷簟的量词为“领”）谷簟记 50 工分。竹器的种类有很多：番薯篰、簟箩、番薯簾、泥箕、谷篋、谷簟、背箕、米筛、

篝箩

酒抽、火笼、竹席等。不同的竹器有不同的编法，有些家境富裕的人家还要求做篾师傅在竹席或谷篝上编出美丽的花纹，当然价格也会相应贵一些。通过验收的竹制品统一由玉壶供销社收购，按需分配到各个生产队。

　　职工们在竹器社里一般都很忙，玉壶供销社按要求指派任务，并要在规定的时间里完成。空闲时，玉壶周边的一些地区会派人来请他们去做篾，经常去的地方有朱雅、上林、周壤、东头等地。最远也曾去过丽水、遂昌等地，因为路途遥远，他们一般都会邀约三四个人一同步行前往。

　　20 世纪 50—80 年代，我国属于计划经济，一个生产队收成的粮食要先交农业税和"卖余粮"，这些粮食收购以后就存放在粮管所仓库里。时间久了，粮食要搬出来晒晒、晾晾。这就需要背箕和谷篝，因为粮食数量多，所需谷簟之类的竹器也多，而且这些竹器长时间使用会破损或有了豁口。因此，粮管所会到竹器社请人来打或补谷簟、背箕和筛子。打或补谷簟一般都在粮管所仓库里进行，一次都要五六个人，每位"大老师"劳动一天记 10 工分，徒弟则记 5—8 工分。这份工作结束了，粮管所开出发票给玉壶税务所，交完税收，师徒们就能领到工钱了。

如果去朱雅、金星、西山岩头等地做篾，蒋作逢会带上徒弟，将篾刀用纸包好，放在大拦腰（拦腰有两种，一种大的，一种小的）里，捆扎，然后斜挎在腰间，上岭、下岭，一步一步走到目的地。有一次，蒋作逢与蒋作吹、蒋协稿一起去朱雅公社三条步林场做篾。白天，

谷箩

他们去山上，按直径 6 寸、7 寸、8 寸等大小选好毛竹，让林场职工砍好毛竹，背到朱雅本地，然后按村民要求去编鸡笼、竹篮、花箍（箍大原酱缸，使其难以破裂）、泥箕、竹床等。这一待就是十多天才回到玉壶。

"从计划经济转向市场经济，这个转换实在太不容易了。"许多年前，一位企业家谈到国企改革时如此说道。那时候的竹器社也有好几位外地职工，有瑞安人、温州人和珊溪人，都是县里派过来的。后来竹器社停办了，外地职工都走了，本地职工也自谋出路了。此时，竹器社的职工大多已进入中年，赖以生存的手艺无法得以施展，虽没有"血"的代价，但"泪"的代价却是真实的。

儿时好，最忆是竹床。20 世纪 70 年代末，没有空调，没有电风扇，人们夏天纳凉的方式是傍晚抬出一张竹床或一爿门板到道坦上。夜晚，左邻右舍竹床连竹床，门板连门板，几家人就这么躺着"讲古"、聊天。那个年代，竹床是奢侈品，家境好的人家才有竹床。每天傍晚，看着家对面的一户人家把一张竹床抬到道坦上，三个孩子并排躺在竹床上纳凉。我心里陡生羡慕，多么希望自己能在那张竹床上躺一下，就那么一下，但一直未能如愿。没有竹床，我就去上垟水碓看竹器社职工编竹床。时过境迁，外楼四面屋已经被拆了，道坦也没了，那份对竹床的渴慕感也只能深埋心底了。

随着社会的发展，竹器渐渐走出了我们的生活。不知道会不会有那么一天，这世上已没有人愿意学做箶，"箶匠"这个名词也会随之消失，所有的竹制品都会消亡？紧接着，做箶这项古老的手工艺，也有可能会随之被掩埋。但愿不会。

夏风又吹，却再也吹不回那个盛夏。稻田又绿，再也绿不回那个童年。夏在风在，你在我在，而竹器社已经不在，竹器社东侧那条有蚌壳的水沟也已经深埋于地底下，不见了。年华在岁月里向前，竹器在繁华中静寂。

　　我希望，做篾这项古老的技艺能一直传承下来，永不消亡。那些精美的竹器能一直与我们的日常生活相依相伴。

抓取经年的时光　略记几笔

玉壶是我的故乡，我生在这里，长在这里。这里有我终生眷恋的四面屋，有我的蛙蟆坑，有我的朝青山，有我的玉壶栋，有我的童年和少年，有我的亲情和友情，有我的喜怒哀乐。玉壶的山水、民俗、风土、人物、建筑、童谣、俚语等许多消失在遥远时空中的文明碎片，犹如一幅幅水墨画，时常在我的梦里闪现，挥之不去。

调离玉壶已经 20 多年了，那里的一草一木总能引发我的乡愁。我常常问自己：我能为玉壶做点什么呢？我不是画家，不能画下这里的树木、房屋、石头、瓦片，以及那倒映在玉泉溪里的飞鸟和流云；我不是作家，不能以玉壶为原型，创作出不朽的诗文巨作；我不富裕，不能为玉壶捐资献物，修桥补路。我只是一个普通人，求学谋生，活得卑微且平凡。

说起写玉壶的文章，还有一段故事：2019 年 7 月，玉潭老师找到我，说文成县作家协会开通了"淡墨文成"的微信公众号，邀我加入这支写作队伍，要写与文成相关的经典著述、美文诗画、文坛掌故、名人逸事等文章，以期让散落在历史长河中的"零珠碎玉"拂去积尘，重现光华。当时我手头上还有一些事情在忙着，就一而再，再而三地婉拒。玉潭老师就一而再，再而三地坚持。总之，玉潭老师很有耐性，我都发现自己已经推辞不了了。过了两个月，玉潭老师又一次打来电话，终于，我答应试着去写。

我该写什么呢？我该写哪里呢？我把目光投向文成的山山水水，可发现我对很多地方都不熟悉。黄坦、珊溪、南田，这些乡镇对于我来说都非常陌生。我不了解那里的风土人情，不了解那里的山水故事。还是从自己最熟悉的地方开始写吧，就从玉壶外楼开始。于是，我的第一篇文章写了《陈山：陈事陈情惹人醉》，写了玉壶镇外楼东江山谷的陈山。后来，我写了玉壶本地的天妃宫、电影院、狮岩寨、外村、中村、上村、底村等地。

我家就在外楼四面屋。小时候的我很野，喜欢到处跑，电影院、供销社、酒厂、老医院、玉壶老街，到处都留下了我的足迹。把这些已经消失和正在消失的记忆用我这支已经生锈的笔记录下来吧。抓取些许经年的时光，拂去尘埃，用文字记下那一个个画面，那一片片记忆，这些文字将会如门前溪水一般，流过时光，泛着清波，悠悠向前，带给后人几许回忆吧。

我们都是时间的过客，我从玉壶路过，但路过之际，我把我见到的美好偶尔记下那么几笔，便会给玉壶留下一点点时间的礼物，如此便好，如此便好。

余秋雨先生在《文化苦旅·自序》中写道：我无法不老，但我还有可能年轻，我不敢对我们过于庞大的文化有什么祝祈，却希望自己笔下的文字能有一种苦涩后的回味，焦灼后的会心，冥思后的放松，苍老后的年轻。当然，这只是希望，何况这实在是一种奢望。我们必须知道，文化不管在哪个时代哪种文明下，都是一种具有凝聚力的精神感召，是超越一切政治因素与社会习惯，为一个人的本源与根据写下定义的力量。

千百年前遗落在玉壶大地上的美丽，千百年后我用文字略记下这么几笔，请您读一读吧，并不吝赐教。

在我的创作过程中，玉壶的父老乡亲以及身边的同事朋友给了我悉心的指导和鼓励，特别是洪才虎、胡允革、王夏叶、蒋建中、胡兴虎、胡幸兴、胡志林、胡立匡、周友池、周玉潭、张嘉丽、郑文清、胡加斋、丑哥、陈胜华、王微微、包芳芳、高明辉、见忘等，亦师亦友，不厌其烦地帮助我，提了很多建议。

此外，本书的出版和发行得到了文成县委宣传部的扶持，以及意大利米兰文成同乡会和胡允多的赞助。同时，玉壶镇归国华侨联合会和胡小兵、吴步双、胡海滨也给予了我诸多帮助。在此一并表示感谢！

胡晓亚

2022 年 4 月 1 日